Kristin Rübesamen

AUßER ATEM

Blumenbar

AUßER

KRISTIN RÜBESAMEN

ATEM

ROMAN

Blumenbar

Für meine Töchter Josephine und Linda

TAG 1

Inga verlagerte das Gewicht von rechts nach links. Ihr Geld bekam sie in jedem Fall, egal, wie viel von der Stunde am Ende übrig blieb. Ausnahmsweise dachte sie nicht daran, was sie essen könnte. Diese Mittwochstermine bei Jack waren ihr im Grunde zu aufregend. Vielleicht würde sie sich später ein Spiegelei braten. Sie war in einem Alter, in dem die Vorstellung von Normalität nichts Trostloses an sich hatte. Neben dem Haustor bildete sich ein schmaler Sonnenstreifen, in den sie ihren Körper schob. Bis auf ein leichtes Ziehen in der rechten Schulter hatte sie keine Beschwerden. Sicher vom Kopfstand, den sie auch an diesem Morgen eisern zehn Minuten gehalten hatte.

»Ich will aber nicht!« Eine kreischende Stimme wurde laut, als sich das Tor hinter ihr öffnete.

Eine Frau trat mit einem Mädchen auf die Straße. Das Mädchen hatte feuchte Haare und schleifte einen Rucksack hinter sich her.

Die Frau hielt Inga die Tür auf, aber die schüttelte den Kopf. Jack hatte sicher die Musik zu voll aufgedreht. Gleich würde sie noch mal klingeln.

»Es ist doch nur bis zum Wochenende«, sagte die Frau, »immer das gleiche Theater.«

Das Mädchen war anderer Meinung. »Ich wollte mich verabreden! Scheiße. Bist du taub?«

»Mit wem denn?«, fragte die Frau und sah zu Inga herüber. »Es ist doch niemand da.«

Scheiße. So redeten Kinder heute. Sobald sie zu Monstern herangewachsen waren, lebte Inga hoffentlich längst weit weg am Meer.

Mittägliche Ruhe lag über dem Wohnviertel, das in keinem Reiseführer der Stadt erwähnt wurde. Im Park gegenüber war wenig Betrieb. Nur ein Mann saß auf einer Bank und freute sich mit freiem Oberkörper an der Sonne, die im Oktober unerbittlich weiter wärmte.

»Eigentlich müsste ich einen Rabatt bekommen«, hatte Jack einmal gesagt. Ein ernst gemeinter Scherz, denn Jack machte wie alle reichen Menschen keine Witze über Geld. »Sonst noch Wünsche«, hatte Inga geantwortet. Sie redeten nicht über den Sommer vor zehn Jahren, wenn sie seinen unteren Rücken entlastete und die Wirbelsäule geschmeidig hielt, um der fortschreitenden Versteifung in T 3–6 entgegenzuwirken.

Damals, im Sommer, als das Thermometer zum ersten Mal anhaltend über 35 Grad anzeigte und die Leute anfingen, die Vorhänge tagsüber zuzuziehen, hatte Jack eines Tages mit ruhiger Geste ihre Hand zwischen seine Beine gelegt und so ihren Mittwochsterminen eine andere Funktion gegeben. Sex mit ihm dauerte, wenn er seine Tabletten pünktlich einnahm, eine Stunde, die Zeit eingerechnet, die sie hinterher noch auf dem Bett lagen. Erleichtert, wenn es geklappt hatte, inniger hingegen, wenn nicht. Die Erinnerung daran, wie er sich gefreut hatte, als ihr Körper danach noch minutenlang pochte und pulsierte, ließ sich in kein Format gießen, auch jetzt, Jahre später, nicht, schon komisch.

»Steh zwischendurch auf, geh ein paar Schritte!« Wenn sie heute diese Worte sagte, schaute er sie verärgert, dann nachdenklich und schließlich so durchdringend an, dass Inga sich unwohl und wie auserlesen zugleich fühlte. Körperlich wirkte er befangen, wie ein in die Jahre gekommener Boxer, der in der Mitte in die Breite ging, die wuchtigen Schultern etwas weicher, die Beine schlaksig und lang. Es war Jack, der die Technologie für den Self-Check-out im Supermarkt erfunden hatte. Jetzt führte er mit einer amerikanischen Supermarktkette, die ihm das Patent abgekauft hatte, einen erbitterten Kampf darum, seine Entwicklung weiterentwickeln zu dürfen. Er hatte genug Geld, um in ein besseres Viertel zu ziehen, aber er war nicht nur einsam, sondern auch zu stolz, etwas gegen seine Einsamkeit zu unternehmen, und in einer toten Gegend wie dieser fiel er damit weniger auf. Vergeblich hatten sich die Städteplaner bemüht, die Gegend durch Begegnungsstätten und Kulturprogramme aufzupolieren. Kaum jemand war zu den Ü-50-Partys im Kieztreff gekommen. Selbst die kleinen Läden, in denen noch bis vor einigen Jahren Versicherungen verkauft wurden oder Beerdigungen arrangiert, waren verwaist. Spielhöllen und Handyläden machten sich breit, und es war sicher nur eine Frage der Zeit, bis die ansässige Mittelschule einen Wachdienst anheuern würde. Hinter den Wohnhäusern ragten Reste der Gedächtniskirche in den Himmel. Man musste nur ein wenig den Kopf heben, und schon war es da, ein mildes, ungerührtes Blau über einer Ruine: Das war alles, was vom imperialen Traum Wilhelms I. geblieben war.

Wenn es doch so war: Die Frau, die am Fenster im Haus gegenüber telefonierte, trug ja wirklich eine Nuttenperücke, und nebenan hatte man einen Arbeitslosen zum Rauchen auf den Balkon geschickt, für eine kleine Pause von der großen.

Inga schaute auf ihr Handy. In vierzig Minuten musste sie bei ihrem nächsten Job sein. Sie klingelte noch einmal. Es war nicht so, als könnte sie es sich leisten, über die bezahlte Zeit hinaus süß und lieb zu sein. Die Kurse, die sie im Studio geben musste, die Weiterbildungsseminare, die sie leitete, all das brachte wenig ein.

Vor dem Haus hielt ein DriveNow. Der Fahrer, die gleichen Locken auf dem Kopf wie das kleine Mädchen, das »Scheiße« gesagt hatte, stieg aus und stellte sich vor den Mini. Er verschränkte die Arme so großspurig vor der Brust, dass seine Verlegenheit umso deutlicher zu spüren war. »Na, kann's losgehen?«

Inga sah es vor sich, die gemeinsame Wohnung, von ihm die Schwarz-Weiß-Fotos an der Wand, von ihr die bemalte Teekanne, die Kapuzinerkresse auf der Fensterbank und die Gewissheit, sich vom Alltag nicht unterkriegen zu lassen. Gemeinsame Projekte, auch das Kind war eins. Nach der Geburt des Kindes dann das übliche Elend: Die Zeit wird knapp, das Geld wird knapp. Verständnis tötet Leidenschaft. Dass es auch ohne Leidenschaft ging, konnten sie sich nicht vorstellen. Welches Bild Inga selbst in den Augen der jungen Leute abgab, darüber machte sie sich keine Illusionen.

»Na, was ist?«, sagte der Mann und lächelte seine Tochter ungewiss an. Das Mädchen sah auf ihr Handy. Als der Mann einen Schritt auf sie zuging, fing sie an zu kreischen, woraufhin ihr die Mutter eine saftige Ohrfeige gab. Inga schämte sich, wie sie sich bei Hochzeiten schämte, zu denen man eingeladen wurde, um ein Bündnis zu sanktionieren, von dem alle wussten, dass es nicht halten würde.

Das Kind weinte mechanisch vor sich hin. Ein Gefühl von Stillstand und Zeitlosigkeit machte sich in Inga breit, das sie daran erinnerte, wie es war, als sie klein war. Als nichts eine Kehrseite hatte. Ein Gefühl, das sich in letzter Zeit nur einstellte, wenn sie mal ohne Netz war.

Kurz entschlossen beugte Inga sich zu dem Kind und flüsterte ihm etwas ins Ohr. Das Mädchen rannte zu seinem Vater, schmiegte sich an sein Bein, die Lippen ängstlich zusammengepresst. Der nahm es fest in den Arm und strich ihm über die Haare.

»Ich fürchte, mein Schüler hört die Klingel nicht.« Sie zeigte zur Erklärung auf ihren Rucksack mit der Yogamatte.

Ihre Worte hatten die Spannung gelöst, das sah Inga im Gesicht des Mädchens. Dort verdrängte Genugtuung die Aggression: Yoga, das war noch beschissener als ein Wochenende mit ihrem Vater.

Die Frau winkte dem Auto hinterher.

»Sie wird's schon überleben«, sagte Inga ruppiger als gewollt. »Lassen Sie mich ins Haus?«

Die Frau zog mit dem Schlüssel eine kleine Tube Selbstbräuner aus ihrer Jacke.

»Ich vertrage die Sonne schlecht«, sagte sie, »ich dachte, ich probiere dieses Zeug mal.«

»Attraktiv ist das nicht«, sagte Inga.

»Sie tyrannisiert uns beide. Dabei ist es nur übers Wochenende. Mein Exmann ist Sanitäter, ich habe nächste Woche eine Prüfung …«

Es klang, als wollte sie sich nicht für, sondern bei ihrer Tochter entschuldigen.

Einen Augenblick standen sie in vereintem Schweigen im Flur im Erdgeschoss. Schließlich wünschte Inga grundlos: »Na, dann viel Spaß noch!«, und ließ die Frau, die an ihrer Wohnungstür herumhantierte, endlich in überfällige Tränen ausbrechen.

Mit einem Mal ihre 45 Jahre in den knirschenden Kniekehlen spürend, stieg Inga nach oben in den vierten Stock. Durch das geöffnete Fenster, auf das große Schmetterlinge aus Buntpapier geklebt waren, drang die schläfrige Gewissheit, in einem funktionierenden Sozialstaat zu leben. Von irgendwoher war ein Lokalsender zu hören, der Veranstaltungstipps gab.

Inga ließ sich Zeit. Sie mochte das Treppenhaus. Es war ein altes, schönes Treppenhaus, holzgetäfelt, das, auch wenn das Haus längst seinen Glanz verloren hatte, an seiner Kraft festhielt. Der Typ war also Sanitäter, von wegen Fotograf. Gedämpftes Tageslicht fiel auf den abgetretenen roten Läufer. Im zweiten Stock hatten die Bewohner auf einen Stapel Architektur-Bildbände einen Zettel gelegt, auf dem »Greif zu« stand. In ein paar Stunden würde stockendes Klavierspiel zu hören sein.

Eigentlich hatte sie kaum noch Zeit für Jack, wenn sie es pünktlich zu Danielle schaffen wollte. Danielle war ihre Chefin und jene Lichtgestalt, die als »Lady Amrit« und »Glamour-Guru« in der Boulevardpresse bekannt war. In ihrem Studio, dem Amrit, scheuchte sie eine Heerschaar vom Leben enttäuschter, emsiger Yogalehrerinnen herum. Die jüngeren von ihnen betrachteten Inga, weil sie schon so lange dabei war, mit einer Mischung aus Respekt und Argwohn und kopierten ihre Sequenzen.

Obwohl technisch nicht möglich, roch Inga, während sie ihren Rucksack Stufe für Stufe nach oben schleppte, Jacks Nähe, jene Mischung aus Elmex und Whiskey, die sie damals im Sommer so beunruhigt hatte. Kann sich jemand einen schöneren Geruch für ein mittägliches Rendezvous denken? Sie versuchte sich Jacks Gesicht vorzustellen, wenn er sie in ihrem Rock sah. Sollte sie behaupten, vom Steuerberater zu kommen? Er würde sie bei ihrer Lüge ertappen, aber darüber freuen, dass sich eine Frau für ihn einen zu engen Rock anzog.

Jack schaute verärgert, als er ihr die Tür öffnete. Er war klein und dick und trug keine Schuhe. »Ich dachte, du kommst gar nicht mehr, dieser Tag heute: ein Desaster. Jetzt, wo der Prototyp fertig ist, schaltet sich auf einmal ein Typ aus der Geschäftsleitung ein. Weil er ein moralisches Problem mit dem Scanner hat.«

Das Problem mit dem Self-Check-out war bislang, so hatte es Inga verstanden, dass die Leute in den Supermärkten ständig in Versuchung gerieten zu betrügen oder aber, was genauso ärgerlich war, überfordert damit, den richtigen Knopf für Golden Kiwis zu finden. Jack hatte vorgeschlagen, mehr Personal in der Nähe der Self-Check-out-Maschinen bereitzustellen und zusätzlich eine Kameraüberwachung zu installieren. Diese Kamera sollte an ein Audiosignal gekoppelt werden, das die Kunden höflich aufforderte, Hilfe zu suchen, während es in Wahrheit signalisierte, hier versucht mal wieder einer Shrimps als Zwiebeln abzurechnen. So weit die technische Seite. Jetzt aber, das war neu, hatte sich ein Ethikprofessor vom MIT eingeschaltet und eine Grundsatzdiskussion ausgelöst zum Thema Überwachung und Eigenverantwortung oder so ähnlich. Zur Entspannung hatte Jack auf ein altes Hobby zurückgegriffen und sogar schon einige Zeichnungen verkauft. Eine Ausstellung war in Planung.

»Ich habe dreimal geklingelt.«

»Egal jetzt«, sagte Jack. »Gut, dass du da bist.«

Inga spürte seine Hilflosigkeit Frauen gegenüber, die nicht seine Geliebten waren. Für einen Moment ließ sie sich hinreißen und dachte, wie gut es sich im Zentrum seiner Umarmung angefühlt hatte, in jener Welt, in der alles an seinem Platz war, fein, duftend, alimentiert durch Wohlstand, Rechtsstaat und eine teure Zusatzversicherung.

Dann klingelte ihr Handy. Sie ging dran und hörte Homer am anderen Ende: »Alma ist weg …«

Ihr Exmann neigte zum Drama, besonders wenn es um seine Tochter ging.

»Wie meinst du das: ›weg‹?«

»Sie hat mir eine Mail geschickt, in der stand: ›Sucht nicht nach mir.‹«

»Von wann ist die Mail?«

»Mach dir keine Sorgen«, sagte Homer. Gerade erst habe er einen Artikel über die Millennials und ihre Ängste gelesen und darüber, dass sie kein Gefühl für die Wirklichkeit entwickelt hätten als Kinder, weil ihre Eltern ihnen diese Wirklichkeit vorenthalten hätten.

Inga war nicht dämlich. Sie hatte ihre Tochter schon früh alleine öffentliche Verkehrsmittel nehmen lassen, und nie hatten sie einen Bogen um den Fußgängertunnel gemacht, in dem die Obdachlosen lebten.

»… in dem Artikel stand auch, dass das Schlimmste ist, wenn die Kinder, sobald sie erwachsen sind, zu Hause bleiben, besser, sie ziehen aus. Insofern haben wir doch alles richtig gemacht. Sie ist ausgezogen. Was ich nicht verstehe, ist dieses ›Sucht nicht nach mir‹. Vielleicht ist es etwas aus dem Internet. In ihrem Alter geht man nicht mehr verloren. Vor allem nicht in Deutschland.«

Um diesen Satz, an dem Wesentliches nicht stimmte, als Irrtum zu erkennen, hätte Inga Zeit gebraucht und vielleicht einen Kaffee.

»Von wann ist die Mail, Homer?«

»Kannst du nicht zum Dinner kommen? Sondre findet auch, wir sollten das besprechen.«

Dinner. Wer sich die Sprache der Reichen und ihre Sitten lieh, hatte, das war Ingas feste Überzeugung, charakterliche Defizite. Homer, ihr Exmann, arbeitsloser Landschaftsarchitekt, seit Kurzem neu verheiratet mit einer Nachrichtenmoderatorin und durchweg planlos, wenn es um seine Exfrau ging, dachte tatsächlich, dass er das könnte, Inga zum Essen einladen, und dann käme sie. Inga vergaß wie immer, dass sie es war, die ihn verlassen hatte.

»Von wann die Mail ist!«

»Ich weiß nicht. Das kann man nicht sehen.«

Ein Ziehen in Ingas Unterleib machte sich mit unerwarteter Heftigkeit bemerkbar.

»Ich dachte, deine Tochter ist erwachsen?«

Jack gab sich keine Mühe, seine Enttäuschung zu verbergen. Ohne sich zu rühren, war er auf einmal weit weg. Inga sah an ihm vorbei in der Küche die Hemden und Unterhosen, die er auf dem Wäscheständer aufgehängt hatte, ordentlich auf Kante. Einmal hatte er seine Putzfrau rangelassen. Das Ergebnis: eingelaufene Kaschmirsocken.

»Tja«, sagte Inga mit aufkeimender Feindseligkeit, ihre Handtasche mit dem Putzzeug an sich drückend, und schon halb im Gehen, »sie ist 19. Nie ist man weniger erwachsen als mit 19.«

Auf dem Weg nach unten nahm sie zwei Treppenstufen auf einmal. Der Essigreiniger schlug dabei rhythmisch gegen die schmerzende Hüfte, ohne dass sie es merkte. Sie hatte noch zehn Minuten.

Der Verkehr rund um den Ku'damm war schleppend. Eine Gruppe junger Mädchen hing wie ein Knäuel Hunde vor einer Filiale des Nahkauf. Schwarze Leggings, schwarze Haare, schwarzer Lidstrich, grüne Powerdrinks in der einen, Zigarette in der anderen Hand. Etwas Ungewisses ging von ihnen aus, als Inga sie noch einmal im Rückspiegel fand. Jemand hupte.

Seit einem halben Jahr putzte sie jetzt schon bei Danielle, eine Arbeit, für die sie dankbar war. Als sie Homer im letzten Winter getroffen hatte wegen der Scheidung, hatte sie sich vorgenommen, über Geld zu sprechen. Doch schnell kam heraus, dass er genug damit zu tun hatte, die Einkommensdifferenz in seiner zweiten Ehe zu verdauen: sie etwa

25 000 Euro monatlich, er, dem die anhaltende DIY-Welle unter Villenbesitzern das Geschäft ruiniert hatte, eher nichts.

Es war kein gutes Treffen gewesen. Inga hatte wenig Lust, sich Homers Auslassungen über die jüngsten städtebaulichen Pleiten anzuhören. »Dieser Mix, den sie da ständig propagieren, unten die Mieter, die Beletage, dann Büros und oben das Penthouse für die Reichen, grausam. Aber das gehört ja zur Geschichte dieser Stadt. Schau dir nur Sanssouci an, die Proletendatscha eines Soldaten, der so tut, als wäre er Philosoph.«

»Du musst es ja wissen.«

Inga hielt Ausschau nach dem Kellner, einem Ami, der in der Ecke telefonierte und keine Anstalten machte, ihren Tee und Homers Salat mit Kichererbsen und Lachs zu bringen. Dabei hatte sie ihn bei der Bestellung nur höflich darauf aufmerksam gemacht, dass er sich vielleicht die Nase putzen sollte. Wer konnte wissen, dass der glitzernde Rotz, der beide Nasenlöcher verband wie ein Zwergengeschirr, ein Diamantenpiercing war?

Hätte Homer sich nicht nach einem Streit mit einem Vorgesetzten freiwillig verabschiedet, wäre ihm irgendwann vielleicht eine kleine Rente sicher gewesen. Jetzt bekam er von der preußischen Stiftung, für die er zuletzt gearbeitet hatte, nur noch Einladungen zum Gartenfest.

Homer erzählte jedem, wie froh er über den Neubeginn war. Stets hatte er neue Pläne, nie wurde etwas draus. Gerade hatte sich eine große Hotelanlage in Tansania gemeldet. Da unten könne er endlich mal was Sinnvolles tun, zusammen mit dem Hotel eine Charity gründen, die er mit Bundesmitteln finanzieren wollte. »Ich weiß, was du jetzt gleich sagen wirst.« Natürlich sei das auch irgendwie Kolonialpolitik. »Aber nicht so wie früher, nicht mit Gewalt.«

Einen Achtsamkeitskurs habe er auch gerade absolviert. »Ich versuche, die Dinge mehr geschehen zu lassen.«

Seine buddhistischen Kalendersprüche machten sie ganz kribbelig, genau wie sein gebügeltes Hemd und die Seglerweste. Wann redeten sie endlich über Geld?

Ingas Job im Amrit warf monatlich knapp 1700 Euro ab. Einen Teil ihrer Klassen hatte sie an neue Lehrer abtreten müssen, die meisten davon an einen Typen aus Leipzig, Halbiraner mit samtiger Haut, Gender-neutral, wie sie es nannten. Inga wollte lediglich erreichen, dass sich Homer an der Ausbildung von Alma beteiligte. Sie selbst konnte sich noch mehr einschränken. Von einer Yogalehrerin erwartete eh niemand große Sprünge. Aber auf eine feste Summe wollte sich Homer nicht festlegen.

»Wenn sie etwas braucht, bekommt sie es. Ist doch klar.«

Dann redete er wieder über Afrika.

»Wir sitzen gerade am Pitch Deck für die Investoren.«

»Warum suchst du dir nicht was hier in Berlin? Jetzt müssen es die armen Afrikaner ausbaden, dass du deine Frau beeindrucken willst.«

»Das eine hat mit dem anderen nicht das geringste bisschen zu tun. Seit wann überfordern dich globale Zusammenhänge?«

Gereizt fegte er mit der Hand ein paar Zuckerkrümel vom Tisch. Prompt tat er Inga leid. In all seiner Großspurigkeit gab er sich selbst die Schuld für seine berufliche »Stagnation«, wie seine neuen Schwiegereltern, nur wenig älter als er selbst, seine Situation nannten.

Inga wusste damals im Café noch nicht, dass Homer ihr gemeinsames Konto leer geräumt hatte und die Schuldfrage bei der Scheidung keinesfalls im moralischen Kontext, sondern ganz handfest mit einem Schuldenberater besprochen werden müsste.

Als Homer am Ende ihren Tee, der schließlich doch noch kam, bezahlte, konnten sie sich immerhin wieder in die Augen sehen, wenn auch nur kurz und vorsichtig. Doch Inga machte alles kaputt, als er sie fragte, ob sie noch gemeinsam zum Tiergarten laufen wollten.

»Kann ja sein, dass du nix zu tun hast, aber andere Leute schon.«

Dabei hatte Inga alle Zeit der Welt. Aber sie war lieber alleine unten an der Spree entlang zum Amrit geradelt, das schuppige Grau des Flusses vor der Nase. Das Wasser glitzerte in den Strahlen der hellen Januarsonne. Ein paar Möwen kreischten hysterisch auf, und für einen Moment konnte man so tun, als wäre man in Paris. Sie dachte an all die zerstrittenen Paare in ihrem Bekanntenkreis und ihre lächerlichen Eskapaden. Das hätte schließlich auch aus ihnen werden können: ein altes Ehepaar, das Affären ausgrub, um noch etwas zu spüren.

Jetzt allerdings, Monate später, fühlte sie nichts als Wut. Wie konnte es sein, dass er nicht wusste, von wann Almas Mail war? Mit Schwung brachte sie das Auto in der kleinen Seitenstraße des Ku'damms, in der Danielle wohnte, zum Stehen und machte den Motor aus. Seit Homer ihr Auto nicht mehr durch die Waschanlage fuhr, war die Windschutzscheibe fleckig.

Als sie aussteigen wollte, klingelte ihr Handy. Diesmal war es ihre Schwester Judith, die in Hamburg lebte. Ihre Stimme klang verheult.

»Was ist los?«, fragte Inga.

»Ich weiß auch nicht«, begann ihre Schwester das Gespräch, so wie sie jedes Telefonat in den letzten beiden Jahren begonnen hatte.

»Die Kinder schaukeln … und das bringt mich einfach um.«

»Ich kann jetzt nicht. Ich bin spät dran. Geh ein bisschen spazieren. Ich ruf dich heute Abend zurück.«

Judith war depressiv. Vor einigen Jahren hatte sie ein Internetforum unter dem Namen »Schwarze Berge« für Betroffene gegründet und dort die Ratschläge ihrer Therapeutin an andere Depressive weitergegeben. »Schreib ein Dankbarkeitstagebuch« und solche Sachen. Den Ausschlag hatte eine Geschichte gegeben, die sie eines Abends, während ihre

Familie gemütlich fernsah, in ihr Spanisch-Vokabelheft geschrieben und später auf Facebook gepostet hatte. Ihr Post unter der Überschrift »Ich habe so ein gutes Leben, aber ich kann es nicht genießen« war 1,8 Millionen Mal geliked worden, woraufhin ein Pharmakonzern ihr half, »Schwarze Berge« auf die Beine zu stellen. Eine Zeit lang traf sie sich zu diesem Zweck mit einem jungen Softwareprogrammierer in einem Café in Eimsbüttel. Irgendwann begann der Programmierer auch über private Dinge zu reden.

Was denn so zum Beispiel, hatte Inga wissen wollen.

»Dass er keine Krankenversicherung braucht, weil er nie krank ist.«

Dann kam der Tag, vor dem Inga Judith gewarnt hatte. Judith stürmte zur Tür hinein, in der Tasche eine CD von Nina Simone als Überraschungsgeschenk, und stellte fest, dass Julian, so hieß der Typ, nicht alleine war.

Er gab ihr einen verwischten Kuss auf die Haare und stellte sie einer blonden Fee mit sehr weißer Haut und sehr dickem Bauch vor: »Das ist Janina, und du kannst dir denken, was jetzt kommt. Es wäre schön, wenn du Patentante würdest.«

Daraufhin verwahrloste das Forum, und nachdem unter den Usern, neben dem diskreten Banner des Pharmakonzerns, eine hitzige Diskussion über Pharmakohle, Körpergeruch und abnehmenden sexuellen Antrieb ausgebrochen war, überließ ihnen Judith das Feld und löschte ihren Account.

»Hat sich Alma bei dir gemeldet?«, unterbrach Inga ihre Schwester.

»Nein.«

Sucht nicht nach mir. So viel Melodrama passte nicht zu Alma. Ob Homer wohl schon im Café angerufen hatte, in dem Alma arbeitete? Bei dieser Freundin? Und wie hieß dieser Typ, von dem zuletzt die Rede gewesen war, dessen Eltern an der Grenze zu Polen Rinder züchteten?

Sucht nicht nach mir klang nach Mittelamerika, nach einem Drogentrip auf Goa oder einem Feierwochenende in Tiflis oder Belgrad. Spielte es eine Rolle, wie das Essen war, wenn man sich verstecken wollte? Spielte es eine Rolle, welcher gesellschaftlichen Schicht man angehörte, sobald man beschloss, diese zu verlassen? Ging es um ein Rätsel, das sie als Eltern lösen mussten? Sabotierte ihre Tochter den Generationenvertrag, den sie ohne ihr Einverständnis mit ihr geschlossen hatten? Wir bestellen für dich Ökofutter bei Amazon, und du hältst dafür später die Klappe, wenn du auf einem kaputten Planeten leben musst.

Sucht nicht nach mir.

Inga sortierte mögliche Motive, auch das, was sie gelesen, überflogen, weggezappt hatte an Psychodramen über junge Frauen. Ihr ganzer Körper fühlte sich taub an, und sie schüttelte sich unwillkürlich.

Sucht nicht nach mir.

Es klang so, als hätte Alma das irgendwo gelesen. Immerzu las dieses Kind. Was machte man mit einem Kind, das mit zehn Jahren *Das Hotel New Hampshire* las, mit elf gleich noch mal und dann ein weiteres Mal mit zwölf?

Schwerfällig ging Inga an den großen Terracottakübeln vorbei, die vor dem italienischen Restaurant neben Danielles Haus geschmackvoll herumstanden. Gleich würde sie sich auf Kalkablagerungen und Urinrückstände stürzen. Sie putzte gerne. Dahinter steckte kein Schuldreflex, keine Verbitterung, und sie war auch nicht katholisch.

Danielles Wohnung maß 140 Quadratmeter, für deren Reinigung sie vier Stunden veranschlagte. Da zwei der Räume leer waren, war Inga meist schneller fertig. Das Einzige, was störte: Danielle war Mitglied bei vielen Tauschportalen. Sie tauschte nicht nur ihre Männer, sondern auch ihre Kleider so regelmäßig, dass oft Lieferungen der Reinigung den Flur vollstopften. Manchmal hatte Danielle Privatschüler bei sich, dann durfte Inga nur staubwischen, bekam aber trotzdem die verabredeten 100 Euro.

Heute schien niemand zu Hause zu sein. So war es Inga am liebsten. Als Erstes schmiss sie den Miele-Boy an und machte sich dann mit dem harten Zeug, das sie mitgebracht hatte, daran, Klo und Dusche zu schrubben. Doch die Befriedigung, die sich bei dieser wie bei den meisten mechanischen Arbeiten gewöhnlich einstellte, ließ auf sich warten. Sie starrte auf die Lichtinstallation, die Worte »All is One«, die auf die gekachelte Wand über der Badewanne projiziert wurden. Fünfmal hatte sie seit Homers Anruf Almas Handynummer gewählt und sich anhören müssen, dass diese Nummer nicht vergeben sei, dabei hatte sie selbst den Vertrag für Alma abgeschlossen und natürlich auch bezahlt.

Sie nahm sich eine Rolle Küchenpapier und polierte den Spiegel. Sie putzte nur bei Danielle. Vor ein paar Wochen hatte sie sich, ermutigt durch die Erfahrung – im Grunde lief alles auf den Gebrauch ordentlicher Gummihandschuhe hinaus –, bei Perle4u beworben, einer Art Parship für Servicepersonal. Der Bewerbungsprozess ähnelte jenem um die Greencard, den Homer vor Jahren mal gestartet, aber nie durchgezogen hatte. Man hatte als Raumpflegerin seine Vorerkrankungen anzugeben und die Länder, die man in den vergangenen zehn Jahren besucht hatte, musste ein Ernährungsprofil ausfüllen und seine Krankenversicherungs- und Personalausweisnummer nennen. Obwohl Inga wahrheitsgetreu Thailand (potenzielle Gefahr: Hepatitis B) und Indien (potenzielle Gefahr: Gelbfieber) angegeben hatte, lag es nicht daran, sondern an der Tatsache, dass sie Deutsche war, dass sich kaum Interessenten meldeten. »Die meisten wollen keine Deutschen«, erklärte ihr die Frau, die den Laden führte und sich »Agentin« nannte, »das heißt, sie wollen schon, dass das Personal Deutsch spricht, aber eben nur bis zu einem gewissen Level. Sagen wir, Grundschule.«

Nachdem sie die Ablage vor dem Spiegel ebenfalls gereinigt hatte, ordnete sie Danielles Cremes und Make-up schön in Reih und Glied. Gedankenverloren probierte sie einen auberginefarbenen Lippenstift. Dann beugte sie sich mit dem Orangenreiniger über die Badewanne und polierte die Wasserhähne. Schließlich ging sie in die Küche, um sich ein Glas Wasser zu holen und nach einem Aspirin zu suchen. In einer Schublade lagen ungeöffnete Geschenke, Zigarettenfilter, Vitamine, leere Tablettenschachteln, erstaunlich viele Tablettenschachteln, wenn man bedachte, dass es beim Yoga darum ging, Selbstheilungskräfte zu mobilisieren, außerdem Kondome und Bargeld. Die Inventur eines Lebens, dessen sozialer Status weit über dem einer Prostituierten lag, obwohl die Grundlagen durchaus vergleichbar waren: Hausbesuche, Cash, Körperkontakt.

Inga zog eine Yoga-Barbie, die die Füße hinter den Kopf geklemmt hatte, aus der Schublade und strich über das seidige Hartgummi der Beine. Was waren sie amüsiert gewesen, Homer und sie, als Alma ihrer ersten Barbie alle Haare abgeschnitten hatte. Alma spielte nicht gerne mit Puppen, sondern bevorzugte Modelleisenbahnen, Autos, alles, was man auseinandernehmen und wieder zusammenbauen konnte.

Erst jetzt sah sie Danielles Schlüsselbund neben dem Herd liegen. Herrje, sie war zu Hause. Ob auch ein Schüler da war? Inga wusste nicht, wie viel Danielle für eine Privatstunde verlangte, aber es hieß, mindestens 500 Euro. Reiche Leute, unsicher in Geschmacksfragen, glaubten auch bei Yoga fest daran, dass das teuerste das beste Angebot war, und Danielles Stunden waren nun mal die teuersten in der Stadt.

Dazu ließ es sich gut mit ihr angeben. Regelmäßig konnte man Bilder von ihr in Klatschmagazinen sehen, immer am Arm eines neuen Mannes, in Kleidern, die man ihr für Filmpremieren nach Hause schickte. Nie war sie verlegen um Sprüche wie: »Ich sehe überall göttliche Schönheit, in einem Haufen Hundescheiße genauso wie in einem Kleid von Stella McCartney.«

Überhaupt war sie eine tüchtige Geschäftsfrau. Sie nutzte die steuerlichen Vorteile im Non-Profit-Sektor, indem sie für ihre Class Packs in ihrer Schule nur Spenden entgegennahm, welche in empfohlener Höhe vor aller Augen am Amrit-Check-in zu entrichten waren. So schön Bargeld auch war, Danielle verließ sich nicht allein auf die analoge Welt. Sie hatte 550 000 Follower auf Instagram, die sie alle mit »Engel« anredete und üppig mit Rezepten zur Lebensverlängerung versorgte. Die Rezepte wiederum kopierte sie aus einem amerikanischen Newsletter und übersetzte sie flott und fehlerhaft, was ihren Posts einen eigenen, irgendwie internationalen Charme verlieh. Ihre Follower durften sich einer globalisierten Yogasekte zurechnen, in der es üblich war, für eine vegane Handtasche 3000 Euro zu bezahlen oder für ein Fünf-Tages-Retreat in Indonesien (9000 Euro) aus Darmstadt anzureisen. Kurz, Danielle hatte es, ganz wie der legendäre Yogalehrer Krishnamacharya vor hundert Jahren am Fürstenhof von Mysore, einfach drauf.

Inga löste ein weiteres Aspirin auf. Nichts rührte sich bis auf die Motten, die, angelockt von einer weiteren Installation (»The Universe Will F'ölaisgh Guide You«) auf Abwege gerieten. Aus dem Flur kam der Miele-Boy leise stöhnend herangewanzt. War Danielle nun da, oder hatte sie nur ihren Schlüssel vergessen? Manchmal lag sie in ihrem Zimmer, stundenlang, bei zugezogenen Vorhängen, dann versuchte Inga ohne den Miele-Boy ihr Bestes und putzte lautlos um die dunkle Höhle herum. Auch an solchen Tagen lagen unter dem Holzbuddha im Flur die Scheine bereit.

Inga lauschte. Nichts. Inga arrangierte die Lilien neu. Zu obszön für ihren Geschmack. Dann klappte sie Danielles Laptop auf und ging auf Facebook.

Danielle hätte genauso wenig wie Ingas Schwester leiden müssen. Es gab seit den Zehnerjahren des 21. Jahrhunderts klinische Untersuchungen, die bewiesen, wie eine achtsamkeitsbasierte kognitive Therapie das Rückfallrisiko bei Depressionskranken signifikant senkte. Nur wurden diese Ergebnisse nicht veröffentlicht, da niemand damit Geld verdienen konnte.

So schlummerte am selben Tag, als Homer, um aus der Talsohle seines Lebens herauszuklettern, seine 309 ungeöffneten Mails sorgsam eine nach der anderen las und bei Nr. 37 auf die Mail seiner Tochter stieß, auch in Danielles Postfach eine wichtige Ankündigung von info@medizinermeditieren.org über eine sechswöchige Depressionstherapie, angeleitet von Pjon Den Shung in der Uckermark. Hätte Danielle die Mail am Tag ihres Eingangs gelesen, anstatt beim Innensenator nach einer Rückenyogastunde den »Beckenschiefstand zu korrigieren, hahaha«, hätte sich vielleicht auch ihr Leben signifikant geändert. Womöglich hätte sie den letzten freien Platz in der Gruppe ergattert, um, finanziert vom gesetzlichen Krankenkassenverband, am Zug der Kraniche die Qualität ihrer düsteren Gedanken auszurichten.

Inga klappte den Laptop zu, als sie Danielles Zimmertür hörte. Matt, Danielles Freund, kam in die Küche. Er war nackt. Ihm folgte Danielles Dackel, eine kleine Ratte auf vier Beinen, gerade recht für Frauen, die noch jung genug waren, damit anzugeben, es mit keinem Mann lange auszuhalten. Matt sagte: »Hey! Es geht ihr nicht gut.«

Er öffnete den Kühlschrank, und Inga bemerkte kleine Schweißperlen auf seinem Rücken. Unter Yogis war es üblich, ohne Scham zu sein, oder zumindest nicht üblich, sie zu zeigen. Für manche stellte das eine Herausforderung dar, und sie fingen an, grotesk herumzutanzen, sobald sie nackt waren. Matt tat das nicht. Er war nackt wie ein Kind. Er stellte eine Schachtel mit verschimmelten Blaubeeren auf die Platte.

»Ich versteh das nicht. Wenn ich nicht einkaufe, ist nichts da.«

Ob es sein Hunger war, der sie berührte, oder die Sorgen, die er sich um seine so viel ältere Freundin machte, oder ob sie einfach die gestraffte Haut, die seine Muskeln nur mit

Mühe zusammenhielt, anfassen wollte, wusste sie nicht, jedenfalls legte sie ihre Hand auf seinen Arm. Er drehte sich zu ihr.

»Nicht mal Eier sind da. Wir haben gerade über dich gesprochen.«

»Warum?« Es gefiel Inga nicht, wenn jemand über sie sprach. Es bedeutete in der Regel nichts Gutes.

»Kannst du ihr einen Flug buchen nach London? Ich würde am liebsten mitfahren, aber ich bekomme nicht frei.«

Wahrscheinlich war es doch seine Anhänglichkeit, die Inga rührte. Sie wusste, dass er als Controller arbeitete und mit dem Geld das Studium seiner beiden jüngeren Geschwister finanzierte, obwohl er selbst am liebsten Medizin studiert hätte.

»Ich geh mal rein«, sagte sie. Danielle würde heute nicht auf die Uhr schauen. Es wurde höchste Zeit, dass sie hier fertig wurde.

Danielle winkte sie zu sich heran. Sie lag nackt auf dem Bett, auf dem Bauch, die Beine angewinkelt. Ihr Hintern war voller blauer Flecken, in denen zarte silberne Akupunkturnadeln steckten, ein wunderschöner Anblick, als schaute man vom Flugzeug auf eine Hügelkette mit Windrädern.

»Tja, da hat sich Matt verewigt. Der arme Kerl ist völlig fertig. Du weißt ja, mein verdammter Ischias.«

Sie streckte Inga ein zartes Handgelenk entgegen und hielt ihr ihre Kreditkarte hin. Unten den vielen Armbändern glänzte ein frisches Tattoo. In hübscher Schreibschrift wie aus einem Poesiealbum stand dort: »Fuck Buddha«. Die Haut um die einzelnen Buchstaben war erstaunlich wenig geschwollen, die Tinte glänzte, einer dieser Yogascherze, die seit einigen Jahren kursierten. Vermutlich ein Reflex auf das Geschäft, zu dem Yoga geworden war. Bereitwillig hatte sich *der* Yoga, wie die Puristen sagten, dem Kapitalismus unterworfen. Nichts war mehr heilig, dabei hatte es ganz harmlos begonnen: Die Lehrer hatten plötzlich Webseiten, machten Werbung, schrieben Newsletter, eine kleine Kooperation hier, ein kleines Sponsoring da, und jeden Monat neue bunte Yogapants, feuchtigkeitsableitend, Mikroplastikteilchen in die Ozeane spülend, mit »Allover Prints« für den Großstadtdschungel, es war zum Kotzen. Sogar an die Börse drängte es einige der größeren Unternehmen. Die wenigen Yogis, die dagegen protestierten, hatten sich zurückgezogen nach Frankreich oder Dänemark.

Inga nahm die Kreditkarte. Sie deckte Daniele zu.

»Wie hast du überhaupt so schnell einen Platz bekommen?«

»Der Trick ist, eine Blutwäsche dazuzubuchen. Die ist sauteuer. Das lassen sie sich nicht entgehen.«

Inga schenkte sich eine Antwort. Die Klinik kostete ohne Extras 1500 Pfund am Tag. Geld, das Danielle aus der Firmenkasse des Amrit abzweigen würde und das man in Ingas Augen genauso gut in die Themse werfen konnte. Über Stunden überließ man die Patienten in diesem Londoner Loch sich selbst, in sogenannten Self-Labs, Laboratorien der Hölle. Die Methode, nach der die Menschen aufgefordert waren, sich aus der Schwierigkeit »herauszudenken«, war veraltet und führte laut Pjon Den Shung, der auf Kraniche schwor, nur tiefer in den Teufelskreis von negativem Denken. Danielle wusste das. Sie hatte Inga nach ihrem letzten Besuch in England sogar erklärt, dass die Leute in London den falschen Ansatz hätten, aber weil alles auf Englisch war, sei der Quatsch erträglich, außerdem liebte sie die kleinen Parfümfläschchen und den beheizten Handtuchhalter im Bad.

Nachdem Inga den Flug gebucht hatte, musste sie Danielle helfen, zu packen und etwas für die Reise herauszulegen. Nicht irgendwas, sondern Kleider, die Danielle in ihrem miesen Zustand sowohl größtmögliche Anonymität als auch maximale Klasse garantierten für den Fall, dass man sie erkannte. Danielle war Schirmherrin der Flüchtlingsinitiative UMziehen, in der Designermode an Geflüchtete verteilt wurde, ein Job, in den sie eine Menge Leidenschaft steckte. Ergebnis des Packens: eine Kaschmirjogginghose, eine mit echtem Pelz gefütterte Barbourjacke und ein HipHop-Käppi von Bushido, ebenfalls pelzgefüttert. Danielle würde nicht weiter auffallen. Jede reiche Mutti aus Zehlendorf, die einmal in ihrem Leben in der *Bunten* geblättert hatte, lief so rum. Inga hätte darin wie eine bedrohte Tierart ausgesehen, aber Danielles blasser Teint würde, eingebettet in den Pelz, leuchten.

Jetzt noch die Unterwäsche bitte. Das ging Inga zu weit. Eine Frau braucht doch ihre Privatsphäre. Sie schubste Danielle aus dem Bett, schob ihr den Karton mit den seidenen G-Strings zu, die wie Goldfische schillerten, und zog dann die Bettwäsche ab.

Inga respektierte Danielle für ihren Erfolg, den sie mit einfachen Mitteln erreichte. In ihren Workshops erzählte sie die gleichen Parabeln, die auch jeder Youtube-Guru draufhatte, aber sie tat es ohne Hemmungen und schämte sich auch nicht, sich zu wiederholen: Geschichten von Menschen, die Hilfe suchten.

»Isabelle, Versicherungsmaklerin, besaß alles, was man sich nur erträumen konnte, aber dennoch fehlte ihr das Vermögen, glücklich zu sein …«, oder: »Hans-Peter, Fahrkartenkontrolleur, war stets gewissenhaft und kontrollierte jeden seiner Schritte, bis ein tragischer Unfall ihm klarmachte, dass, erst wenn man die Kontrolle aufgab, das Leben begann …«, oder auch, besonders beliebt: »Laura, Operndramaturgin, konnte jeden Mann betören, es gelang ihr jedoch nie, sich selbst im Spiegel anzusehen und selbstbewusst zu sagen: Ja, ich bin schön …« Die Story war einfach. Die Protagonisten hatten es zwar nach herkömmlicher Ansicht zu etwas gebracht und waren den Yogis im Studio gerade so weit voraus, dass diese eine Spur Neid verspüren konnten, aber spirituell waren sie Nieten und mussten erst erleuchtet werden. Besonders die Instrumentalisierung von Neid in diesem Teil der Workshops war bemerkenswert. Gesamtgesellschaftlich mochte Neid als unverzichtbarer Antrieb für soziale Mobilität dienen, denn nichts spornte so an wie ein Nachbar, der braun gebrannt von den Malediven kam. Im Yogamilieu aber war Neid problematisch und gehörte mit Habsucht, Sexsucht, Gewalt und Todesangst zu jenem Sündenregister, das sich so oder so ähnlich in jeder Religion finden ließ und das um jeden Preis zu vermeiden war. Die Rechnung war einfach. Wer nach konventionellen Gesichtspunkten ein Gewinner war, war spirituell notgedrungen ein Loser. Spirituelle Gewinner wiederum waren diejenigen, die es geschafft hatten, »loszulassen«. Eine schlichte Dramaturgie, die nie ihre Wirkung verfehlte.

Mochten Danielles Weisheiten auch platt sein, sie machten mehr Spaß als Bücher. Zum Beispiel die Bücher im Antiquariat neben dem Amrit, die höchstens Touristen kauften und, da wettete Inga, nie lasen. Bücher, die alle ähnlich klagen und von denen Inga kein einziges lesen mochte. »Das Unvermögen der xyz«, »Das Labyrinth der Blablagesellschaft«, »Das Ende der soundso«, alles sehr pessimistisch und immer mit einem wuchtigen Genitiv, als würde man Nudeln mit einer schweren Weißweinkäsesauce übergießen: säuerlich und schwer zu verdauen.

Endlich war Danielle fertig. Fast schon wieder nüchtern nach einer Kurkuma-Chili-Magenspülung, übertrug sie Inga zusammen mit dem Schlüsselbund feierlich die Geschäfte im

Amrit. Noch am selben Abend sollte John Best anreisen, ein alter Kollege von Danielle, der es in Amerika unter die Topstars der Yogalehrer geschafft hatte und trotz seiner Sex- und Cannabissucht bei Nike unter Vertrag stand. In einem dreitägigen Seminar würde John auf einer Europapremiere seinen *Alignment Atlas* vorstellen, eine unter Einbeziehung aktueller neurobiologischer und orthopädischer Erkenntnisse überarbeitete Multimedia-Version von Iyengars legendärem *Licht auf Yoga*, ein Rundumpaket, das der *Boston Globe* als »the partner you always dreamt of« bezeichnete.

Jetzt fiel es Inga wieder ein: die Plakate überall in der Stadt und die Aufregung unter den Schülern. Unzählige Jünger lungerten bereits seit Tagen im Studio herum, um Bekanntschaft untereinander zu schließen, vielleicht noch ein Ticket für die längst ausverkauften Workshops zu ergattern oder einfach nur kostenlos Tee zu trinken.

»Was ist mit Jamal?«

Wirklich. Wozu hatten sie schließlich einen Studiomanager?

»Jamal hat genug zu tun«, sagte Danielle streng, »John ist deine Verantwortung. Du musst dafür sorgen, dass er alleine ins Bett geht und nichts trinkt. Das verträgt sich nicht mit seinen Tabletten. Und keine Sorge«, sagte Danielle und zwinkerte ihr zu, »du bist nicht sein Typ.«

Als Inga endlich ging, hatte sie außer den Lilien den trägen Krishna im Arm.

»Du musst ihn nehmen, Matt würde gern, aber er hat diese Drecksau als Chef, der keine Tiere im Büro erlaubt.«

Es war schon verrückt. Danielle, die ihren Schülern erfolgreich Zufriedenheit und das Gefühl, das Leben ohne Hass meistern zu können, beibrachte, war selbst trotz jahrzehntelanger Yogapraxis depressiv und alkoholabhängig geworden. Was aber wirklich erstaunlich war: Sie besaß keine Freunde, die sich um den Hund hätten kümmern können.

Sucht nicht nach mir. Was hieß das anderes als: Sucht nach mir.

Inga stand vor dem lang gezogenen Bungalow in Kleinmachnow, in dem Homer mit seiner Freundin Sondre wohnte. Das Haus im Süden der Stadt hatten die Eltern von Sondre dem Paar gekauft, erleichtert, dass ihre Tochter mit 38 Jahren endlich einen Mann gefunden hatte.

Das Haus machte auf LA und traute sich, wie ein Strohgesteck an der Tür verriet, doch nicht richtig. Inga blieb unvermittelt stehen. Ein Windstoß wühlte die Laubberge auf und schickte eine Brise feuchter Erde herüber mit jenem süßen Beigeschmack von Verwesung, der den Herbst zu einer aufregenderen Jahreszeit macht als den Sommer.

»Sie hat mich auf Facebook geblockt«, sagte Sondre zur Begrüßung. Inga starrte auf den Ansatz ihres Dekolletees. Es war von feinen Äderchen durchgezogen und schimmerte. Sondre war so schön, dass sich Inga, ungeachtet des Unsinns, den die Frau zuverlässig von sich gab, jedes Mal auf perverse Weise gut fühlte. Als könnte es in der Gegenwart wirklich schöner Menschen keine Katastrophen geben.

»Dich nicht?«, fragte Sondre.

»Wir waren nicht befreundet.«

Sie folgte Sondre in den Wohnraum mit Küchenblock. Leichter Ekel breitete sich in Inga aus beim Anblick der Möbel, der Gartenbücher, der gesamten Schwerkraft einer Beziehung, die ohne diesen Kram anscheinend nicht auskam. Selbst die aus Südfrankreich mitgebrachten Pinienzapfen und die zur Zierde hingelegte Nähschere verrieten wie heilige Gegenstände auf einem Altar die Angst, dass auch diese Ehe nicht gegen ihr Scheitern gefeit war. Eine Ehe, in der ganz modern die Frau das Geld verdiente und der Mann zum Sport ging.

Inga hatte bei Danielle vergeblich versucht, auf Almas Facebook-Seite zu gehen. Sie hatte nur ein Foto sehen können, weiter war sie nicht gekommen. Es war das Abi-Gruppenfoto, auf dem sich die ganze Klasse um eine Mülltonne drängte. Ein Fingerzeig auf den sinkenden Wert einer Akademiker-Ausbildung? Auf dem Bild war Alma halb verdeckt von einem Typen mit roten Locken und lachte. Das war vor fünf Monaten gewesen.

»Kann sie mich auch blocken, wenn wir nicht befreundet sind?«, fragte Inga.

»Ich glaube nicht.«

Sondre setzte an zu einem Vortrag über »das digitale Debakel«. Unbehagen regte sich in Inga. Sie war verschwitzt, und mit einem Mal fiel ihr auf, dass sie die Haare in einem ausgefransten, hastig zusammengezurrten Pferdeschwanz gebündelt hatte.

»Habt ihr Rotwein?«

Wechselten Sondre und Homer einen Blick? Nein, sicher nicht. Inga wettete, dass Sondre sich, wenn die beiden zu zweit waren, über Inga beschwerte und dabei ganz subtil den Altersunterschied zwischen ihnen ins Spiel brachte.

Das digitale Debakel also. Inga ließ sich in einen Sessel fallen. Sollte das Huhn reden, das gab ihr Zeit, nachzudenken.

Die Digitalisierung war seit einigen Jahren nicht mehr zu trennen von der Frage nach innerer Sicherheit und Terrorabwehr. Im Moment wurde alles überschattet von der Diskussion um die ThirdEye-Kampagne, die Europas Ministerpräsidenten aus Gründen der Grenzsicherung eingeführt hatten. Das angeheizte Sicherheitsbedürfnis hatte in Deutschland ein Klima von Misstrauen geschaffen, dem sich niemand entziehen konnte. Kinder bekamen aus Versicherungsgründen mit der letzten Vorsorgeuntersuchung U8 einen Chip oberhalb des Sattelgelenks zwischen Daumen und Zeigefinger implantiert. Ärzte an der Charité hatten jedoch eine Studie veröffentlicht, deren Ergebnis besagte, dass mit wachsender Überwachung die Zahl der chronischen Schmerzpatienten anstieg, vor allem derer, die keine Schmerzursache im klinischen Sinne vorweisen konnten. Im Bewusstsein, ständig kontrolliert zu werden, schien sich der Schmerz, so stellte es sich Inga vor, wie ein eingekesseltes Tier zu verhalten, das durchdrehte.

»Darf ich?«, sagte Inga und griff sich eine Scheibe Brot. Wann hatte das angefangen, dass die Leute den Zeitpunkt einer Einladung so legten, dass man ihnen zuschauen musste, wie elegant sie ein Zitronenhuhn stopfen und einen sandigen Salat zupfen konnten?

Während Sondre also die *Freiheit*, denn drunter machte sie es nicht, verteidigte, nein, doch viel eher den Imperialismus der Netzkonzerne in mühsamem Nominalstil kritisierte und erklärte, welche Gefahr er für die Menschenwürde darstelle, begann Inga zu verstehen, warum sich Alma in diesem Haus nicht wohlgefühlt hatte. Alles war da. Es fehlte an nichts, aber da war auch keine Lücke, keine Stelle, an die man hätte anknüpfen können. Es war ein geschlossenes System, ein verdammter Käfig.

»Oder gibt es bei dir noch einen Schuster?«, fragte Sondre und begann Auberginen zu würfeln.

»Nein, gibt es nicht. Ist mir auch egal«, sagte Inga.

Im Eigenheim Marx spielen, zu mehr reicht's nicht, dachte Inga, kein Wunder, dass dich Alma geblockt hat.

Die Standardfrage nach einem »anständigen« Schuster! Oder nach einem Klempner, Waschmaschinen-Reparateur, Handwerker. Diese Leute dachten im Ernst, wenn sie ihren Hausstand reparierten, stellten sie auch die alten Zustände wieder her. Dabei lief es immer gleich. Erst jammerte man den alten Zeiten und den guten alten Schuhen hinterher, dann kaufte man ungerührt ein neues Paar und stopfte das alte in einen Flüchtlingscontainer. Es waren vor allem Leute in einem sicheren Arbeitsverhältnis, die nach Feierabend Theorien über Verteilungsgerechtigkeit herunterbeteten, ohne jede Konsequenz für ihr eigenes Handeln und damit in Ingas Augen ohne Belang.

»Hast du nicht einen Computerfritzen im Büro, der die Facebook-Seite von Alma knacken kann?«, fragte Inga, damit sie endlich mal zum Thema kämen. Sie fand eine Kristallkaraffe mit Wein und goss sich ein Glas ein.

»Hello? Willst du, dass ich rausfliege?«

»Hatte sie nicht bei euch noch einen Computer?«, fragte Inga.

»Ja«, antwortete Sondre überrascht, »das könnte sein.«

Alma war mit 17 auf eigenen Wunsch zu Homer und Sondre gezogen, eine Entscheidung, die sich gegen ihre Mutter gerichtet hatte, aber, wie Inga ihrer Tochter richtig prophezeit hatte, ihr etwas viel Lästigeres als die eigene Mutter einbringen würde: »Zwei Amateure mit schlechtem Gewissen.«

Und genau so war es gekommen. Sobald Alma bei Sondre und Homer das große Zimmer im Souterrain neben der Garage bezogen hatte und mit dem 108er-Bus zur Schule fahren musste, tauchten an allen Ecken Probleme auf. Einmal durfte Alma abends ausgehen, solange sie wollte, besonders wenn sie in Anwesenheit von Gästen fragte. Ein anderes Mal musste sie, wie Sondre Inga am Telefon stolz erklärte, erst ihre gesamte Garderobe neu falten und zusammenlegen, bevor man ihr erlaubte, ins Kino zu gehen. Eine für alle Beteiligten unübersichtliche Situation, aus der es keinen Ausweg zu geben schien. Schuld war Alma, die, betonte Sondre überflüssigerweise, in einem schwierigen Alter war. Was man, fand Inga, auch vor dem Umzug hätte bedenken können. Alma selbst gab zu, wie ungerecht und wenig konstruktiv es war, wenn sie als Reaktion auf diesen Amateurzirkus anfing, Geschirr fallen zu lassen oder Eichhörnchen zu adoptieren, welche unter großem Geschrei wieder freigelassen werden mussten.

In Wahrheit ging es um etwas anderes. Verhandelt wurden die Nutzerrechte an einer Ware, die knapp wurde, auch wenn alle das Gegenteil behaupteten. Die Liebe wurde nicht größer, je mehr Leute unter einem Dach wohnten. Nein, sie reichte nicht hinunter ins Souterrain. Als Alma einmal hörte, wie Sondre am Telefon von »seinem Kind« sprach, hängte sie aus Trotz ihre getragene Unterwäsche aus dem Badezimmerfenster, eine kleine Fahne der Rebellion.

Während die Streitereien Vater und Tochter auf tieferer Ebene eine Zeit lang noch zusammenhielten – wer sich stritt, der liebte sich –, konnte Sondre auf keiner Ebene etwas richtig machen. Besonders wenn oberflächlich alles glattlief, registrierten sowohl Alma als auch Sondre die peinliche Tatsache, dass die Zuneigung zwischen ihnen partout nicht wachsen wollte.

Homer lag die ganze Zeit über auf dem Sofa und hatte gegen die Abendkühle, die von den weit geöffneten Fenstern aus dem Garten ins Haus drang, eine Decke über sich ausgebreitet.

Einen Computer? »Da war dieses Riesending, ein alter iMac, noch mit Lüfter.« Den hatte er zum Elektroschrotthändler gebracht, zu dumm.

»Das glaub ich jetzt nicht«, sagte Inga, »wann?«

»Schon ewig her, keine Ahnung.«

»Das war letzte Woche«, sagte Sondre. »Du hast den Toaster auch mitgenommen. Da musst du dich doch dran erinnern.«

Der matte Schein des frisch gewienerten Parkettbodens spiegelte ein Fußballspiel wider, das ohne Ton im Fernseher lief. Seit Homer mit Sondre zusammenlebte, flimmerte der Fernsehapparat die meiste Zeit, obwohl selten jemand hinsah. Die Vorstellung, dass sich Homer nachmittags die Nachrichten über Einbruchserien, Viehseuchen und Fressmessen ansah, die seine Frau moderierte, bekümmerte Inga.

Erst jetzt sah sie, dass Homer einen Verband an der rechten Hand trug.

»Was hast du da an der Hand?«

»Nichts.«

»Stört es euch, wenn ich Knoblauch nehme? Da gibt es diverse Theorien.«

Sondre rührte, weil die Theorien niemanden interessierten, heftiger im Topf als nötig.

Inga nahm einen kleinen weiß schimmernden Elefanten in die Hand, überrascht, wie schwer er war. Unter Sondres alarmiertem Blick stellte sie ihn so ungeschickt zurück, dass er zerbrach.

»Herrje, tut mir leid«, sagte Inga.

»Der war aus Pakistan«, sagte Sondre, »den habe ich gekauft, als mich das Goethe-Institut eingeladen hat.«

Nun, das stimmte nur fast, wie Inga wusste. Denn eingeladen war Sondres Freundin Karin, eine Sopranistin aus Hamburg, und Sondre hatte sie mit der Kamera begleitet.

Der Elefant musste ihr mächtig am Herzen gelegen haben. Zum ersten Mal an diesem Abend war sie still. Aber nur kurz.

Während sie in Zeitlupe Sojasahne in die Suppe tropfen ließ, sagte sie einen ihrer Lieblingssätze: »Ich komme aus einer Familie, in der nur Geld zählte. Nicht Wissen, nicht Kunst, nicht Schönheit, nicht Liebe. Ihr wisst nicht, wie es ist, sich nach schönen Dingen zu sehnen. Auch wenn sie eine Ersatzfunktion haben. Natürlich gibt es immer Defizite. Aber in unserer Gesellschaft, wo der menschliche Kontakt von Algorithmen gesteuert wird …«

Inga sah auf ihr Handy. Drei verpasste Anrufe von Unbekannt. Wenn das Alma war? Warum hatte sie die nicht gehört, verdammt noch mal?

»… wenn ihnen etwas Schlimmes passiert …«

Himmel, was redete diese Frau da? Die roten Flecken am Hals verrieten ihre Erregung. Machte sie ihnen als Eltern etwa Vorwürfe?

»Kommt ihr?«, sagte Sondre schließlich. Sie legte ihre Schürze ab und offenbarte eine noch schlankere Taille als erwartet – und die Erwartungen waren hoch gewesen.

Das Essen war köstlich. Es war gekocht nach dem Rezept einer neuseeländischen Bloggerin, der Sondre auf Twitter folgte und an der das Einzige, was Inga aufhorchen ließ, die Tatsache war, dass sie nur wenig älter als Alma war. Eine Bloggerin würde nicht so leicht verloren gehen. War es möglich, dass Alma weniger Interesse als ihre Freundinnen an Social Media gezeigt hatte? Warum interessierte sie sich nicht dafür, wie andere sie fanden? Wie sollten sie das Kind finden, wenn sie nicht geliket werden wollte? Wie sollten sie das Kind finden, wenn sie zu keiner Gruppe gehörte und sich nirgends engagierte, nicht gegen Klimaerwärmung, unfaire Einkommensverteilung, Überwachungsdrohnen, Atomwaffenendlager, nicht mal gegen Echtpelzmützenbommel?

Sucht nicht nach mir.

Wieder und wieder versuchten sie die letzten Wochen zu rekonstruieren, ohne dass einer überhaupt sagen konnte, wann er zuletzt mit Alma gesprochen hatte und worum es dabei gegangen war. Alles, was sie wussten, war, dass es eine Zeit lang her war und ihnen nichts aufgefallen war. Schließlich verkündete Homer, Almas Entschluss, abzuhauen, zeige, dass das Kind aufbegehrte.

»Sagt, was ihr wollt, aber es ist eine revolutionäre Geste.«

Wärmte er sich etwa an dem Gedanken, eine Rebellin

großgezogen zu haben, weil dann etwas von ihrem Ruhm auf ihn abfiele? Er war nicht zu stoppen. Er beschrieb seine Tochter, wie sie einen Gipfel im Himalaja erstieg, Medikamente in einem Rucksack durch den Dschungel in Nicaragua zu einem entlegenen Dorf schleppte oder sich am Amazonas irgendwo an einen Baum ankettete.

Was, wenn sie sich tatsächlich irgendeinem dieser Hilfskonvois, die seit der Großen Dürre neuerdings überall in Nordafrika unterwegs waren, angeschlossen hatte? Inga merkte, wie sie den silbernen Serviettenring umklammert hielt. Eigentlich wollte sie nur ihren Wein austrinken und abhauen.

Nach dem Essen holte Sondre das Bügelbrett. Erst das Fischcurry, die gepfefferten Orangen mit Vanilleeis, der Eisenkrauttee. Jetzt die Bügelwäsche.

»Das kann doch Agatha machen«, sagte Homer.

»Das mit der Revolution hat sie anscheinend nicht von dir«, sagte Inga.

»Nein, das hat sie von dir«, sagte Sondre zu Inga und versprühte heftig Bügelstärke. Sie bemühte sich gar nicht erst darum, es wie ein Kompliment klingen zu lassen.

»Das kann doch Agatha machen«, wiederholte Homer.

»Agatha hat genug zu tun.«

»Das ist ihr Job«, sagte Homer mit frischem Oppositionsgeist.

Jeder wusste, dass das Problem nicht das Bügeleisen war, sondern die Tatsache, dass Sondre die Putzfrau bezahlte,

Agatha, das Fischcurry, den Smart vor der Garage und auch sonst alles, was man anfassen konnte im Haus.

Nur das, was man nicht anfassen konnte, gehörte Homer. Davon hatte er, so viel man sich nur wünschte konnte. Nur war es leider nicht das Jahrhundert, in dem Zeit irgendetwas bedeutete. Zu viel Zeit zu haben, das war einfach nur obszön.

»Wahrscheinlich hat sie nur einen Lover«, sagte Sondre.

»Ich gehe jetzt«, sagte Inga und fühlte sich mit einem Mal zerbeult in ihrem Rock, der so billig aussah, wie er war. Sie hatte genug davon, dass diese Person Erklärungen zu ihrer Tochter abgab, wo es doch Inga war, die das Kind aus ihrem Bauch herausgepresst hatte.

»Du wirst sehen: Sobald ihr das Geld ausgeht, ist sie wieder da«, sagte Sondre, als böte sie Inga an, ihr ein warmes Bad einzulassen.

Vor der Haustür teilten sich Homer und Inga noch eine Zigarette, die Homer mit der unverbundenen Hand hielt. Er erzählte von einem Obdachlosen, der vor einigen Tagen mitten vor der Heilig-Geist-Kirche sein Quartier aufgeschlagen hatte. Homer hatte ihm ein Paar schöne Schnürstiefel mit neuen roten Schnürbändern hinstellen wollen. Daraufhin habe der Obdachlose ihn gebissen.

»Tut's weh?«, fragte Inga in einem Anfall von Mitgefühl.

»Wie die ›Tetanusspritze‹ gesagt haben im Krankenhaus …«, sagte Homer, dankbar für die Wärme in Ingas

Stimme. »Sondre wollte, dass ich einen HIV-Test mache. Weil sich angeblich jährlich 2500 Leute in Deutschland mit Aids anstecken, und die meisten kriegen es nicht mal mit.«

Die Leute vom sozialpsychiatrischen Notdienst, die den Mann abholten, hätten von hebephrener Schizophrenie gesprochen, also einer schlimmen Psychose.

»Wenn einer arm ist, ist er doch noch lange nicht verrückt«, sagte Inga.

»Du wirst mich jetzt gleich hassen«, sagte Homer.

Inga kannte ihn gut genug, um zu wissen, dass er recht haben würde. Und so war es auch. Er gestand, dass Almas Mail tatsächlich drei Wochen alt war, vom 10. September, und er sie nur durch Zufall entdeckt hatte.

»Du verdammter Idiot. Sie hat drei Wochen Vorsprung«, sagte Inga. »Drei Wochen. Sie kann überall sein.«

Als sie ging, knallte sie die Gartentür so fest zu, dass das Schloss herausbrach.

Es dauerte bis zur nächsten Kreuzung, bis sie den leichten Ammoniakgeruch im Auto wahrnahm. Sie drehte sich um und sah auf dem Rücksitz in die anklagenden Augen des Hundes. In einer Stunde landete John Best mit seinem legendären Handgepäck, das aus einer alten Bastmatte und 100 Milliliter Sagrotan bestand.

Hastig googelte sie Hundepensionen, drückte das Gaspedal durch und fuhr in den Nordosten der Stadt, in einen Vorort namens Rudow, wo die Bungalows noch immer ihren expressionistischen, grellen Nach-Wende-Fassadenanstrich hatten.

Drei Wochen waren verloren. Was war vor drei Wochen gewesen? Wohnte Alma da nicht noch bei Homer und Sondre? Sie rief Homer an, der beim ersten Klingeln abnahm.

»Nein, da wohnte sie schon bei dieser Dings«, sagte er.

»Welcher Dings?«

»Bei ihrer Freundin. Mir fällt der Name nicht ein. Wie ein Lebensmittel. Eine Margarine.«

Dafür, dass er sein Leben lang versucht hatte, jemand zu sein, der er nicht war, schnitt er nicht so übel ab. Er war nicht mal ein schlechter Vater gewesen. Immerzu hatte er Alma mit in seine Parks genommen und ihr gezeigt, wie man Büsche zurechtschnitt und Rasen säte. Hätte er ihr wenigstens beigebracht, wie man einen Angreifer blitzschnell erledigte, indem man fest mit beiden Händen auf seine Ohren klatschte.

»Wenn Alma Sondre auf Facebook geblockt hat …«, sagte Inga.

»Ja, daran muss ich auch die ganze Zeit denken.«

Was beide nicht sagten, war, dass, wenn Alma Sondre geblockt hatte, das doch wohl bedeutete, dass Alma lebte.

In der Hundepension füllte Inga den Fragebogen aus.

Welche Vorlieben hat Ihr Haustier bezüglich anderer Tierarten? Wollten diese Leute sie verarschen?

»Ohne Impfnachweis können wir ihn nicht nehmen«, sagte die Frau.

Inga streckte ihr 200 Euro hin und log: »Der liegt zu Hause. Ich könnte ihn morgen vorbeibringen.«

»Das geht nicht.«

Die Frau ignorierte das Geld so auffällig, dass es Inga wieder einsteckte. Nach der ersten Lüge fiel die zweite ungleich leichter.

»Ich muss ins Krankenhaus zu einer OP. Wo soll das Tier denn sonst bleiben?«

»Das sagen sie alle. Das oder Kreuzfahrt.«

»Soll ich ihn etwa alleine zu Hause lassen?«

Die Frau zuckte mit den Schultern. Anders als Tierschützer, die alles für Tiere taten und Menschen und ihre menschlichen Probleme problemlos ignorieren konnten, hatte diese Frau kein Herz für Tiere. Vielleicht besaß sie auch nur einen Zeitvertrag.

»Halt bloß die Klappe«, sagte Inga, als der Hund im Auto anfing zu bellen, und warf ihm die getrockneten Wurstzöpfe zu, die sie der maulenden Person abgekauft hatte.

Nachdem Inga John Best im Westin Grand abgesetzt und dafür gesorgt hatte, dass er ein Zimmer ohne Klimaanlage und Minibar bekam, fuhr sie nach Hause und machte sich einen Pfefferminztee. Mit der Tasse in der Hand setzte sie sich auf das kleine Sofa. Ihre Hände strichen über den glanzlosen Samt, wieder und wieder. Vor dem Fenster die Thujenhecke, die niemand mehr stutzte, seit der Hausbesitzer der Hausverwaltung gekündigt hatte: ein schwarzes Kamel.

Die Erlebnisse des Tages flossen in dem einen immer brennenderen Wunsch zusammen, mit Alma zu reden. Zusammen über die Frau in der Hundepension zu lachen, den Hund zu streicheln, der friedlich neben Inga auf dem Sofa schnarchte, zusammen fernzusehen oder sie einfach nur heimlich zu beobachten wie früher, als sie noch kleine Eisenbahnen zerlegte. So viel zum Thema Loslassen.

Am nächsten Morgen bekam sie einen Anruf, der ihr Leben nicht einfacher machte. John Best war tot und sie anscheinend der letzte Mensch, der ihn gesehen hatte.

TAG 2

Wenn es stimmte, dass die Wahrnehmungsfähigkeit stieg, je weniger Möglichkeiten zur Ablenkung man dem präfrontalen Kortex lieferte, hatte Inga an diesem Tag schlechte Karten. Erst versuchte sie, sich aus der Wohnung zu schleichen, ohne dass der Hund anfing zu jaulen, dann, als sie damit keinen Erfolg hatte, fuhr sie mit ihm zu ihrer Freundin Erna, die einen Secondhandladen hatte. Und als wäre vor diesem Hintergrund eine Erfahrung aus erster Hand nicht erstrebenswert, lehnte diese es ab, auf den Hund aufzupassen, und behauptete, womöglich eine Hundeallergie zu haben.

»Womöglich?«

»Ich spür es jetzt schon. Tierhaare, egal, ob tot oder lebendig. Ehrlich, da geht gerade alles zu …«

Sie zeigte mit allen Fingern auf ihr Gesicht.

»Und was ist damit?«

Inga zeigte auf die Felljacke, die auf Ernas Stuhl lag. Erna war gerade damit beschäftigt gewesen, einen Knopf anzunähen, als Inga in den Laden kam.

»Ja, eben! Das ist Fake! Selbst einen Fake-Pelz kann ich nicht ertragen. Schau dir meine Augen an! Total zu.«

»Es wäre doch nur bis drei«, sagte Inga.

So dickfellig sie gegenüber den Nöten anderer Menschen sein mochte, so feinfühlig war Erna, sobald es um Stoffe ging. Selbst jetzt ließ sie sich nicht abhalten und zog etwas Dunkelblaues von der Stange, das sie Inga vor die Brust hielt. Niemand sonst verstand es so gut, einen Menschen zu seinem Vorteil anzuziehen. Inga hatte gute Lust, sie wegzuschubsen.

»Ich muss zur Polizei. Ein Gastlehrer ist tot.«

»Pech. Jetzt wird erst mal Tee getrunken«, sagte Erna.

Der Tod des amerikanischen Gurus interessierte Erna dann doch. Sie richtete ihre Golfsocken, zupfte an ihrem fleckigen Faltenrock, als säße sie in einem Country Club, und goss Inga eine Tasse Chrysanthementee ein.

»Bitte schön. Beruhigt die Nerven. Und jetzt erzähl. Die Bullen können warten.«

Staatlicher Autorität hatte man, wer zu Ernas Generation gehörte, die in Kinderläden groß geworden war und noch »Bullen« sagte, mit Ironie und Herrschaftlichkeit zu begegnen. Einen Beamten nicht zu ignorieren war, wie David Bowie nicht zu verehren oder wie nicht zu wissen, was das CBGB war oder wo (in Manhattan natürlich!). Bullen, überhaupt Staatsknechte, waren das Letzte, basta. Dass sich Erna und ihre Freunde dadurch einhandelten, statt von Bürokraten von ihren eigenen Befindlichkeiten terrorisiert zu werden, ahnten sie, waren aber unfähig, den Kurs zu ändern. So kämpfte man, eingequetscht zwischen Bergstraße, Viktoria-

Luise-Platz und seinen Neurosen, einen Mehrfrontenkrieg. Damit nicht genug, ihr linker Konformismus machte Erna und ihre Freunde empfänglich für Verschwörungstheorien. Wenn Lidl die Kaviar-Tortellini zurückrief, steckte Nordkorea dahinter, und jedes Bombenattentat ging auf das Konto des Berliner Innenministers. Inga hatte keine Ahnung von Politik, tat aber auch nicht so, als ob. Am meisten regte sie auf, dass das zentrale Problem in diesen Kreisen niemals angesprochen wurde. Diese Leute hatten alle noch nie einen Finger für jemanden anderen gerührt, erwarteten aber stets, dass alles für sie getan wurde und vor allem: bezahlt.

»Also gut«, sagte Erna und schaute den Dackel an, der sich auf dem Kelim eingerollt hatte und kräftig gähnte. »Er ist eigentlich ganz hübsch. Hoffentlich sehen mich wenigstens ein paar Tierschützer. Aber damit eins klar ist. Wenn er kackt: Aufheben tu ich nix. Und nur bis drei«, wiederholte Erna. Sie wusste, dass Inga seit einiger Zeit bei Danielle, die auch eine Freundin von Erna war, putzte, eine Tatsache, die sie mehr als Inga beschäftigte und die sie zu gerne ansprechen würde, wenn sie nur wüsste, wie.

Erna hatte Inga schon vor Jahren davor gewarnt, dass das mit dem Yoga Plattfüße und breite Schenkel machte und in die Altersarmut führte, aber Inga fand, dass sich Erna um ihre eigenen Probleme kümmern sollte. Vor einigen Monaten hatte ihr ein Angestellter von Sotheby's bestätigt, dass sie im Besitz eines Cocteau war, der eine halbe Million Euro wert war. Seitdem hatte sich bei Erna, ein betrunkenes Geständnis am Telefon brachte es ans Tageslicht, eine Nervosität eingeschlichen, die zwischen Hochmut und der Sorge, nun von allen Freunden angepumpt zu werden, schwankte. Verständlich, sie wollte geliebt werden, *obwohl* sie reich war, und nicht, *weil*.

Inga trank ihren Tee aus und stand auf. Ein akutes Schwächegefühl breitete sich oberhalb ihres Nabels aus. Sie steckte sich eine der Nusspralinen, die neben der Kasse standen, in den Mund, und gleich noch eine.

»Nimm sie alle. Schmecken köstlich.«

Die halbe Nacht hatte Inga die Fotos von über hundert Schülern aus Almas Schule auf Facebook kontrolliert und sich jedes einzelne Partybild angeschaut. Nirgends eine Spur von ihrer Tochter, nur ihre Freundin Bonita, deren Name Homer gestern nicht eingefallen war, konnte sie einige Male erkennen, nie ohne den obligatorischen X-Large-Pulli, der ihre Magerkeit wie eine Kostbarkeit versteckte und gleichzeitig hervorhob.

Ernas Computer fing an zu blubbern.

»Gerald«, sagte Erna und winkte Inga zum Abschied fröhlich zu.

Erna, die bei der Erfindung von E-Mail behauptet hatte, »das setzt sich nie durch«, bezahlte seit einigen Monaten einem Sex-Guru in New York 220 Dollar die Stunde pro Skype-Session, die vom Konto ihres Mannes, eines freundlichen Notars, der sich in der Freizeit mit dem Dreißigjährigen Krieg beschäftigte, abgebucht wurden. Neuerdings bildete sich Erna ein, Gerald habe sich in sie verliebt.

»Das kommt in der klassischen Psychoanalyse andauernd vor, Inga.«

»So herum doch nicht, Mamma mia. Andersherum, Erna, andersherum«, hatte Inga widersprochen und ihrer Freundin erklärt, dass Patienten sich in ihren Analytiker verliebten.

Über den Sex-Guru zu reden fiel den Freundinnen leicht. Definitiv leichter, als darüber zu reden, dass Inga Geldprobleme hatte oder dass Erna theoretisch im Besitz einer halben Million war.

Inga ahnte, was ihr Erna in einer Generalaussprache, vor der sich beide drückten, servieren würde. *Ich habe nur nicht mit dir darüber gesprochen, damit du dich nicht schlecht fühlst.* Worauf Inga antworten würde, *als ob das für mich relevant wäre, eine halbe Million hin oder her. Für mich sind hundert Euro interessant.*

Erleichtert, ihr nichts von Almas Verschwinden erzählt zu haben – denn solange sie nicht darüber sprach, war es nicht real –, ging Inga. Noch im Augenwinkel sah sie, wie Erna vor dem Laden, den Laptop auf den Knien balancierend, den Hund an einen Laternenpfahl anband. Der Dackel blieb ergeben sitzen. Wie viele Menschen schien er für schlechte Behandlung dankbar zu sein, solange er nur keine Überraschungen erlebte.

Es kostete Inga einige Mühe, sich nach ihrer Ankunft im Amrit auf die veränderte Atmosphäre im Studio einzustellen. Am liebsten hätte sie auf dem Absatz kehrtgemacht. Aus den Boxen knisterte Krishna Das, überall brannten Räucherstäbchen. Bis jetzt war die Nachricht, dass John tot war, eben nur das gewesen, eine Meldung. Im Studio aber war die Neuigkeit unmittelbar zu spüren. Sein Tod ließ seine Schüler eng zusammenrücken. Viele von ihnen waren in ihren Sechzigern, ihre dünnen, weißen Beine steckten in Shorts. Es war nicht lustig, alt zu werden, aber als rüstiger Haufen, zusammengeschweißt im Glauben, mochte es gehen.

Inga lief an den auf dem Boden kauernden Menschen vorbei in ein Kämmerchen, das dem Studio als Büro diente. Alle Senior Teachers waren versammelt und blickten angestrengt auf den Bildschirm des Rechners. Danielle gab blass, aber konzentriert per Skype aus London Anweisungen, ohne sich mit irgendwelchen Trauerbekundungen aufzuhalten. Sie informierte ihre Angestellten, dass das Hotelpersonal John Best nackt in seinem Zimmer gefunden habe. Todesursache unklar. Dass man ihn so schnell gefunden hatte, sei nur dem Umstand zu verdanken, dass aus dem Zimmer ein Geruch nach Salbei gedrungen war und die Zimmernachbarn sich beschwert hatten. Jetzt musste schnell entschieden werden, was man mit den aus ganz Europa angereisten Best-Schülern anfangen sollte, um den Schaden, finanziell und überhaupt, für das Amrit zu begrenzen. Vorschläge? Niemand sagte etwas. Danielle wandte sich nun ausschließlich an Inga, die ihre neue Autorität am flachen Atem der Lehrer in ihrem Nacken spürte, und legte los.

Nach zwei Minuten war alles klar.

1. Sie würden genug Bargeld von der Bank holen, um allen Teilnehmern die Kursgebühren bar zurückzuzahlen.
2. Sie würden das Studio für Trauerzeremonien das gesamte Wochenende öffnen, allerdings nur den kleineren Raum. In den beiden größeren würde der reguläre Stundenplan in Kraft treten.
3. Alle Lehrer seien hiermit aufgefordert, sich unter die Trauernden zu mischen und eine *warme Hand, äh, Schulter* – hier spürte man einmalig die Medikamentierung von Danielle – *anzubieten.*
4. Oh, und »Inga ist jetzt erst mal der Boss, bis ich zurück bin. Keine Sorge, es ist nicht wie bei Lenin und Stalin. Ich bin hier nicht in Zwangsquarantäne«.

Der Bildschirm wurde schwarz und ließ Inga mit einer Handvoll Lehrer zurück, die nach einem ominösen Tod mit der Beförderung Ingas zur Interimsstudioleiterin den zweiten Schock an diesem Morgen zu verdauen hatten.

Im Studio war mittlerweile die Polizei eingetroffen. Jamal vom Front Desk winkte Inga heran. Er war ein junger Mann mit außergewöhnlich schönen Füßen und einem Philosophie-Bachelor von Stanford.

»Scheint alles Routine zu sein«, sagte er leise. »Die haben keinen Schimmer. Sie wollen erst mal mit allen reden.«

Ihm gefiel es, inmitten all des Östrogengewabers derjenige zu sein, der den Überblick behielt. Er schob ihr die Anwesenheitslisten der Morgenklassen hin, die sie unterschreiben musste, und schlug vor: »Vielleicht gewöhnst du dir ein Kürzel an, Danielle hat LA.«

Obwohl Yogis ihr Milieu gern als klassenlose Gesellschaft darstellten, in der Arbeitslose neben Bankerinnen auf der Matte schwitzten, irrte sich, wer dachte, diese Welt sei egalitär. In der Theorie mochte es darum gehen, sich von allen möglichen fixen Ideen, auch der Vorstellung von einer Elite, zu befreien. In der Realität war das natürlich Unsinn. Yoga machte nur, wer es bereits zu etwas gebracht hatte. Wer einen Bildungsvorsprung hatte und kapierte, dass man nichts dem Zufall überlassen durfte, weder Gesundheitsprävention noch inneren Frieden, weder die Form der Muskeln noch die Qualität einer Meditation. Wer wusste, dass Bewegung anders als Konsum zuverlässig glücklich machte und dass keine noch so teure Kosmetik die Haut so intensiv durchblutete wie eine gute Yogastunde, außer vielleicht Sex.

Unter den Lehrern gab es auf Ebene der Aufmerksamkeitsökonomie, wie das seit einigen Jahren genannt wurde, ebenso eine Elite, und zu dieser zählten die Yogalehrer, von denen man nicht nur den Vornamen kannte.

Wer mit wem schlief in der Yogaszene, war genau wie in allen subkulturellen Milieus recht bürgerlich organisiert. Die an der Spitze der Hierarchie konnten es sich aussuchen. Die

Neueinsteiger wurden sexuell initiiert – solange sie süß und unter 25 waren. Die altgedienten Sklaven bekamen, was übrig blieb.

Einer der Ermittler nahm vor dem kleinen Studio, in dem die Trauermeditation stattfinden sollte, die Personalien der Workshop-Teilnehmer auf. Das Ganze zog sich, denn die Teilnehmer weigerten sich, zu sprechen, waren aber einverstanden, ihre Namen aufzuschreiben. Jamal erklärte dem Beamten, dass das Verhalten der Polizei in den Augen der Schüler die Reise von Atman und damit die Wiedergeburt von John Best gefährde.

»Atman?«

»Die Seele. Verwandt mit dem deutschen Atem. Die Atemseele«, erklärte Jamal, »so was gibt's in vielen Kulturen. Es geht jetzt alles darum, dass die Seele bei ihrer Wanderung nicht gestört wird, verstehen Sie? Tut mir echt leid, aber die Leute werden nicht reden, solange sie nicht ihre Zeremonie durchgeführt haben.«

»Das kann alles sein, aber wir müssen hier unsere Arbeit machen«, sagte ein Ermittler mit einer unschönen Beule im Nacken.

»Sie müssen sich ausweisen«, sagte er zu einer kleinen Frau, die am Boden kauerte und zu nichts zu bewegen war.

Alle schauten auf Inga, die sich auf ihre neue Rolle gerne etwas vorbereitet hätte.

»Die war es sicher nicht«, sagte sie nur.

Der Typ fragte sie nach Durga, die als Einzige der Lehrer nicht da war.

»Das ist doch der Arbeitsplatz von Frau Durga?«

»Durga hat gleich ihre Stunde«, sagte Inga. »Sie unterrichtet seit über zehn Jahren und hat ihren Unterricht noch nie abgesagt. Sie wird kommen.«

»Okay. Dann können Sie mir vielleicht schon mal ein paar Fragen beantworten. Hier wird auf Spendenbasis unterrichtet? Wie zahlen Sie Ihre Lehrer? Und wie zahlen die ihre Steuern? Ich bin nicht von der Steuerfahndung, und ob Sie Ihre Leute richtig versichern, geht uns nichts an, aber wir müssen einen potenziellen Mord aufklären. Also, wie läuft das hier?«

»Da sind Sie bei mir an der falschen Adresse«, sagte Inga und fühlte einen dumpfen Schmerz im Bauch. Sie erklärte ihm, dass sie keine Ahnung von den Geschäften habe, aber dass er seine Zeit verschwende, hier im Studio nach einem Mörder zu suchen.

»Ich zum Beispiel habe John gestern ins Hotel gebracht und bin dann nach Hause gefahren. Ich bin Lehrerin, ich bin den ganzen Tag auf den Beinen, und abends, da bin ich müde. Woher soll ich da noch die Kraft nehmen, jemanden umzubringen?«

Ihre Wangen wurden heiß. Erst jetzt wurde ihr klar, dass sie John nie wiedersehen würde. Sie fühlte sich hellwach und wollte nun ihrerseits eine wichtige Frage loswerden.

»Was machen Sie, wenn Personen verschwinden?«

»Die meisten Vermisstenfälle erledigen sich nach einem Monat.«

»Weil?«

»Weil dann das Geld aus ist, die Aufregung vorbei und die Liebe meistens auch.«

»Und wenn nicht? Wenn der, der verschwunden ist, nicht wieder auftaucht?«, fragte Inga und merkte, wie ihr Herz zu klopfen begann. Das einzige Organ, das in ihrem tauben Körper zu arbeiten schien, und dann gleich in dieser Frequenz.

»Erwachsene, die im Vollbesitz ihrer geistigen und körperlichen Kräfte sind, haben das Recht, ihren Aufenthaltsort frei zu wählen, ohne ihn irgendjemandem mitzuteilen. Sofern also keine Gefahr für Leib oder Leben vorliegt …« Der Ermittler unterbrach sich und zeigte auf eine kleine Kammer mit Waschmaschine, in der ein Bett stand. »Wer schläft hier?«

»Durga, wenn sie in der Stadt ist. Sie hat noch ein Häuschen auf dem Land, aber ohne Heizung. Ich sage Ihnen etwas: Vergessen Sie Durga. Ich war einmal mit ihr zelten. Jede Mücke musste einzeln gerettet werden.«

Jener Ausflug mit Durga an den Schwielowsee, der schon etliche Jahre zurücklag, war ab dem Moment ein Reinfall gewesen, als Inga Durga ein Deo zusteckte.

»Sie verteidigen also Ihre Kollegin, bevor wir sie überhaupt verdächtigen?«

»Was ich sagen will, ist, dass sie zwar einen Sanskrit-Namen hat, aber dass ihr christlicher Glaube es ihr verbietet, zu töten.«

Der Polizist sah sich um. Inga lächelte.

»Wir haben hier keine Überwachungskameras. Durga können Sie jetzt selbst fragen. Da ist sie nämlich!«

Tatsächlich stand Durga in ihrem roten Samtmantel neben dem Tisch und tröstete ihre Schülerinnen, die auf sie gewartet hatten, um schluchzend zusammenzubrechen. Durga gehörte zu den Menschen, die ihre Anziehungskraft am meisten entfalteten, wenn die Kacke am Dampfen war. Als ahnten es die anderen, dass man dann jemanden brauchte, dem das Leben immer wieder die berühmten Steine vor die Füße kippte: einen Experten im Auf-die-Schnauze-Fallen.

Aufgewachsen in einer Kleinstadt im Westerwald, verlor sie ihre Mutter schon früh an eine ansässige Yogagemeinde. Das auf Schrebergartenniveau zusammengeschrumpfte Abziehbild des Osho-Ashrams in Pune entfaltete bald nach Gründung der »Westerwald-Gesellschaft für Fülle und Erleuchtung e. G.« genug Sogkraft, dass sich die zappelige fünfjährige Durga, damals noch Dunja, ihr Mittagessen schon bald selbst machen musste. Dunjas Mutter interpretierte wie viele Kursteilnehmerinnen in der strukturschwachen Region die Signale des Yogameisters falsch. Er schickte bedingungslose Liebe ins Universum. Sie empfing. Als sie merkte, dass das Universum endlos war und auch andere seine Liebe entgegennahmen, wohnte sie längst im Ashram. Um persönlich zu wachsen, ließ sie die kleine Dunja beim Vater zurück, der am Thema Wachstum nicht sonderlich interessiert war. Sobald Dunja, die lernte, sich mit Schokolade zu trösten, auf die Gemeinschaftsschule ging, steckte ihr die Mutter von den 150 Euro, die es monatlich im Westerwald-Ashram für eine Vollzeitbeschäftigung als Küchenhilfe gab – abends durfte sie dafür die Herzmeditation und Chakra Tunings besuchen –, 50 Euro zu, die die Tochter für eine bessere Zukunft sparte. Mit 16 war es dann so weit, und Dunja zog nach Hamburg, wo sie eine Ausbildung als Tattoo Artist machte, sich als Erstes den eigenen Körper vornahm und den Schmerz, der sich einstellte, sobald ihre Haut bei der Bewegung der Nadel wie bei allen fettleibigen Menschen mitvibrierte, mehr und mehr zu schätzen begann. Aus der Tattoo-Szene rund um die Reeperbahn in die Yogaszene zu wechseln bedeutete damals einen großen Schritt. Man verlor die alten Freunde, ohne neue zu gewinnen, denn Yogis gingen früh ins Bett, nahmen bis auf Marihuana keine Drogen und hatten keine Stammkneipe. Sie musste auf alles verzichten und blieb trotzdem dran. Auf der Matte erlebte sie zum ersten Mal einen Frieden, der sich nicht wie eine Kapitulation anfühlte. Sie nahm dreißig Kilo ab, machte eine Ausbildung nach der nächsten, zog nach Berlin und wurde im Amrit mit den Jahren eine Institution. Bekannt unter ihrem neuen Namen Durga (»Leiden« auf Sanskrit), unterrichtete sie immer mehr oder weniger dieselbe Sequenz. Wer die Frau, die sich hauptsächlich von Orangen ernährte, auf der Straße treffen würde, ohne sie zu kennen, käme nie im Leben auf die Idee, dass sie über die Stadtgrenzen hinaus für ihre Zähigkeit und jene wortkarge Zuneigung verehrt wurde, die sie denjenigen angedeihen ließ, welche sich ihr zu Füßen legten.

Im Moment wiegte sie eine der Praktikantinnen in ihren Armen, die Augen zärtlich auf die herausgewachsene lila Haarfarbe der jungen Frau gerichtet.

»Welche Beziehung hatte sie zu dem Toten?«, fragte der Ermittler.

»Sie hat ihn geliebt«, antwortete Inga. Es tat gut, die Wahrheit zu sagen.

Was sie nicht sagte, obwohl in diesem Moment Gelegenheit dazu gewesen wäre: dass Inga und John Best im Westin Grand nach dem Check-in an der Hotelbar gesessen hatten, wo John unbedingt ein Craft Beer probieren wollte. Oben auf seinem Zimmer hatte er, angetrunken und high von irgendwelchen Tabletten, unbedingt noch einen Joint rauchen wollen bei offenem Fenster, und als er endlich im Bett lag darauf bestanden, dass Inga wartete, bis er eingeschlafen war. Er war in Sorge, weil seine neue Freundin Naomi schwanger war und sich nicht mit seiner letzten Exfrau und Mutter seines Sohnes verstand.

»Sie verträgt sich nicht mit Ottos Mutter, also müssen wir wegziehen. Das ist natürlich blöd, denn bisher musste Otto nur die Straße runtergehen, wenn er zu uns wollte. Selbe Straßenseite. Aber was soll ich tun? Naomi macht mir die Hölle heiß.«

Inga, die keine Drogen nahm, saß auf dem Sofa, hörte nur mit einem Ohr zu. John bekam jetzt also mit der dritten Frau ein Kind, seine Exfrauen hassten ihn zwar nicht, aber waren finanziell von ihm abhängig. Hoffentlich schlief er bald ein.

Inga hielt ihr Handy fest in der Hand, falls Alma anrief, und hörte Johns plätscherndem Singsang zu. Keiner von beiden fühlte sich zuständig, als es an der Tür klopfte und Durgas Stimme zu hören war. Sie schwiegen einfach, bis Durga wieder verschwunden war, und verloren auch danach keine Silbe darüber.

Aus dem kleinen Studio war Gesang zu hören, Durgas Stimme. Sie chantete einen Vers aus der *Yogasutra*.

YS 2:35: Ahimsâ-pratishthâyâam tat-samnidhau vairatyâgah.

Was so viel bedeutete wie: »In der Nähe eines Menschen, der Meisterschaft in Gewaltlosigkeit erlangt hat, wird Feindseligkeit nicht gedeihen.«

Es klang schön, auch wenn Durga keine besondere Stimme hatte. Aber sie quälte das Harmonium nicht so, wie es viele Lehrer machten, sondern ließ es atmen. Alma hatte sich geweigert, ein Instrument zu spielen, sicher die richtige Entscheidung, denn wie ihr Vater traf sie nie den Ton. Dabei liebte sie Musik. Immerzu hörte sie Musik. Doch es war komisch. Je mehr Musik sie hörte, desto stiller wurde es in ihrer Nähe.

Durgas Stimme wurde leiser. Inga spürte einen riesigen Klumpen in der Kehle, den sie mit aller Macht herunterwürgte.

Der Gesang hörte auf. Eine Weile war es ganz still. Dann hörte man Durgas Stimme: »Ein Regentropfen kehrt ins Meer zurück. Wir müssen uns nicht fürchten. Bilden wir einen Kreis …«

Auf dem Rückweg vom Paul-Lincke-Ufer war es plötzlich wieder da, das leise Pfeifen im Ohr, zwei Töne, immer abwechselnd jeweils auf dem hohen Ton endend. Inga schaltete das Radio ab und begann zu summen. Mit Erfolg. Nach einigen Minuten wurde das Pfeifen leiser. Das Unterrichten hatte gutgetan. Das gleichmäßige Zählen der Atemzüge, die Synchronisation von Atmung und Bewegung hatten nicht nur ihre Schüler, sondern auch sie selbst beruhigt. Das Paar, ein Dermatologe und sein Freund, ein Versicherungsmakler, waren alte Schüler von Danielle. Sie zahlten Inga anstandslos dasselbe wie Danielle: 300 Euro für 90 Minuten. Das einzig Unangenehme war der Geruch nach Achims Haarpomade, der sich bei der abschließenden Nackenmassage an Ingas Haut geheftet hatte, nichts Billiges, aber dennoch penetrant.

Inga machte das Radio wieder an, um Nachrichten zu hören. Das Pfeifen in ihrem Ohr kam zurück, trotzdem drehte sie lauter.

Inga konzentrierte sich auf den Verkehr, hielt Abstand, erlaubte den anderen, einzufädeln, bremste vorsichtig, als ob besonders rücksichtsvolles Verhalten im Straßenverkehr ihr an höherer Stelle entscheidende Punkte einbringen würde und sie so das Schicksal auf ihre Seite zwingen könnte.

Ihr Telefon klingelte: Jack.

»Wo steckst du?«, fragte er. »Warum bist du nicht hier?«

Vor ihr bremste scharf ein Auto mit russischem Kennzeichen. In letzter Sekunde trat sie auf die Bremse. Mit einem Rums landete ihr Rucksack auf der Fußmatte. War das wirklich heute, seine Ausstellung mit seinen Zeichnungen, und hatte sie tatsächlich versprochen, mit den Getränken zu helfen? Jetzt erinnerte sie sich wieder an ihr Gespräch. Er hatte gesagt: »Ich könnte natürlich auch eine Cateringfirma anrufen …«

Er hatte Angst, dass keine Leute kämen und er alleine mit den Studenten vom Catering-Service herumstehen müsste, traute sich aber nicht, das zuzugeben.

»Ein Schürzchen binde ich mir aber nicht um«, hatte sie gesagt und versprochen, ihm zu helfen.

»Gib Gas!«, sagte Jack, der selbst keinen Führerschein hatte. Er fragte nicht nach Alma. Es war nicht seine Schuld, es war einfach nicht in ihm angelegt. Jack hielt sich selbst für ein kreatives Superhirn anstatt für den kreativen Trinker, der er leider auch war, und war ein wenig angespannt, wie immer vor dem ersten Drink. Er war einer jener Alkoholiker, die mittags mit einem Bier anfingen und sich dann über Wein und Whiskey zurück zum Bier soffen. Seine Firma hatte viel Geld verloren in den letzten Jahren. Wider besseres Wissen setzte er wiederholt aufs falsche Pferd mit jungen Start-ups, die den Self-Check-out noch mal groß herausbringen wollten. Noch war zwar Geld da, aber seine Reputation hatte gelitten. Umso mehr Gewicht lastete auf dieser Ausstellung. Er wollte seinen alten Freunden und Kollegen beweisen, dass er noch nicht tot war.

Inga fuhr die Skalitzer Straße herunter. Eigentlich musste sie zurück ins Studio, anstatt zu Jack zu fahren. Auf ihrem Handy häuften sich Textnachrichten von Jamal, aber die Vorstellung, dort den trauernden Schülern Trost zu spenden, war anstrengender, als bei Jack ein paar Flaschen zu entkorken. An der Ampel bemerkte sie die riesige Laufmasche, die ihr Rucksack quer über den Oberschenkel in ihre schlabbrige Strumpfhose gerissen hatte. Das hatte sie jetzt davon, dass sie noch mal den Rock von gestern angezogen hatte, anstatt wie üblich den ganzen Tag in ihren Trainingsklamotten zu bleiben.

Kurz entschlossen bremste sie vor einem Drogeriemarkt am Schlesischen Tor. Wie spät war es eigentlich? Es dämmerte bereits. Menschen schoben sich über die Straße. Immer neue Autos drängten und schoben. Als hätte die Stadt ein Tsunami überfallen. Hier konnte sie unmöglich stehen bleiben. Sie folgte der Leuchtreklame eines Parkhauses. Wie immer in Parkgaragen versagte ihr Orientierungssinn in dem Moment, in dem sie ihr Auto auf einer der vielen Ebenen abgeschlossen hatte und einen Ausgang suchte. Schließlich fand sie einen Lift, der sie in einer Shoppingmall ausspuckte. Sie musste um den ganzen Block gehen, um den Drogeriemarkt zu finden.

Gut, dass Jack nicht nach Alma gefragt hatte. Was hätte sie antworten sollen? Dass sie an nichts anderes denken konnte und keine Ahnung hatte, was das alles bedeutete? Dass es sich nicht richtig anfühlte, auf diese Weise von ihrer Mutterpflicht entbunden zu werden?

Gut, dass niemand fragte. Sie hatte selbst nur Fragen. Warum sagte einem niemand, dass sich mit der Volljährigkeit der Kinder alles umdreht, was mit der Geburt begann? Denn es war doch so: Die Mutter trennt das Kind von der Nabelschnur und schubst es auf die Welt. Dafür rächt sich das Kind und schubst, sobald es groß genug ist, die Mutter weg.

Während sie an Plastikkürbissen und Herbstgestecken vorbei in den langen Gang mit Spülmaschinenreiniger und Lidschatten einbog, sah sie auf einmal eine Gestalt, die eine Weinflasche in ihre Umhängetasche gleiten ließ. Ohne nachzudenken, rief sie: »Bonita?« Das Mädchen drehte sich um, und tatsächlich, es war Bonita, Almas Freundin. Sie war erst im letzten Schuljahr an Almas Schule gekommen. Sie rührte sich nicht, als sich Inga heftig winkend auf den Weg zu ihr machte, das einsetzende Ziehen im Unterleib ignorierend. Jetzt standen sie sich gegenüber, zwei Frauen, von denen nur eine wusste, dass die Welt im Alter nicht größer, sondern kleiner und undurchschaubarer zugleich wurde.

»Bin ich froh«, sagte Inga und drückte erleichtert den Arm des Mädchens, den diese ihr überließ wie einen Gegenstand. Jetzt würde alles gut werden.

Im selben Moment bog ein Angestellter um die Ecke und rief ihnen zu: »Hallo? Kommen Sie mal bitte kurz?«

Bonita riss sich mit einem Ruck los und rannte in die entgegengesetzte Richtung. Zurück blieb ein kleiner Jutebeutel, den Bonita verloren haben musste. Inga hob ihn auf und ging den Gang zurück zum Ausgang, wo sie prompt gegen den Angestellten prallte, der gerade wieder zurück in den Laden kam. Er war allein. Er zuckte mit den Schultern und sagte zu Inga: »Verrückt, wie diese Junkie-Flittchen rennen können! Hoffentlich hat sie Sie nicht auch ausgenommen.«

Inga trat auf die Straße. Sie lief ein paar Schritte in die eine, dann in die andere Richtung und ohne rechten Sinn noch mal in beide Richtungen, eifrig nach der schmalen Gestalt Ausschau haltend, aber Bonita war nirgends zu sehen. Rasch überquerte sie die Straße und kontrollierte auch auf der gegenüberliegenden Seite den Bürgersteig und die Geschäfte. Aber auch in den Seitenstraßen: nichts.

Inga kannte das Mädchen kaum. Die wenigen Male, die Alma ihre Freundin mitgebracht hatte, strahlte diese die lauernde Aggression heranwachsender Mädchen aus, die in allem, und sei es einem gelungenen Käse-Omelette, einen Angriff sahen. Dass sie das Mädchen bei einem Ladendiebstahl wiedertraf, wunderte Inga, nun, da sie darüber nachdachte, wenig.

Trotzdem war etwas seltsam an ihrer Begegnung gewesen. Was nur? Schließlich fiel es Inga ein. In dem Moment, in dem sich ihre Blicke trafen, hatte trotz der unguten Situation, in der sich das Mädchen befand, etwas Triumphierendes in ihren Augen aufgeblitzt, das Inga auch jetzt bei gründlicher Überlegung nicht zuordnen konnte.

Sie musste unbedingt herausfinden, wo Bonita wohnte. Ihre Wohnung, Almas letzte Adresse, wäre endlich ein realistischer Anhaltspunkt. In Almas Schule mussten sie es wissen.

Aufgekratzt eilte Inga durch das Parkhaus. Nun suchte sie schon die dritte Ebene nach ihrem Auto ab, immer wieder zweigte eine neue Halle ab, alleine auf der Ebene 3 gab es 3A, 3A/B, 3B, 3B/C.

Schon wieder ihr Handy: Jack.

»Ich finde mein Auto nicht«, sagte sie und gab sich keine Mühe, ihrer Stimme den stets leicht amüsierten Ton zu verleihen, mit dem Erwachsene, wenn sie verliebt waren, sich für die Gefahr des Scheiterns imprägnierten. Ein pseudosouveränes Säuseln, das Standard war für ältere Jahrgänge und Liebesbeziehungen veredeln sollte wie ein guter Korken einen mittelmäßigen Wein. Die Pest.

»Nimm ein Taxi!«

»Ich brauche mein Auto«, sagte sie.

»Die Leute kommen gleich.«

»Was kümmert's mich?«

Sie versprach dann doch, sich zu beeilen.

»Ich bitte darum«, sagte er, und sie konnte hören, dass er nervös war.

Sein Lächeln damals, wenn Inga kam, fürchterlich stolz und ein bisschen überrascht. So leicht es ihm gefallen war, ihr Gesicht in seine beiden Hände zu nehmen und ihr unerhörte Dinge ins Ohr zu flüstern, so unfähig waren sie jetzt, ein normales Gespräch zu führen.

Als sie schließlich die Pförtnerloge des Einkaufszentrums fand, warteten vor ihr etwa dreißig Männer in identischen Fleece-Pullovern, die auf den Pförtner einredeten. Wer waren diese Männer? Exemplare, die man herausgesucht hatte, um zu belegen, dass ihre Zeit vorbei war. Einer bohrte im Ohr, einer in der Nase, ein anderer ließ sich Geld wechseln, der Nächste kaufte beim Pförtner eine Packung Chips. Dann drängelten sie an der Loge vorbei Richtung Reisebus, der mit leise wimmerndem Motor auf sie wartete. Der Betriebsausflug einer Firma für Drucker-Software, GAG.

»Man nimmt ein Taschentuch«, rief der Pförtner einem der Männer nach und seufzte. Nachdem er sich Ingas Geschichte angehört hatte, schloss er seine Loge ab. Er schimpfte dem Reisebus hinterher und sagte, als schuldete er Inga eine Erklärung: »Deswegen wollte ich immer in einer freien Theatergruppe arbeiten.«

Er gab Inga einen Helm und fuhr mit ihr auf einem Elektroroller geradewegs in die Mall und in die Gartenabteilung. Sie kamen vorbei an zurechtgestutzten Oleanderbüschen, mannshohen Kakteen, sogar Palmen. Danach durch einen Lagerraum, in dem Arbeiter Lautsprecheranweisungen folgten, während sie auf Treppenliften endlose Regalwände auf- und abfuhren. »Abkürzung«, schrie der Mann in Ingas Ohren, und Inga wünschte sich, dass er seine Hand auf ihren Hintern legte.

Als sie endlich in der Galerie eintraf, entdeckte sie von Weitem Erna mit dem Hund auf dem Arm. Es war erstaunlich voll, kaum jemand sah sich die Zeichnungen an, die wirkten wie Luftaufnahmen einer Serverfarm. Quer durch den Raum kam Jack mit einer Flasche Wein auf sie zu. In einer schnellen Synchronbewegung nahm er sie in den Arm, drückte ihr die Flasche in die Hand und sagte: »Einfach ungefragt nachschenken. Franzen ist da.«

Franzen, der Kunstkritiker, ein frisch aussehender Mittvierziger, stand in einer Ecke, die Hände hinter dem Gesäß ineinandergelegt wie ein Volksschullehrer. Auch er war Schüler von Danielle. Er machte kein Geheimnis daraus, dass er originelle Ideen verlangte und hohe Ansprüche hatte, und schien es tatsächlich in der Hand zu haben, Jacks zweite Karriere als Künstler zu fördern oder zu zerstören. Abgesehen davon war er ein netter Kerl und für jeden Drink zu haben, außer sonntags, wenn er zu seiner Mutter fuhr, um mit ihr fernzusehen. Gerade unterhielt er sich mit einem Typen, der vor Verlegenheit nicht wusste, wohin mit sich, dabei war er nur ein Statist in Franzens One-Man-Show: Geh zur unwichtigsten Person im Raum, unterhalte dich mit ihr, und alle werden sich einig sein, dass du einen edlen Charakter besitzt.

Inga kämpfte sich zu Erna durch, die sich mit dem Hund direkt vor eine der Zeichnungen gestellt hatte. Himmel, den dummen Hund hatte sie völlig vergessen. Aber Erna winkte nur ab, als sie sich entschuldigen wollte.

»Stell sofort die Flasche hin. Die Leute können sich selbst einschenken. Und damit eins klar ist: Den Hund behalte ich. Ich werde von jedem angequatscht. Es ist himmlisch!«

Sie nahm Inga die Flasche aus der Hand und zog sie in den Innenhof, wo sie sich eine Zigarette anzündete.

»Jetzt zu dir. Warst du schon bei der Polizei? Jack hat mir gesagt, dass Alma weg ist. Das hättest du mir ruhig mal erzählen können.«

»Ja, schon heute Morgen. Bevor ich bei dir war.«

Inga war die Einzige im Warteraum des Reviers am Ernst-Reuter-Platz gewesen. Es hatte kein bisschen nach kaltem Rauch und Wurst gerochen, und sie musste gar nicht lange warten. Ein freundlicher Beamte nahm die Personalien auf, erst ihre, dann Almas, und fragte schließlich, ohne den freundlichen Gesichtsausdruck zu verlieren: »Besteht die Gefahr einer Selbsttötung?«

»Nein«, sagte Inga, »warum fragen Sie das?«

»Müssen wir.«

Aus dem Nebenzimmer war eine junge Beamtin dazugekommen und lehnte sich jetzt mit ihren tätowierten Armen an die Wand. Seit wann durften Beamte auch die Unterarme tätowieren?

Der Mann fragte weiter: »Gibt es eine Freundin, einen Freund, einen Ort, der Ihrer Tochter wichtig ist?«

Inga schüttelte den Kopf.

»Wie würden Sie Ihre Beziehung zu Ihrer Tochter beschreiben?«

»Eigentlich normal«, sagte Inga. Sie erzählte von der Mail. Die Tätowierte sah sie an und dann den Kollegen, der aufgehört hatte zu lächeln.

»Deshalb«, sagte Inga vorsichtig, »bin ich hier.«

»Wir könnten versuchen, den Aufenthaltsort zu ermitteln, aber in der Regel kommen sie nach einem Monat zurück!«

Er erklärte, dass man mit 19 noch nicht erwachsen sei, aber auch kein Kind mehr. Die Familie spiele immer noch eine starke Rolle, manche der Ausreißer würden zu Hause mit Liebe »erdrückt und gehen weg, um derselbigen zu entfliehen«.

»Wir haben sie zuletzt etwas aus den Augen verloren, aber sie ist … ein kluges Kind, sie macht keine Dummheiten.«

Die Tätowierte sagte zu dem Mann: »Ich sag nur Alexanderplatz.«

Der Polizist schüttelte den Kopf, nicht einverstanden mit der Unterbrechung.

»Wie? Alexanderplatz?« Inga sah die Tätowierte an.

Der Polizist schüttelte weiter den Kopf, doch seine Kollegin war nicht zu bremsen. Sie berichtete, wie sich vor vielen Jahren, als das mit den Chats im Internet losgegangen sei, ein Mädchen aus Hamburg mit einem Mädchen aus Berlin auf dem Fernsehturm verabredet habe. Sie machte eine Pause und keine Anstalten, weiterzusprechen.

»Um herunterzuspringen?«, fragte Inga schließlich.

Die Tätowierte nickte.

»So was macht meine Tochter nicht. Das sage ich Ihnen.«

»Die Leidtragende war die Katze, sag ich immer«, ergänzte der Polizist, erleichtert, so früh am Tag keine Tränen trocknen zu müssen, und sagte nach einer einstudierten Pause: »Die musste auch mit.«

»Was werden Sie jetzt tun?«

»Wenn wir den Aufenthaltsort herausfänden, würden wir voraussichtlich vermitteln. Ich sage, wenn …«

»Sehr gut«, sagte Inga nachdenklich, als hätte man ihr ein Schnittchen zum Probieren gereicht. Vermitteln war sinnvoll. Wer weiß, was für verrückte Eltern da draußen herumliefen, logisch, dass die Kinder wegliefen. Und natürlich musste der Staat die Kinder in Schutz nehmen. Trotzdem, etwas störte sie. Wie war es möglich, dass man als Eltern gar keine Rechte hatte? Nur weil das Kind volljährig war.

»Gehen Sie nach Hause, vielleicht ist sie schon wieder da«, sagte der Polizist.

Inga ging einen halben Schritt Richtung Tür, drehte sich dann aber noch mal um.

»Und wenn sie nicht in Deutschland ist? Wie finden wir sie dann? Kann man da nicht mit Interpol suchen? Dem BND? Europaweit?«

»Das haben Sie im Fernsehen gesehen, oder? Neulich der Film aus Dresden war das Material nicht wert, auf dem er gedreht wurde.« Er zeigte mit einer ausladenden Armbewegung auf seinen Computer. »Schauen Sie sich mal um hier. Ist alles noch aus den Sechzigern. Letztes Jahrhundert wohlgemerkt. Vergessen Sie alles, was Sie im Fernsehen gesehen haben.«

Sie schickten Inga nach Hause. Die tätowierte Beamtin, jetzt in einer Freizeitlederjacke, trat gleichzeitig mit ihr auf die Straße. Mit ihren Glitzerturnschuhen und der vollgestopften Norma-Tüte sah sie aus wie jemand, der gewohnt war, dem Leben schöne Momente abzutrotzen. Sie blieb neben Inga stehen und sagte: »Die taucht schon wieder auf, Ihre Kleine.«

»Und das war alles? Diese Schweine. Das kann doch nicht sein. Die müssen was machen«, sagte Erna, als Inga fertig war mit ihrem Bericht, und zog Krishna zurück, der an einem Dreckhaufen schnüffelte. »Und wenn wir eine Belohnung aussetzen?«

»Für das Auffinden einer Person, die nichts verbrochen hat?«

»Aber das machen Leute doch andauernd bei Menschen, die vermisst werden. Sogar bei Hunden. Wir brauchen doch nicht mal die Polizei dazu.«

»Das tun die Menschen nur bei Haustieren. Nicht bei Menschen. Außer, sie sind dement, so was hört man im Radio.«

Sie gingen wieder hinein, und Inga spürte den billigen Galeriewein in sich rumoren. Wann hatte sie zuletzt etwas gegessen? Sie musste sich dringend hinlegen, nur ein paar Minuten. Bingo, dachte sie, als sie im Büro der Galerie eine Liege stehen sah. Nur zwei Minuten.

Sie musste eingeschlafen sein und wachte erst auf, als jemand von draußen gegen die Tür rumpelte.

»Hier lang, bitte schön. Das Klo ist dort«, rief jemand im Gang. Sie hörte ein paar Leute kichern und flüstern. Eine männliche Stimme sagte gedämpft: »... wenn sein Koks so schlecht ist wie die Bilder heute Abend, dann gute Nacht ... Die ranzige Alte mit dem Wein, ist das seine neue Freundin?«

Ingas Herz begann sich zusammenzuziehen. Vorsichtig setzte sie sich auf. Wieder wurde gekichert und gemurmelt. Jetzt sprach eine Frau. Inga hielt den Atem an und pirschte sich, so leise, wie es einer erwachsenen Frau mit schweren Gliedern möglich war, zur Tür vor, bis sie fast mit der Nase an das schwere Holz stieß. Von draußen kam kein Laut mehr. Es war still, fast friedlich, und Inga traute sich endlich, auszuatmen. Waren sie weg? Dann wurde es wieder laut. Die Leute waren jetzt genau vor dem Büro. Dieselbe männliche Stimme sagte, deutlich aufgeräumter, fast offiziell: »So, ihr Lieben, auf geht's zum Gefecht.«

Ohne nachzudenken, machte Inga die Tür auf und sah direkt in Franzens weiches Kindergesicht.

»Hello, dear«, sagte er unbeeindruckt. Das Blau seiner

Augen nahm einen kühlen Schimmer an. Neben ihm standen zwei Frauen, aufgetakelt, nicht mehr die Jüngsten. Inga kannte diesen Typ Frauen, und wenn es jemand interessierte, hätte sie gut erklären können, was bei ihnen schieflief. Sie hatte da ihre ganz eigene Theorie. Diese Frauen waren nur so dünn, damit niemand auf die Idee kam, sie nach Geld zu fragen. Je näher Hunger, Dürre und Krieg an Europa rückten, desto dünner wurden sie. Sie waren dünn, weil sie reich waren und deshalb ein schlechtes Gewissen hatten. Größer als ihr schlechtes Gewissen aber war ihre Angst, etwas abgeben zu müssen. Deswegen hörten sie prophylaktisch auf zu essen.

»Das ist Berlins beste Yogalehrerin«, sagte Franzen zu den beiden Frauen und zeigte auf Inga, die im grellweißen Deckenlicht begann, aus allen Poren ihres schweren Körpers zu schwitzen.

»Schon gut«, murmelte sie, und ihr Blick fiel auf die Lackstiefelchen der Frauen, die mit einer kleinen Goldschnalle um die Fessel herum dekoriert waren. Weil man sie dort anleinen konnte, oder was? Inga fiel nicht ein, was sie sagen könnte. Was dann geschah, konnte sie sich im Nachhinein schlecht erklären, aber irgendetwas in der Miene dieser Frauen, war es Mitleid, Langeweile oder Herablassung, brachte sie dazu, beide Frauen so fest nach hinten zu schubsen, dass sie mit dem Kopf an die Wand krachten und hell aufschrien.

Nachdem Franzen mitsamt den Frauen und einer empörten Entourage abgerauscht war, leerte sich die Galerie zügig.

Jack war nur ganz wenig irritiert: »Okay, die Leute hätten etwas länger bleiben sollen, aber die Stimmung war doch gut, oder?«

»Ja«, sagte sie, froh, dass ihm niemand erzählt hatte, was vor dem Klo passiert war.

»Wie viel Wein ist eigentlich noch da?«

Er redete weiter, nicht ohne sich mehrmals sein großes Glas mit Weißwein aufzufüllen und herunterzustürzen. Er schob sich an Inga vorbei, das Hemd noch immer steif und nur ein klein wenig zerknittert. Es spannte ordentlich am Sägemuskel zwischen vorderem und hinterem Rippenkasten. Wirklich erstaunlich, dass Jack so kräftig war, ohne Sport zu machen.

»Genug Botoxweiber waren auch da.« Er war tatsächlich zufrieden mit sich. Es war erstaunlich, was für einen Idioten der Alkohol aus ihm gemacht hatte.

Unter anderen Umständen hätte es Inga vielleicht interessiert, warum sich Jack nicht für solche Frauen interessierte, warum er den langbeinigen Killertyp, den das ganze Gift in der Haut nicht altern ließ, direkt aussortierte. Vielleicht weil sie genauso viel Angst hatten wie er. Aber so war es ihr egal. Irgendwann würde sich schon eine alte Kunstschachtel mit Niveau und Geld finden, die gemeinsam mit ihm pichelte. Was Inga dagegen beschäftigte, als sie nach Hause fuhr, war, dass Franzen jeden Sonntag seine Mutter besuchte, und zwar aus freien Stücken. Als sie vor ihrem Haus stand, vom Dunkel der Nacht zur Ruhe gebracht, kam ihr eine Idee.

Eine Viertelstunde später stand sie im Wedding vor einem Mietshaus. Die Betonbalkone hatten dunkle Flecken wie Löschpapier, das an den Rändern nass geworden war. Genauso hatte es schon damals ausgesehen. Sie war stolz, dass sie das Haus auf Anhieb wiedergefunden hatte. Damals hatte sie Alma hier abgesetzt, in feierlicher Stimmung, denn es war Almas achtzehnter Geburtstag gewesen. Beide hatten sie geschwiegen, Mutter und Tochter. Alma hatte sicher gespürt, dass Inga etwas Bedeutungsvolles sagen wollte zum Abschied. Fröhlich hatte sie einfach »Gute Nacht, Mama!« geflötet und sie flüchtig umarmt.

Dabei war der Abend gründlich danebengegangen. Zur Feier des Tages waren sie ins Pesce da Paolo, ein italienisches Restaurant in Schöneberg, gegangen, Alma, Inga, Homer, Sondre und, als hätten sie sich damit nicht schon genügend Probleme aufgehalst, auch noch Sondres Eltern und Erna, die Patentante.

Schon bei normalen Familien, in denen die Eltern nicht getrennt leben, ist ein Restaurantbesuch riskant. Verklemmtes Klappern des Geschirrs, flaue Gespräche, glitschige Speisen, alle fühlen es. Kleine Kinder können gar nicht anders, als die polierten Gläser umzuwerfen, und große Kinder, die Angst der Eltern vor Publikum spürend, testen ihre Macht, fordern das teuerste Gericht und essen dann nicht auf. Im

Grunde nur verständlich, dass Alma sofort einen Gin & Tonic bestellte.

»Auf die Zukunft«, sagte Homer, der das Gleiche bestellte, und reckte seinen Daumen nach oben, wodurch sein Versuch, locker zu bleiben, an Souveränität verlor.

»Und die Gegenwart«, ergänzte Sondre und schwenkte anmutig ihr Glas.

»Und eine gelungene Tomatensauce.«

Himmel, Homer fand sich witzig.

Sondre hatte sich ein Seidentuch um den Hals gewickelt und sah aus wie die Gouvernante, die sie in Ingas Augen auch war. Gleich fängt sie an mit Jesper Juul. Aber nein, sie hatte sich etwas Besseres zurechtgelegt: »Sie muss jetzt raus in die Welt. Reisen. Leben. Lieben.«

Die glaubt wohl, sie steht vor der Kamera, dachte Inga. Sie prostete Alma mit ihrem Bier zu: »Hast du gut gemacht!«

Inga wollte sich bemühen, auch wenn sie sich gewünscht hätte, sie wären an diesem Abend nur zu dritt gewesen, ohne Sondre und ihre Eltern, deren freundliches Lächeln besagte, dass sie am anderen Ende des Tisches ohnehin nichts verstanden.

»Ja, auf dich!«, sagte Sondre und hob ihr Glas Richtung Alma. »Und die Frauen!«

Wie lange sie sich wohl noch bei Alma einzuschleimen gedachte? Ihre Obsession, Fronten aufzubauen, überall Spuren einer totalitären Ideologie aufzuspüren, war anstrengend … Inga hörte kaum noch zu.

»Und Marina Abramowić hat genau dazu eine interessante Performance gemacht.«

War Inga die Einzige, die vor Hunger verging? Sie spähte in die Karte. Sondre dozierte weiter. Schrecklich, diese durchtherapierten Frauen von heute.

»Vielleicht sollte sie im Ausland studieren«, sagte Homer.

»Sie muss überhaupt nicht studieren, finde ich«, sagte Erna.

»Es gefällt mir, wie ihr von mir in der dritten Person redet«, sagte Alma.

Die Haare hübsch frisiert, in einem weißen Angorapullover, den Inga nicht kannte, die Fingernägel lila lackiert, sah Alma unglücklich auf ihren Teller. Eine ganze Weile redete niemand.

»Na, hurra«, sagte Inga schließlich und zog den Brotkorb zu sich heran.

Der Kellner empfahl ihnen den langweiligsten Fisch, eine Dorade. Inga lehnte ab. Alma schüttelte ebenfalls den Kopf.

»Warum nimmst du keinen Fisch?«, fragte Sondre Alma.

»Weil Fische ein Langzeitgedächtnis haben und Werkzeuge benutzen.«

»Dann essen wir alle Spaghetti Vongole?«, fragte Homer und sah über die Ränder seiner Brille in die Runde. Es rührte Inga, wie er auf Consigliere machte, wie sehr er sich wünschte, dass es ein schöner Abend werden würde.

Alma schüttelte erneut den Kopf.

»Warum denn nicht? Das sind Muscheln.«

»Ich bin Vegetarierin. Muscheln sind auch Lebewesen.«

»Ach, und warum sind wir dann hier?«, fragte Homer etwas weniger amüsiert. »Das ist ein Fischrestaurant.«

»Ich dachte, ihr geht gerne hierher.«

Inga bewunderte ihre Tochter dafür, dass sie keinen Versuch unternahm, es ihren Eltern leicht zu machen. Der Kellner sah sie abwartend an.

»Egal, dann such was anderes aus«, sagte Homer und legte den Arm um seine Tochter, die schließlich zustimmte, ja, bitte, Spaghetti Vongole.

Inga bekam an jenem Abend einen Sehnsuchtsanfall nach ihrer Tochter, die ihr direkt gegenüber und doch wie auf einem anderen Kontinent saß.

Allmählich legte sich die Spannung. Homer erzählte, wie er Alma helfen musste, die Spielzeugeisenbahn zu zerlegen, immer wieder aufs Neue, wie er sie heimlich nachts aufbaute, damit sie am nächsten Morgen wieder alles auseinandernehmen konnte.

Die männliche Stimme, dachte Inga. Was auch immer man an Untergangsprognosen über das männliche Geschlecht in den letzten Jahren gelesen hatte, für die von ihnen, die eine tiefe männliche Stimme hatten, würde man auch in Zukunft noch Verwendung finden.

Alle hoben ihr Glas und stießen an. Der Alkohol, das warme Licht, das häusliche Behagen, in großen runden Tellern Spaghetti vorgesetzt zu bekommen, die Tochter, sperrig, dabei ganz sie selbst – für einen Moment fügte sich an jenem

Abend alles zu einem harmonischen Bild zusammen: einem Bild, dessen Wahrhaftigkeit jetzt, nur einige Monate später, bestritten werden musste.

Almas Mitbewohnerin Bonita war tatsächlich zu Hause.

»Ich bin Almas Mutter«, sagte Inga überflüssigerweise, denn sie hatten sich ja erst vor ein paar Stunden gesehen.

»Sie wohnt hier nicht mehr.«

»Ich weiß«, log Inga. Sie fühlte einen kleinen Erdrutsch in der Brustgegend. Hatte sie wirklich gehofft, ihre Tochter hier zu finden? »Trotzdem. Kann ich kurz hereinkommen?«

Bonita sah, in Boxershorts und Strickjacke, noch magersüchtiger aus als im Supermarkt. Jetzt fiel es Inga wieder ein. Sie hatte einen kanadischen Vater, der mit einem Hubschrauber Touristen herumflog, seiner Tochter pünktlich Geld überwies und mit ihr auf Facebook befreundet war. Zu ihrer Mutter, die Inga mit neuem Mann und neuem Baby bei einer Schulveranstaltung kennengelernt hatte, hatte Bonita kaum Kontakt. All das hatte Alma ihrer Mutter erzählt. Inga fand es wie die meisten Eltern beruhigend, über die Freunde der Kinder Bescheid zu wissen. Geschickt horchte sie ihre Tochter aus und schaffte es meistens, dass diese bereitwillig von sich aus erzählte.

»Wie geht's dir?«, fragte Inga.

Bonita kaute auf ihren Lippen herum, was nicht hübsch aussah. Sie hatte müde Augen und konnte oder wollte Ingas

Blick nicht halten. Was Alma nur in dieser Maus gesehen hatte?

»Sie wollte zu ihrem Freund«, sagte sie schließlich und zog ihre Jacke über die Handgelenke nach unten. Diese Mädchen, die sich immer kleiner machten, als sie waren. Was lief da falsch, dass sich Mädchen in ihren Strickjacken verstecken mussten?

Welchem Freund überhaupt?, dachte Inga und sagte auf gut Glück: »Ich weiß aber nicht, ob sie das Visum noch bekommen haben.«

»Keine Ahnung«, sagte Bonita lasch, »das geht eigentlich schnell in der indischen Botschaft.«

Von wegen Maus. Bonita zupfte etwas von ihrer Jacke und sah Inga feindselig an. Alle Mütter waren Huren und ließen sich fürs Kinderkriegen bezahlen, oder vielleicht nicht?

»Es ist nur, ihrer Großmutter geht es nicht gut …«, sagte Inga, überrascht, wie leicht ihr neuerdings das Lügen fiel. Sie nutzte die Pause, die entstand, und machte einen beherzten Schritt in die Wohnung.

Als sie die leere Küche sah, verließ sie der Mut so schnell, wie er gekommen war.

»Das Problem ist … das Problem ist, ich kann Alma nicht erreichen.«

»Ich auch nicht«, sagte Bonita. »Tut mir wirklich leid. Ich muss jetzt auch ins Bett.«

»Natürlich«, sagte Inga und drehte sich ein letztes Mal suchend um.

Auf dem Boden stand ein neuer Mixer, die einzelnen Teile noch in Plastik verpackt. Inga zeigte auf das Gerät und fragte: »Kochst du gerne?«

»Wie bitte? Ja, nein, keine Ahnung. Ich kann Ihnen wirklich nicht helfen. Tut mir echt leid. Eigentlich müsste ich schon längst schlafen. Ich hab Uni morgen.«

»Am Sonntag?«

»Ja.«

»Ich dachte, wenn jemand weiß, wo sie ist, dann du«, sagte Inga. »Ich dachte …«, sie wedelte einladend mit der Flasche, »wir trinken ein Glas Wein, und vielleicht fällt uns zusammen etwas ein.«

Bonita zuckte mit den Achseln. »Ein Geheimnis kann ich Ihnen verraten. Sie hat mich bestohlen, also, sie hatte es vor, was ja wohl das Gleiche ist …«, sagte sie.

»Das ist doch Unsinn!«, widersprach Inga. Alma klaute nicht.

»Von wegen!« Den Mixer da auf dem Boden habe Alma mitnehmen wollen, dabei sei er ein Geschenk ihres Vaters gewesen. Aus Kanada.

»Wann soll das denn gewesen sein?«, fragte Inga ungläubig, etwas über ihre Tochter zu erfahren, das sie nicht wusste.

»Als sie ausgezogen ist vor drei Wochen«, antwortete Bonita. Sie schrieb etwas auf einen Zettel. »Hier, meine Handynummer, Sie können mich anrufen, wenn Sie möchten.«

»Was hätte sie mit dem Mixer gewollt?«, fragte Inga und steckte den Zettel ein.

»Sie wollte Hummus damit machen, sie steht doch so auf Hummus.«

Für eine Sekunde sah Inga ihre Tochter vor sich, im Himalaja, mit einem Freund, einem Hund, einem Zelt, verträumt in einem Feuer stochernd.

Als Inga schon im Hausflur stand, sagte Bonita, auf die dreiviertel volle Flasche zeigend, die Inga in der Hand hielt: »Sollte man Bipolaren nie geben: Kaffee und Alkohol.«

Zurück in ihrer Wohnung, stand Inga minutenlang im Mantel in der Küche und rührte sich nicht. Hinten in ihrer Kehle brannte etwas. Stille breitete sich aus, eine Stille, die nichts Friedliches an sich hatte. Warum sagte einem niemand, dass das Leben kein Fluss war, sondern ein trübes Gewässer, unterbrochen von garstigen Strudeln, die einem nichts als Angst einjagten?

In dieser Nacht schlief Inga nicht. Es war erstaunlich, was man im Internet alles finden konnte über Familienpsychologie. Es war erstaunlich, welche Probleme die Leute da draußen hatten. Sogar ein Selbsthilfeforum für Senioren, zu denen die Kinder den Kontakt abgebrochen hatten, existierte, und da brodelte es geradezu vor Verbitterung und Wut.

Zusammengekauert über dem Computer, lauwarmen Tee trinkend, versuchte sie zu begreifen, was das alles mit ihnen zu tun hatte. Man musste aufhören, Familie als Schicksal zu betrachten. Als System ergab sie viel mehr Sinn, denn kein System ist perfekt, und alle hängen mit drin. Wenn sie es richtig verstand, ging es darum, welche Funktion ein Kind einnehmen musste, um sich die Liebe seiner Eltern zu sichern. War es nicht andersherum? Ein Kind hielt die Ehe zusammen, basta, das war doch nichts Schlimmes. Bis die Ehe eben nicht mehr hielt. Der beste Beweis dafür, dass im Internet Unsinn stand, war, dass Alma einen richtigen Schub gemacht hatte nach der Trennung. Fünf Zentimeter mindestens schoss sie in die Höhe, und neue Schuhe mussten sie auch kaufen.

Als sich abzeichnete, dass es mit Inga und Homer so nicht weitergehen konnte, bekam Homer eine hartnäckige Mandelentzündung, die ihm das Sprechen erschwerte. Über Wochen nahm er wechselnde Antibiotika. Keines wirkte. Auch nachdem man ihm die Mandeln herausgenommen hatte und Inga kübelweise Eiscreme nach Hause geschleppt hatte, in der Hoffnung, dadurch den Genesungsprozess zu beschleunigen, ging es nicht aufwärts. Er blieb schwach und wurde dick, klebrige Schüsseln mit Resten von Walnusseis neben sich auf dem Sofa. Am Schluss war die Trennung so, als nähme man einen warmen, wirkungslos gewordenen Wadenwickel ab: eine Befreiung. Sowohl Homer als auch Inga ging es danach schlagartig besser. Homer lernte Sondre kennen, und Inga, gut, die wollte ja auch fürs Erste allein sein.

Inga kannte viele Männer, aber auch Frauen, die nach ihrer Scheidung erst richtig auf Trab gekommen waren. In einer großen Stadt wie Berlin, in der man primitiven Vorstellungen von Liebe anhing, funktionierte Beziehung wie eine Transferleistung, die es den Männern ermöglichte, sich Frauen von Dinner zu Dinner, von Bali über Sylt nach Sils Maria weiterzureichen, während die Frauen auf diese Weise Miet- und Lebenskosten sparten: Sie schliefen nicht nur mit den Männer, um gesellschaftlich zu überleben. Sie schliefen sich an die schönsten Ecken der Welt, so etwas wie Stromnachzahlung kannten sie nicht.

Inga war nicht geschmeidig genug für dieses Spiel und brachte mit ihren breiten Knochen auch nicht die verlangte Grazie mit. Sie akzeptierte, dass sie für die Liebe nicht geschaffen war. Schon ihre erste große Liebe, ein Physiker aus lächerlich reicher Familie, kam drei Tage vor der Hochzeit bei einer Skitour ums Leben. Wochen später feierte der Freund des Physikers ein Fest und fragte die todunglückliche, blutjunge Inga vor der gesamten Festgesellschaft, die sie den ganzen Abend wie ein Flittchen behandelt hatte: »Und, wie war der Fick? Hat es sich wenigstens gelohnt?« Inga hatte allen Mut zusammengenommen und geantwortet, was später oft zitiert wurde: »Lohnt sich doch immer.«

Sie las weiter. Diese Psychologen konnten einem wirklich die Laune verderben: Ganz entscheidend sei, welcher der insgeheim unsichere Elternteil war, der auf ein bestimmtes Verhalten des Kindes angewiesen war. Das war ja wohl Homer. Immerzu dozierte er, und wehe, man hörte nicht zu. War es das? Deswegen rannte man doch nicht davon. Weshalb rannte man davon, wenn alles in Ordnung war? Das konnten ihr die Schlaumeier in diesem Forum, in dem alles in Kleinbuchstaben und kleinster Schriftgröße geschrieben war, nicht verraten.

Die Experten warnten, dass Eltern mit ihrer Angst, von den Kindern, sobald diese groß waren, getrennt zu werden, diese in ihrer Autonomie blockierten. Davon hatte Homer am Telefon gesprochen. Angst? Als wäre es nicht himmlisch, nach all den Jahren nicht mehr um halb sieben aufstehen zu müssen. Keinen vergammelten Proviant mehr nach dem Wandertag aus dem Rucksack zu kratzen, keine Massage-Gutscheine für Burn-out-Lehrer zu bezahlen, kein Wegducken mehr beim Elternabend, wenn die Posten verteilt wurden. Warum hatten sie darüber nichts geschrieben in ihrem tollen Bericht? Trennungsangst? Unsinn. Aber was das war, das ihre Brust so zusammenpresste, dass sie kaum atmen konnte, das wusste Inga auch nicht.

Am Ende der Nacht, die ein kaltes, gelbliches Morgenlicht ablöste, war Inga kaum schlauer, fühlte sich aber, immerhin, etwas weniger allein. Sie wusste jetzt, auch anderen Eltern lief mit den Kindern die Gewissheit davon, etwas vom Leben zu verstehen.

TAG 3

In der Hand eine Tasse Kaffee, den sie ohne Milch trinken musste, machte Inga sich daran, Almas altes Zimmer zu durchsuchen. Noch immer standen Kartons in der Ecke, die Alma versprochen hatte, abzuholen. Sie hatte in dieser Wohnung nur zwei Jahre gelebt, zwischen 15 und 17. Dieses Grenzgebiet dokumentierte der Schrott im Regal, den nach Ingas Ermessen nur eins auszeichnete: gerade noch heilig, wertlos im nächsten Moment. Der Reihe nach nahm Inga jedes Teil in die Hand und legte es zögernd zurück an seinen Platz. Ein Maßband, OCB-Zigarettenpapierchen, ein überdimensionales Osterei, das man aufklappen konnte und in dem Kleingeld aneinanderklebte, eine Parfümprobe, ein Buch über Feminismus, die Packliste für eine Klassenreise.

Es war eine schöne Arbeit und sicherlich das Beste, was man aus einem trostlosen Sonntagmorgen herausholen konnte. Als Nächstes nahm sie sich den Schrank vor. Viele der Kleidungsstücke, eingerissen und in der Eile linksherum zurückgestopft in das Ungetüm, das sich nicht richtig schließen ließ, kannte Inga nicht. Wie viele Mädchen hatte Alma

Klamotten getauscht, doch was auch immer die Objekte dieses Rituals für eine Bedeutung trugen, für Inga blieben es schmuddelige Kleider, Orakel von H&M.

Sie setzte sich zurück an ihren Computer und loggte sich auf einem Elternportal unter ihrem neuen Namen ein, ♀Gis: die Sponti-Abkürzung für Gisela, beides Marker fürs letzte Jahrhundert, die perfekte Tarnkappe. Inga quälte sich durch Aphorismen und Bibelzitate. Wie diese Leute miteinander redeten im Selbsthilfeforum. Sie hatte nicht die geringste Idee, was sie meinten. Besonders die Sprüche des Propheten Hesekiel, gepostet von EmserSalz, und seine detaillierten Vergeltungsfantasien (Hes 26,6: »Und ihre Töchter … sollen durchs Schwert erwürgt werden und sollen erfahren, dass ich der HERR bin«) waren beängstigend. Was hatte EmserSalz durchgemacht, dass er sich einen solchen Gott wünschte? Gut, dass seine Kinder das Weite gesucht hatten. Die anderen trösteten ihn erst, verloren dann aber die Lust.

Schön fand Inga dagegen, wie viel Zuspruch Hope21 erfuhr, die Alice Miller zitierte: »Ein Kind, das seine Gefühle unterdrückt, um einem Elternteil zu helfen, ist auf gewisse Weise verlassen worden.« Diesen Spruch verstand sie wenigstens. Es war schwer, dagegenzuhalten, dass Kindheit nun mal kein Zuckerschlecken war und jedes Kind früher oder später enttäuscht wurde, enttäuscht werden musste.

Nach einer Weile klappte sie den Computer zu. Ihr Handy klingelte. Ihre Schwester. Sie ging nicht dran.

Zwischen Alma und ihr hatte immer ein stilles Einverständnis in den Fragen geherrscht, die ihr Zusammenleben betrafen. Welche Filme sie mochten, wann laute Musik okay war (beim Putzen), welcher Falafel-Laden zu bevorzugen war, wer von den Jungs bei Getränke Hoffmann schöne Augen hatte, warum sie keine Weihnachtsmärkte mochten. Es gab winzige Rituale, die sie mal ernster, mal mit Ironie ausübten. Sie lachten viel. Inga machte nicht den Fehler vieler Singlemütter, ihre Tochter zur Vertrauten zu machen. Wenn Alma sie etwas fragte, dachte sie gründlich nach, bevor sie antwortete. Sie und Homer lasen mit Erstaunen die guten Zeugnisses ihrer Tochter, bis sie merkten, dass alle Kinder gute Noten hatten. Sie sprachen manchmal darüber, was aus dem Kind werden würde, voller Spannung und Zuversicht.

Sanfte Panik begann gegen ihre Schläfen zu drücken. Kurz entschlossen schickte sie Hope21 eine Nachricht mit ihrer Telefonnummer. Eine Mail mit einer endlosen Zahlenkette in der Absenderzeile kam zurück: no reply. Inga schämte sich, so naiv gewesen zu sein. Die ganze Idee des Forums war ja gerade, dass alles vor den Augen aller Teilnehmer verhandelt wurde.

Als sie schließlich aufstand, schwankte sie leicht. Rasch zerbröselte sie zwei Aspirin in einem Glas lauwarmem Leitungswasser und trank sie, noch bevor sie sich aufgelöst hatten.

Sie ging zurück in Almas Zimmer. Wenn Alma hier, nachdem sie zu Homer gezogen war, geschlafen hatte, dann nur, wenn sie kein Geld für die U-Bahn hatte oder Inga sie mit einem Pudding oder gemeinsamem Fernsehen bestochen hatte.

Es gab Momente, in denen es egal war, was man tat, Hauptsache, man bewegte sich. Inga hatte lange genug unterrichtet, um zu wissen, dass jede Form von körperlicher Bewegung half. Schon ein sanftes Schwingen der Arme, ein leichtes Kreisen des Beckens half, aus dem Meer von Angst, in dem alle trieben, aufzutauchen und den Kopf für einen Moment über Wasser zu halten.

Mit Schwung stopfte sie leere Mateflaschen, die unter dem Bett lagen, Tabakbeutel und Schokoladenpapierchen in einen Sack und schleppte ihn in den Hinterhof zum Müll. Was sie in den Sack gestopft hatte, waren keine Beweise, es waren einfach Sachen, die Alma zurückgelassen hatte, irgendwelches Zeugs.

Unwillkürlich wanderte ihr Blick zu einer Wohnung im ersten Stock. Im Sommer hatte sie einmal bei den Mülltonnen gestanden und die verwaiste Hitze genossen, wie sie nur Sonntage in der Stadt kannten. Bis sie merkte, dass sie nicht allein war. Der hübsche amerikanische Junge mit der lauten Stimme, der mit seiner Familie im ersten Stock wohnte, war ebenfalls im Hof. Er balancierte auf der hohen Mauer, die ihren Hinterhof vom Nachbargrundstück trennte. Immer wieder sprang er herunter, nur um, unten angekommen, auf dem Absatz kehrtzumachen, auf das Dach der kleinen Spielhütte zu klettern, vom Dach die eineinhalb Meter entfernte

Mauer anzuspringen, sich mit seinen knubbeligen, kleinen Armen an ihr emporzuziehen und von dort erneut herunterzuspringen. Inga sah ihm zu und bewunderte seine Ausdauer. Sein Freund, ein Junge mit langen Haaren und dünnen Beinen, hatte es zwar auf die Mauer geschafft, traute sich aber nicht herunterzuspringen, bis ihn der andere mit viel Zureden so weit hatte. So ging es eine Zeit lang. Irgendwann kam der Vater des amerikanischen Jungen mit seinem Fahrrad in den Hof.

»Dad, look, I am jumping down!«

Der Vater mit einer für das Wetter viel zu warmen Mütze auf dem Kopf blieb im Hofeingang stehen.

»Come closer«, forderte der Junge.

»I'm close enough, I can see from here.«

»Closer!«

»Why?«

»Closer!«

Schließlich machte der Vater einen großen Schritt auf den Jungen zu und noch einen und noch einen, und der Junge sprang. Der Vater starb einige Wochen später an einem Hirntumor, und die Familie zog weg.

Danielles Anruf aus London riss Inga aus ihren Gedanken. Sie erzählte von einem 22-jährigen Musikstudenten, der ebenfalls auf Entzug war und mit dem zusammen sie sich vor dem Klinikpersonal versteckt und Sex gehabt hatte.

»Was macht mein kleiner Krishna? Vermisst er mich?«

»Er schläft.«

Danielle rief nicht zum Spaß an. Sie plante, ihren Aufenthalt zu verlängern, und dafür brauchte sie Geld. Ihr Plan gefiel Inga ganz und gar nicht, aber es war befreiend, einen Befehl entgegenzunehmen.

Eine anständige kalte Dusche war es, was Inga jetzt brauchte. Sogar ihren Kopf hielt sie unter den mageren Strahl. Anschließend trug sie etwas Glitzergloss auf, den sie in Almas Verhau gefunden hatte.

»Noch was, Inga«, hatte Danielle zum Schluss gesagt. »Lass diesen Altweiberaufzug. Der zieht alle runter.«

Frisch und fröstelnd kochte sie sich einen starken Earl Grey und gab Zucker und nach einem kurzen Zögern einen ordentlichen Schuss Whiskey hinein. Den brauchte sie, wenn sie tun sollte, wozu Danielle sie aufgefordert hatte. Es war schon schlimm genug, als Yogalehrerin vor eine ganze Klasse zu treten und etwas Bedeutungsvolles zu sagen. Von Anfang an waren ihr diese ersten Minuten zuwider gewesen. Ihre Nervosität wuchs mit den Jahren, je mehr sie die Verantwortung, die auf ihr lastete, spürte. Unter den Lehrern sprach niemand darüber, was für ein einsamer Job das eigentlich war, vorne am Altar, wenn vierzig Augenpaare auf einen gerichtet waren. Dabei war doch sonnenklar: Was lässt sich, ohne dass jemand den Finger darauf legen könnte, innerhalb von Minuten zerstören? Die Atmosphäre, die Energie, Prana, Chi, Aufmerksamkeit. Dumm, wenn man als Yogalehrerin mit Aufmerksamkeit nicht zurechtkam.

Sie ging an diesem Tage genau nach Plan vor und klapperte Danielles Privatschüler ab, einen nach dem anderen. Gustavo, ihr erster Schüler, machte irgendetwas bei der argentinischen Botschaft und wohnte in einem der neuen, prächtigen Apartmenthäuser am Tempelhofer Ufer, die, obwohl noch nicht zu Ende gebaut, bereits einen heruntergekommenen Eindruck machten. Hie und da ragten Kabel aus der Wand, und an der mächtigen Skulptur vor dem Entree hatte sich ein Metallarm gelöst, durch den klagend der Herbstwind pfiff. Gustavo öffnete die Wohnungstür in Unterwäsche. Ein kleiner Mann, der ein Headset aufhatte und ihr, ohne sein Telefonat zu unterbrechen, den Weg ins Wohnzimmer zeigte, wo neben Couchtisch und Sofa schon eine Yogamatte ausgerollt war. Gustavo kämpfte mit einem typischen Männerproblem des 21. Jahrhunderts, er hatte nicht zu wenig, sondern zu viele Muskeln. Besonders im Nackenbereich zogen sich extrem verhärtete Stränge des Trapezius bis hinauf zu den Ohren, Muskelberge, die es ihm unmöglich machten, die Arme über den Kopf zu heben. Gustavo war Asthmatiker und hatte kurze, kräftige Beine, deren glänzender Camouflage-Look – er war mittlerweile in eine Nike-Pro-Radlerhose geschlüpft – ihn wie eine sumpfige Kröte aussehen ließen. Wenn Inga die Augen nur ein wenig zusammenzwickte, hatte sie keine Mühe, sich zum Sound seines knarzenden und fauchenden Englisch einen Urwald in Lateinamerika vorzustellen, in den einen die Konsonanten wie Schlingpflanzen in eine gluckernde Tiefe zogen.

Sie baute ein kleines Podest aus Satinkissen und ließ ihn ein paar Minuten in einer unterstützten Brustöffnung auf dem Rücken atmen. Er gab sich Mühe, alles richtig zu machen, und schwamm bald in Schweiß. In der Schlussentspannung massierte Inga beherzt seinen steinharten Nacken und sah geflissentlich zur Seite für den Fall, dass er die Augen öffnete. Mit 200 Euro versehen, verabschiedete sie sich und fuhr zu ihrem nächsten Schüler, einem SPD-Abgeordneten und Kokser, verantwortlich für die große Petition gegen das Drohnengesetz, von der Presse »Servus« genannt, ein Überbleibsel der letzten Großen Koalition.

Für alle Privatschüler, die Inga an diesem Sonntag besuchte, hatte sie von Danielle am Telefon ein exzellentes Briefing bekommen, eine penible Aufzählung der jeweiligen Bedürfnisse, anatomisch, mental, emotional. Wie Danielle wissen konnte, dass ihre Schüler anstandslos die neue Charity-Organisation ihrer Lehrerin unterstützen würden, hätte Inga gerne gewusst. Jedenfalls weigerte sich keiner, mit einer Summe von 5000 Euro als Co-Gründer des Rescue-Fonds einzusteigen, einer Organisation für Klimaflüchtlinge, die Danielle gründen wollte, sobald sie vom »Schwarzen Meer«, ihrem offiziellen Aufenthaltsort, zurück sein würde. Alle hatten brav den Stift gezückt, als ihnen Inga die Kontoverbindung diktierte, am Schluss war sogar Inga überzeugt, dass der Rescue-Fonds eine gute Sache war und legitimierte, dass ein nicht unwesentlicher Teil der Beiträge auf das Konto der Londoner Detoxklinik floss.

Zuletzt stand ein Architekt auf der Liste, der aufhören wollte zu rauchen, und als Inga am Abend wieder in ihrer Wohnung war, konnte sie es selbst kaum glauben. Das beharrliche leise Pfeifen, das sie seit Tagen treu begleitet hatte, war verschwunden. Sie schloss die Augen und lauschte vorsichtig nach innen. Nichts.

Die 1000 Euro, die sie behalten durfte, klemmte sie unter ein Kochbuch. Dann setzte sie sich an ihren Schreibtisch, um eine Suchanzeige zu entwerfen.

»Gesucht: Eine junge Frau, liebenswert, scheu …«

Nein, so ging das nicht.

»Gesucht: Junge Frau, deutsch, 1,65 m, dunkelhaarig …«

Im Kühlschrank war noch eine Flasche Bier, die sie mit dem Feuerzeug öffnete und in einem Zug zur Hälfte leerte. Sie machte sich gerade daran, Spiegeleier zu braten, als es klingelte. Es war Sondre. Neben ihr stand Almas alter Computer auf dem Boden.

»Ich habe ihm den Typen abgeschwatzt. Er hatte ihn noch nicht mal ausgepackt.«

Wie Inga so Sondre ansah, überrumpelt davon, dass das Leben auch angenehme Überraschungen bereithielt, erinnerte sie sich vage daran, dass sie nicht immer so pessimistisch gewesen war, skeptisch ja, aber das Schwere, das war erst in den letzten Jahren eingesickert in Körper und Geist.

»Was ist los? Du siehst ganz grün aus im Gesicht«, sagte Sondre.

Sie erzählte, wie sie den Elektrohändler gefunden hatte. Er wohnte neben seiner Werkstatt. Wie er anstandslos, obwohl Sonntag war, in sein Lager gegangen war und nach dem Riesen-PC gesucht hatte, den ihm der Typ mit den Cowboystiefeln und dem Comic-Namen gebracht hatte.

Aus der Küche zischte es gemein. Die Butter warf schwarze Blasen, als Inga an den Herd hastete. Schnell schlug sie die Eier auf.

»Das war einfach ein netter Mann«, sagte Sondre, die ihr gefolgt war, »das hättest du auch hinbekommen …«

Das war natürlich Unsinn, denn Inga trug keine engen Kleider, die durch einen braven Stehkragen erst recht den Bick auf den abenteuerlichen Schwung der Hüften lenkten.

Sondre fragte, als wären sie seit Neuestem beste Freundinnen: »Wie geht's dir?«

»Bestens.«

»Unsinn«, sagte Sondre sanft, als spräche sie zu einer Geisteskranken, »ich sehe doch, dass es dir nicht gut geht. Wenn ich darf, bleibe ich ein wenig.«

Eine gute Viertelstunde verging in Schweigen. Erst als Sondre die Tür hinter sich ins Schloss zog, brachte Inga ein mickriges »Danke« heraus. Im gleichen Atemzug löste sich ein tiefer Schluchzer aus ihrer Brust, und ihr Gesicht wurde nass.

Dann aß sie das kalte Spiegelei und schrieb eine SMS an Jamal, der prompt antwortete. Er war in Schöneberg in einem Café und nahm an einer Quiz Night teil. Inga machte sich auf den Weg. Jamal war Inder. Er würde Almas Facebook-Account knacken und ihre Mails, und endlich würden sie erfahren, was am 10. September passiert war.

Jamal stand vor dem Café, die Arme verschränkt, als wäre er der Besitzer.

»Wirklich lustig. Sobald ihr einen Pakistani oder Inder seht, denkt ihr, das ist ein Terrorist oder ein Computernerd.«

Ungeschickt tätschelte sie seine Schulter. Sie war ihm dankbar, dass er nicht nachfragte, als sie ihm erklärte, was er tun sollte. Auf dem Weg nach Schöneberg war sie zweimal über Rot gefahren und hatte erst in letzter Sekunde gebremst. Menschen, Bäume, Autos zogen in wunderschöner wilder Karawane an ihr vorbei. Alma, als sie noch ein Kind war, hätte sie auf die heimliche, stille Art, in der Kinder diese Dinge wissen, verstanden.

Auf dem Rückweg hielt sie vor einem OBI, der noch geöffnet war. Minutenlang stand sie vor den Duschschläuchen. Eine Frau streifte sie, und Inga fragte: »Ist hier niemand? Kennen Sie sich aus?«

Die Frau sagte, der Mann an der Kasse kenne sich bestens aus. Sonst sei niemand da. Auf dem Weg sah Inga im Augenwinkel eines dieser Paare in identischen Wetterjacken auf die Kasse zugehen. Sie stoppten und sahen sich suchend um. Als Inga auf ihrer Höhe war, beschleunigten sie ihren Schritt. Sie erreichten die Kasse vor Inga. Die Schlange war lang. Der Mann rückte vor. Es war der gemeine Nacken des Mannes, der so tat, als stünde Inga nicht neben ihm, der sie dazu brachte, ihn anzusprechen, als hielte sie ihn sich dadurch vom Hals.

»Wollen Sie …? Waren Sie …?«

Der Regenjackenmann sah sie an und fragte: »Was?«

»Stehen Sie an?«, fragte Inga mit Mühe.

»Ja.«

Der Regenjackenmann ging wieder weg. Sie hatten etwas vergessen.

Als die Regenjackenfrau an die Reihe kam, sagte sie: »Ich warte noch.«

Inga fragte: »Aber Sie lassen niemanden vor?«

»Richtig«, sagte die Frau.

»Gratuliere«, sagte Inga.

Als der Mann zurückkam und sie bezahlt hatten, drehte sich die Frau zu Inga um. »Bei Ihnen ist alles okay?«

»Ja, natürlich. Ich brauche nur diesen Duschschlauch für meine Tochter. Deswegen bin ich etwas nervös, aber sonst alles wunderbar.«

»Ist ja sehr interessant.« Die Frau hatte die Haare zu schwarz gefärbt und sich sicher schon vor langer Zeit programmatisch gegen Make-up entschieden.

»Sie wollten es doch wissen«, sagte Inga tonlos.

In dieser Nacht hatte sie einen Albtraum, einen Klassiker: Sie steht auf dem Dach eines brennenden Hochhauses und weiß nicht, wie sie hinunterkommen soll. Unten im Hof stellt jemand eine Leiter auf, die ins Leere ragt und überhaupt viel zu kurz ist. Sie hat kleine Kinder auf dem Arm, und die Zeit rennt ihr davon.

Warum Kinder, fragte sich Inga, als sie mit pochendem Herzen schweißüberströmt aufwachte, warum so viele? Zählten die Abtreibungen dazu?

Lange lag sie wach danach und konnte nicht wieder einschlafen. Wie konnte es sein, dass eine Mutter nicht spürte, wo ihre Tochter war? War sie zu blöd? Zu unsensibel? War das mit »blind vor Sorge« gemeint, oder warum ließ sie ihr Instinkt derart im Stich?

Aus dem Nichts kam das Bild von Alma, die noch nicht drei war. Sie wohnten damals in einem kleinen Haus bei Potsdam, das ganz für sich stand in einem Forst. Inga hatte so hohes Fieber, dass alles vor Hitze zu flimmern schien. Besonders von den Lampen ging eine gleißende Helligkeit aus, die wie mit Nadeln in ihre Augen stach. Das Fieber war den Tag über stetig gestiegen und schließlich auf über 42 Grad geklettert. Heiße Wellen hoben sie auf und drückten sie gleich danach nieder. Ihr ganzer Körper schien sich wie Lava auszubreiten.

Mit zittriger Hand rief sie Leute an. Nach dem dritten Versuch gab sie es auf. Mit aller Kraft erhob sie sich und ging in die Küche. Sie sagte zu Alma: »Du isst jetzt das Brot und trinkst ein Glas Wasser. Dann gehst du aufs Klo und dann legst du dich hin. Es ist alles in Ordnung. Mami muss nur schlafen.«

Alma sah sie konzentriert an und nickte. Inga blieb ein paar Minuten an den Türrahmen gelehnt stehen, bis Alma sich in ihr Bettchen gelegt hatte. Es war Almas liebes Gesichtchen, das sie über Nacht gesund werden ließ. Als Homer ein paar Tage später nach Hause kam, hielt sie ihm das Fieberthermometer hin, das noch immer 42 Grad anzeigte.

TAG 4

Am nächsten Morgen fuhr sie zum Studio. Sie blieb im Auto sitzen und bat Jamal, herauszukommen.

»Fünf Minuten«, sagte er in einem Ton, der ihr verriet, dass er nicht alleine war.

Im Radio sprach ein Wissenschaftler über Grünstreifen und ihre Bedeutung. Wie gerne sie jetzt einfach ins Studio gehen würde, um zu unterrichten und hinterher einen kleinen Schwatz mit den Schülern zu halten. Sie liebte ihre Arbeit, weil sie sinnvoll war und niemandem schadete. Es war eine Herausforderung, aber ein gutes Gefühl, die Sorgen und Ängste der Leute und oft auch ihre Schmerzen lindern zu können und ihnen beizubringen, sich nicht zu wichtig zu nehmen. Und machte sie nicht selbst jedes Mal auch diese Erfahrung? Zu Beginn der Stunde unterschied sie noch einzelne Menschen, aber mit jedem Atemzug, in dem sie gemeinsam schwitzten, verschwammen die Grenzen, und übrig blieb ein mächtiges, diffuses Hochgefühl, das alle einte.

Eine ordentliche Dosis von diesem Gefühl hätte sie dringend nötig gehabt, aber über Nacht war ihr der Zugang dazu verwehrt worden. Jamal hatte getextet, dass die Polizei immer noch über die Todesursache von John Best rätselte. Sie konnten sich den Atemstillstand nicht erklären. Weil Inga zuletzt bei ihm gewesen war, sei sie jetzt die Hauptzeugin.

Die Autotür ging auf. Jamal ließ sich neben sie auf den Sitz fallen. Er sah auf seine Armbanduhr. Er war der einzige Mensch, den Inga kannte, der noch eine Uhr trug.

»Einen hübschen blauen Pulli hast du an«, sagte Inga.

»Danke. Das ist mein Harvard-Law-Pulli. Mit Durga haben sie schon gesprochen. Irgendwer hat ihnen erzählt, dass Durga vor tausend Jahren eine Affäre mit John hatte und sogar schwanger von ihm war. Jetzt warten sie auf dich.«

»Wer war nicht schwanger von ihm?«, fragte Inga.

»Ich habe gesagt, davon weiß ich nichts, und ich will auch nichts darüber wissen. Gerade eben haben sie, obwohl die Morning-Glory-Stunde schon lief, das ganze Studio noch mal auf den Kopf gestellt.«

»Was ist so rätselhaft an Atemstillstand? Ein natürlicher Tod. Das, was alle wollen.«

»Nicht, wenn du ein kerngesunder Mann bist. Du hast ihn zuletzt gesehen.«

»Er schlief, als ich ging. Er schnarchte. Herrgott, er war am Leben!«

Jamal schwieg. Aus der Nähe hatte seine weiche Samthaut winzige Narben. Die Nachricht von Johns Tod würde die Herablassung, mit der die meisten Wissenschaften hartnäckig auf alternative Heilmethoden wie Yoga blickten, nicht gerade mindern. Das Ressentiment einer Industrie, deren

Kulturleistung allein in billigem Essen und billigen Pillen bestand, würde wieder wachsen.

»Ich muss zurück«, sagte Jamal und blieb sitzen.

Er sagte, dass die Klassen sehr gut besucht waren. Einige der Workshop-Teilnehmer hatten sogar auf die Rückerstattung der Gebühr verzichtet.

»Und, hast du schon etwas herausgefunden?«

»Nein. Der Computer ist tot. Ich habe ihn nicht mal angekriegt. Der Akku ist im Eimer. Ohne Netzteil ist da nichts zu machen. Zu dieser Generation gibt es aber keins mehr, jedenfalls habe ich keins gefunden. Warum gehst du nicht einfach zur Polizei wegen deiner Tochter?«

Seine Zähne blitzten. Er putzte sie mit Salz.

»War ich doch längst«, sagte Inga.

Inga erzählte nicht, dass sie schon eine Art Aushang geschrieben hatte, in dem sie demjenigen eine Belohnung versprach, der ihr einen Hinweis geben konnte.

Jamal sah nach unten auf seine Hände, die er ineinandergelegt hatte wie eine Schale. Dann blickte er auf und sagte: »Shit.«

Inga folgte seinem Blick. Einer der Ermittler kam aus dem Studio, wandte sich in ihre Richtung und kam direkt auf Ingas Auto zu.

»Steig aus«, sagte sie und ließ den Motor an. Im Rückspiegel sah sie, wie Jamal auf den Ermittler einredete. Seine SMS las sie erst, als sie bei ihrem ersten Termin ihr Handy lautlos stellte.

»Du sollst aufs Präsidium kommen.«

Inga war von der Suchenden zur Gesuchten geworden.

Die Tochter des russischen Botschafters war schwanger und erst im ersten Trimester. Eigentlich dürfte sie, ginge es nach Inga, gar nicht üben, aber sie war Danielles Schülerin, und die hatte es ihr erlaubt. Während sie das Mädchen auf dem dicken Teppich in der Bibliothek in ein paar einfachen Hüftöffnern atmen ließ, versuchte Inga, zusammenzurechnen, wie viel Geld sie brauchen würde, um nach Indien zu fahren. Ihr Blick streifte einen leeren Kristallkrug, auf dessen Grund eine einsame Zitronenscheibe klebte. In einer Meissner-Porzellan-Schale lag der Schmuck des Mädchens. Eine Kette mit einem Anhänger in Form des Brandenburger Tors aus Diamanten, daneben Ohrringe in der Größe von Espressotassen, ebenfalls aus Diamanten.

Nachdenklich sah sie auf Xenias Brust, die sich, eingequetscht in ein rotes Mohairjäckchen, hob und senkte. Das Mädchen war 22 Jahre alt, nur zwei Jahre älter als Alma, und mit ihren Gedanken sicher nicht bei ihrer Atmung. Sie sollte einen weniger engen BH tragen, um überhaupt tief atmen zu können. Außerdem hatte sie eine fahle Hautfarbe. Inga tippte auf Verstopfung.

»Sind Sie verheiratet?«, fragte das Mädchen, die flatternden Augenlider mühsam geschlossen.

»Nein«, antwortete Inga, »das hat nicht geklappt.«

»Ah, verstehe. Ihr Mann liebt andere Männer?«

»Nein. Er liebt eine andere Frau«, antwortete Inga. War das jetzt besser oder schlimmer?

»Das ist schlimm. Wie halten Sie das nur aus?«

»Halb so wild«, sagte Inga, »jeder weiß doch, dass das passieren kann. Bleib bei deiner Atmung. Zieh mit der nächsten Einatmung die Knie vorsichtig zu dir heran und beginn sie langsam über rechts zu kreisen.«

Xenia kreiste gehorsam.

»Aber Sie haben Kinder, richtig? Ich wollte auch immer welche. Dachte ich jedenfalls. Fang früh an, dann hast du es hinter dir, sagt meine Mutter. Aber jetzt, Alexej ist so komisch, er schaut mich gar nicht mehr an, und dann auf einmal bringt er mir lauter teure Geschenke, die ich nicht brauche. Er hat sogar einen Segelturn für uns gebucht, in der Karibik.«

Unter ihren geschlossenen Lidern liefen ein paar Tränen hervor.

»Es ist so komisch, aber wie kann ich wissen, ob er das Kind überhaupt will? Wirklich will?«

»Schön ruhig jetzt. Leg die Hände knapp unterhalb des Nabels auf den Bauch, Schultern schwer, Kiefer entspannt. Und tief einatmen, zwei, drei, vier, und ausatmen, zwei, drei, vier. In den Bauch, zwei, drei, vier, und aus, zwei, drei, vier. Jetzt auf fünf … jetzt lass die Atmung wieder frei fließen. Vielleicht atmet ihr im Gleichklang.«

Durch den Körper der jungen Frau lief ein Zittern. Inga begann die Atmung wieder zu zählen und vergrößerte die

Abstände ein wenig. Wie immer, wenn man die Ausatmung verlängerte, sprang der Parasympathikus an, der Teil des vegetativen Nervensystems, der für Entspannung zuständig war. Inga war fasziniert davon, wie Informationen aus der Peripherie des Körpers in die übergeordneten Zentren von Gehirn und Rückenmark gelangten und von diesen Steuerungszentren zurück zu den Muskeln und Drüsen. Auch jetzt funktionierte es. Xenia atmete viel ruhiger, so ruhig, dass es den Anschein hatte, als hätte sie ganz damit aufgehört. Sie lag im Liegenden Schmetterling, die Fußsohlen zusammen und die Knie auseinander, jeweils auf einem Kissen ruhend, ein prachtvoller Anblick.

Am Schluss bettete Inga den Kopf der kleinen Russin in ihre Hände und drückte ihre Daumen sanft an Xenias Schädelnaht, um den Nervus vagus zu stimulieren. Sie musste nicht auf die Uhr schauen, um zu wissen, dass die Stunde in acht Minuten zu Ende war. Xenia begann kaum hörbar zu schnarchen, und Inga setzte sich neben sie auf den Boden.

Wie immer am Schluss einer Stunde meditierte Inga, angenehm erschöpft, zufrieden mit sich und der Welt. Sie hatte sich damit abgefunden, dass sie pingelig war und pedantisch. Als sie noch jünger war, hatte sie sich danach gesehnt, jemand zu sein, der verträumt herumgammeln konnte, aber das war lange her. Sie war eine Soldatin, basta. Mit halber Kraft zu unterrichten brachte sie nicht fertig.

In diesen Minuten am Ende der Stunde, umgeben von

Atem und Stille, glaubte sie außerdem alles zu verstehen. Was genau, hätte sie nicht sagen können.

Minuten verstrichen. Alle Menschen brauchten Ordnung, davon war Inga felsenfest überzeugt. Eine Ordnung, bei der alles nicht nur anatomisch, sondern viel grundlegender an seinen Platz rückte, oder besser gesagt, zurückrückte an seinen Platz.

Mit dieser Sehnsucht nach Ordnung war sie nicht allein. Erst neulich hatte sie einer endlosen Zeremonie im Teepavillon im Tiergarten beiwohnen müssen und sich im obligaten Schneidersitz auf dem kalten Boden eine Blasenentzündung geholt. Eingehüllt in eine Polyesterdecke, saßen sie da, bis die etwa vierzig Teilnehmer das Zertifikat für die 200-Stunden-Ausbildung zum »Vinyasa-Yoga-Lehrer« ausgehändigt bekamen: ein Blatt Papier mit einer grinsenden Sonne als Symbol, fotokopierte Sinnstiftung und Zeugnis eines Berufes, den man auch ohne Zeugnis ausüben konnte. Jeder konnte sich Yogalehrer nennen, so wie sich auch jeder Politiker nennen konnte, sobald ihm ein paar Leute zuhörten. Nur dass niemand mehr Politiker werden wollte, weil sich die Leute mehr für Gefühle interessierten, weniger für Argumente, weshalb man mit Gefühlen, wenn man es richtig anstellte, auch mehr Geld verdienen konnte.

Gefühle überlebten selbst die Digitalisierung. Das nationale Mantra lautete: »Feel good!« Sogar das Arbeitsamt hatte davon Wind bekommen und warb damit, einen Teil der Ausbildung zum Yogalehrer zu finanzieren, die an guten Schulen mittlerweile bis zu 10 000 Euro kostete. Damals vor zwanzig Jahren hatte der zuständige Beamte nur gelacht, als Inga sich weigerte, sich arbeitslos zu melden. Warum nimmst du die Kohle nicht mit, hatten ihre Kollegen an der Gesamtschule gesagt, aber Inga war zu wütend. Sie hätte ihren Job als Religions- und Sportlehrerin nur noch eingeschränkt ausüben dürfen, weil Religion, Biologie und Ethik zu einem Fach namens »Leben« zusammengelegt wurden, für das man einen neuen Universitätsabschluss brauchte. Dass man ihr die Arbeit wegnahm und sie dann noch zur Sozialhilfeempfängerin machte wollte, empfand sie als doppelte Demütigung. Was war das für ein Konzept, jemanden so zu behandeln, als genügten ein Fernseher und ein paar Winterschuhe?

»Leben …«, hatte Inga gesagt, »geht's noch genauer?«

Der Beamte im Arbeitsamt hatte ihr zugestimmt, sie aber darauf hingewiesen, dass sie, wenn sie sich nicht arbeitslos meldete, alle Ansprüche auf Sozialleistungen verlor.

»Wir sind hier nicht bei ›Wünsch dir was‹!«

Inga hatte die Behörde kaum wiedererkannt, als sie vor Kurzem eine Nachbarin hinbegleitet hatte. Es sah dort jetzt aus wie in einem Hotel, mit Springbrunnen, Wasserkaraffen, einer Aura-Bar, an der man sich kostenlos die Gesänge tibetischer Mönche anhören konnte. Fest geschweißt in die Theke waren Kristalle, die man anfassen durfte. »Schneeflocken-Obsidiane. Macht lebendig und spontan. Hilft, das innere Kind zu leben.«

Ein paar Zimmer weiter wurden »Gelassenheits-Gutscheine« an Arbeitslose verteilt, mit denen sie an Meditationsworkshops teilnehmen konnten. Im Volksmund »Happy-Wisch« genannt, dienten die Gutscheine intern dem Zweck, die Kosten der Gesundheitsversorgung für Erwerbslose zu senken. Wer seine Happy-Wischs nicht abholte und am Ende des Workshops abstempeln ließ, verlor Punkte auf seinem Gesundheitskonto und kam nicht in den Genuss bestimmter Transferleistungen (Ferien, Rauchen, Fleisch).

Nachdem die Anzahl derjenigen, die sich zum Yogalehrer umschulen lassen wollten, rapide angestiegen war, mussten alle, denen das Amt Geld für die Ausbildung gab, eine bestimmte Stundenzahl im Sozialen Dienst ableisten: als Leiter der Meditations- und Gelassenheitskurse.

Wirtschaftlich lag also eine Art staatlicher Kreisverkehr vor, der im Schatten der herkömmlichen Marktwirtschaft prächtig lief, man könnte auch sagen: ein Teufelskreis an Achtsamkeit, überquellenden Aschenbechern und Atemtraining. Weil man keine Jobs zu vergeben hatte, verdonnerte man die Leute zur Gesundheitsprävention und behielt sie gleichzeitig im Auge, eine Supervision der armen Klassen. Wöchentliches Scoring als Beschäftigungsmaßnahme. Die Linken tobten.

Zur verordneten Gelassenheitsdoktrin des Gesundheitsministeriums gehörte es, dass die Kursteilnehmer nach der Meditation über ihre Erfahrungen während des Stillsitzens berichteten, eine Kontrollmaßnahme, die gelegentlich aufgezeichnet wurde und den Behörden helfen sollte, psychosoziale Daten zu erheben. Ein Schuss in den Ofen. Die Teilnehmer blieben in der Regel wortkarg und verabschiedeten sich, so schnell es ging, um am nächsten Kiosk ein Bier zu trinken. Inga wurde regelmäßig gebeten, als Projektleiterin dieser Meditationsworkshops einzuspringen, obwohl sie die Aktion für Schwachsinn hielt. »Statistisch bringen diese paar Minuten doch gar nichts.«

Einmal hatte sie sich trotzdem erweichen lassen, und dabei war tatsächlich ein Wunder geschehen. Die Männer, es waren wieder nur Männer gekommen, hängten ihre Allwetterjacken über die Heizung, schlossen entgegen der Anweisung bald die Augen und dösten vor sich hin, während sich ein Geruch nach imprägniertem Polyester, feuchter Wolle und erschwinglichem Cognac ausbreitete. Als die vorgeschriebenen zwanzig Minuten vorbei waren und der peinliche Teil der persönlichen Erfahrungsberichte begann, meldete sich ein Mann und erklärte allen, wie es roch. Er sprach über Methoxypyrazine, Mikroben, Anisnoten im Wein, den Geschmack von Safran in »Vintages«, aber auch Weinanbau allgemein, über Gesteinsanalyse, Potassium, Magnesium und den Gebrauch von Drohnen bei der Analyse des »Terroirs« zu Beginn des 21. Jahrhunderts, als Drohnen noch nicht exklusiv dem Verteidigungsministerium vorbehalten waren. Ein Geruchsforscher, der lange für Weinbauern gearbeitet hatte.

Inga hätte ihm endlos zuhören können. Überrascht davon, wie jemand den Mief im Klassenzimmer unbeeindruckt von seinem Kontext analysieren konnte, wie ergiebig die Stille war, wenn sie nur der Richtige erlebte, war sie in Hochstimmung nach Hause geradelt, witternd die Nase in die nasse Luft haltend. Der Mann erschien nie wieder, und Inga war erleichtert, als sie die Projektleitung vom Hals hatte.

Kurz vor Ende der Entspannung platzte das Hausmädchen herein mit Xenias zwitscherndem Handy in der Hand und machte ein dringliches Gesicht.

Inga stopfte das Geld in ihre Hosentasche. Sie würde nicht zum Präsidium fahren. Sie hatte denen nichts weiter zu sagen und wahrlich andere Sorgen. Vorsichtig setzte sie sich hinters Steuer. Hatte sie tatsächlich seit dem Ei gestern nichts gegessen?

Ein arabisch aussehender Mann überquerte mit ziemlichem Tempo in einem elektrischen Rollstuhl die Straße. Er saß ungewöhnlich aufrecht, hatte sogar eine Nackenstütze, und die Art, wie er den Kopf weder nach links noch nach rechts bewegte, verlieh ihm etwas Majestätisches. Ein kleines Mädchen mit langen Haaren, der gleichen schmalen Nase und einem Buch unterm Arm lief hinter ihm her. Kaum hatten sie wieder den Bürgersteig erreicht, schwang sie sich trotz des flotten Tempos geübt auf die Armlehne des Rollstuhls. Dort schlug sie ein Bein über das andere, öffnete das Buch und begann zu lesen. Richtung Regierungsviertel wurde der Verkehr dichter.

John und Inga hatten die Ausbildung zusammen gemacht. Allen war gleich klar, was für ein Talent er war. John hatte null Komma null Probleme damit, dass Yoga eine Ersatzreligion war. Er konnte zwar alle diese verrückten Sachen nicht, die Yogis können wollen, einarmiger Handstand und Skorpion im Unterarmstand und solches Zeug. Aber das war den Leuten in seinem Fall egal. Sie liebten ihn umso mehr. Er predigte bereits während der Ausbildung wie ein Gott, und auch Inga freute sich, wenn er an die Reihe kam, vor die Klasse zu treten und zu prophezeite, wie sie gemeinsam die Welt retten würden.

Ein großer Teil der Gruppe, die in das Wäldchen in Schweden zu einer der »besten Yogalehrer-Ausbildungen der Welt« angereist war, war weit über dreißig Jahre alt, doch die Tatsache, dass sie alle wieder zur Schule gingen, machte sie jünger. Das frühe Aufstehen in ihren Jurten, der Weg über die vom Morgentau noch nasse Wiese zur Turnhalle, die langen, gemeinsam verbrachten Tage, verschwitzt im Dunst von Lycra, Gerstensuppe und Sweet Chai, bis sie abends in ihre klammen Betten sinken konnten – selbst im Sanskrit-Unterricht, wo man sie über die acht Fälle belehrte und ihnen die wirren Schlenker, die die Sprache machte, eintrichterte, war die Gewissheit da, an etwas beteiligt zu sein, »das größer ist als du selbst«. Mochten die anderen es abschätzig Ersatzreligion nennen, ab einem gewissen Alter kam man um die Ahnung nicht herum, dass womöglich jemand anderes die Fäden zog. Man musste nicht an Gott oder eine kosmische Gesetzmäßigkeit glauben. Die Vorstellung eines Zyklus, auch wenn er einen mit sich in die Tiefe riss, war immer noch tröstlicher als die Angst, dass da gar nichts war.

Damit verglichen, fiel Johns Sexsucht nicht weiter ins Gewicht.

Er war begabter, belesener, schlauer als sie alle, keine Frage. Ob er insgeheim wusste, dass er statt einem Yogalehrer-Zertifikat eine Therapie brauchte? Einmal, in seiner Probestunde, mussten sie alle ihre Matten nehmen, übereinanderlegen und darauf herumtrampeln. John drängte sie, bis auch der Letzte mitmachte, und kreischte dazu: »Kill your ego!« Er durchlebte damals, was er später als seine Körperphase bezeichnete. Das Ziel bestand darin, den Körper als Hülle zu identifizieren und abzustoßen, um so schneller zum Wesentlichen, der Seele, vorzudringen. »Plotin-Kram« nannte er das und erklärte mit einfachen Worten, was den Neuplatoniker so crazy machte. Dieses Ziel, das Vordringen zur Seele, vor Augen, forderte er seine Mitschüler auf, den gesamten Körper mit bis zu tausend Bürstenstrichen am Tag zu striegeln und regelmäßig Schwitzbäder zu nehmen. Abends saß John mit vollem Bauch in der Sauna hinter den Gemeinschaftsräumen. Inga ging nie hin, angeblich massierten sich die Leute dort gegenseitig bis weit nach Mitternacht.

Nein, sie würde auf keinen Fall zur Polizei gehen und ihren Kollegen verraten, auch wenn er tot war. Sie würde nicht erzählen, dass es in diesem idiotischen Westin Grand kein Zimmer gab ohne Minibar, weshalb sie mit auf Johns Zimmer gegangen war und die Minibar in ihre Handtasche geleert hatte. Wie John, komplett austherapiert, sie dabei angefeuert und dann trotzdem darauf bestanden hatte, einen Joint zu rauchen. Wie er friedlich im Bett gelegen und zum Abschied ihre Hand auf sein Herz gelegt hatte. Und wie ihre Hand dort ganz friedlich lag und es nichts gab, was daran komisch war. Nichts davon würde sie erzählen, niemandem.

Hatte sie wirklich vergessen zu tanken? Mit letzter Kraft rumpelte ihr Auto ins Halteverbot. Schnell raffte sie ihre Sachen vom Rücksitz zusammen. Gott sei Dank war sie in der Nähe einer S-Bahnstation, in der Nähe war eine Tankstelle, da könnte sie später Benzin holen.

»Es gibt jetzt eine offizielle Vermisstenanzeige.«

Der Polizist, den sie ganz zu Beginn wegen Alma um Hilfe gefragt hatte, rief sie an, als sie auf dem Bahnsteig stand. Inga hatte nicht damit gerechnet, dass er tatsächlich reagieren würde, als sie ihm die E-Mail mit Almas Foto schickte. Es war gar nicht einfach gewesen, ein einigermaßen aktuelles zu finden. Homer und sie hatten sein Handy zu einem Copyshop getragen, und dort hatte ein Angestellter ein Foto von den Handydaten auf einen Stick ziehen müssen, während Homer ständig von irgendeinem Update erzählte, das nicht funktionierte. Jetzt leitete der Polizist die Anzeige sogar an die Bundespolizei weiter.

»Ist Ihnen sonst etwas eingefallen, was wichtig sein könnte? Und haben Sie sich im Freundeskreis mal umgehört?«

Inga konzentrierte sich. Sie musste unbedingt souverän und tüchtig klingen, um seine Aufmerksamkeit nicht zu verlieren.

»Es ist schwierig. Irgendetwas muss nach dem Abitur passiert sein. Ich kannte ihre Freunde aus ihrer Klasse zuletzt nicht mehr, und die wenigen, die ich kenne, sind seit dem Abitur in der Welt unterwegs. Ich habe die Schulsekretärin angerufen, aber die darf mir keine Namen nennen. Telefonnummern auch nicht. Datenschutz.«

»Sie melden sich, wenn Sie etwas hören. Wir informieren Sie, sobald wir etwas haben.« Er zögerte. Dann fügte er hinzu: »Vielleicht sollten Sie sich psychologische Unterstützung suchen. Ihr Name wird im Zusammenhang mit dem Todesfall eines Amerikaners im Westin Grand Hotel genannt.«

Prompt machte Inga alles zunichte.

»Denken Sie, nur weil meine Tochter verschwunden ist, bringe ich auch einen Yogalehrer um?«

Sie sah, wie zwei Frauen sie anstarrten, und verstand mit einem Mal, dass sie dabei war, das Gleichgewicht zu verlieren. Sie würde sich besser konzentrieren müssen.

Den Rest des Tages unterrichtete sie wie in Trance. Es fühlte sich an, als ob sie einer Frau zusah, die einen Rollkoffer hinter sich herzog. Nach der Arbeit ging sie mit dem Benzinkanister die Straße entlang zu ihrem Auto, während über ihr die S-Bahn hinwegratterte.

Ihr Kopf war wie ausgepolstert. Kein Gedanke drang nach

außen. Sie wurde langsamer und weinte ein wenig. Die Leute, die ihr entgegenkamen, sahen weg, und Inga war ihnen nicht böse. Es ging immer weiter, auch ohne einen selbst. Immerhin schaffte sie es auf Anhieb, das Benzin in den Tank zu füllen, es war genauso einfach, wie es ihr die Frau an der Tankstelle versprochen hatte.

Auf dem Nachhauseweg kam sie an dem Falafel-Laden vorbei, von dem sie sich in der Vergangenheit immer gerne einen schönen Halumi im Brot geholt hatte, mit ordentlich viel Sauce. Ab einem bestimmten Alter war es ihr egal geworden, wie viel sie wog. Sie kochte sich regelmäßig Nudeln und verschlang sie mit Butter und Käse wie ein Bauarbeiter, den Blick auf die Fernsehnachrichten gerichtet. Der wachsende Ring um Bauch und Hüfte gefiel ihr zwar nicht, aber sie fand sich damit ab. Sicherlich gab es dumme Hühner, denen es etwas ausmachte, dass ihre Haut faltig wurde und die Schwerkraft mit den Jahren auftrumpfte, aber Inga gehörte nicht dazu. Wenn sie für etwas empfänglich war, dann war es eine ordentliche Portion Spaghetti und ein schöner Mittagsschlaf.

Doch seit Alma verschwunden war, hatte sie, ohne es zu merken, ihren Appetit verloren, selbst auf einen heißen Halumi im Brot. Im Schritttempo fuhr sie am Falafel-Laden vorbei. Die bunten Fähnchen an der Lichterkette wehten einladend, sicher war drinnen afghanischer Jazz zu hören. Darauf musste man erst mal kommen, Jazz aus Afghanistan, aber so was gab's. Inga mochte den Laden. Während man auf seine Bestellung wartete, durfte man kostenlos süßen schwarzen Tee trinken. Der Besitzer war schon 1979, zu Beginn der sowjetischen Intervention, emigriert. Er siezte seine Kunden, was im öffentlichen Leben kaum noch vorkam. Das gefiel Inga, und auch, dass er keine Zwiebeln verwendete. Ob er seine Heimat vermisste, ob er jemals in seine Heimat fuhr, ob er Flüchtlingen half, Arbeit zu finden? Wie es mit Afghanistan weitergehen sollte? Das wusste sie nicht und war ganz froh darüber. Sie hatte das Gefühl, eine Meinung haben zu müssen, aber dazu fehlte ihr ein nicht unwesentliches Motiv: jemand, mit dem sie darüber streiten konnte.

Zu Hause angekommen, stand sie eine halbe Ewigkeit im Flur, ohne Licht anzumachen. Die Heizung rasselte und mühte sich vergeblich ab. Sie musste jemanden anrufen, der die Luft aus den Rohren ließ. Schließlich setzte sie Teewasser auf. Der Kühlschrank war leer. Auf ihrem Handy: keine Nachrichten. Ihre kleine Wohnung kam ihr wie ein dreckiger leerer Taubenschlag vor, den man vergessen hatte abzureißen. All die Fotos, die kleinen Vasen, in denen sie ihre Stifte, Knöpfe und Kleingeld aufbewahrte, Postkarten aus Portugal und angestaubte Fläschchen mit Schüßler-Salzen sagten ihr nichts. Die harmlosen Freuden ihres bisherigen Lebens taugten nicht mehr, und neue waren nicht in Sicht.

Falsch. Neben ihrem Bett wartete ein Highlight, eine Seife, die sie in Almas Zimmer gefunden hatte. Es war das Geschenk eines Imkers auf Korfu, der Wert darauf legte, keine Bienen zu züchten. Sie kämen stattdessen zu ihm »aus Liebe«.

»Warum?«, hatte Alma gefragt. Sie war ein kleines zehnjähriges Mädchen gewesen, mit einem Sonnenbrand und der oft anstrengenden Leidenschaft für Tiere, je kleiner, desto besser.

»Es gefällt ihnen bei mir, weil ich sie gut behandle«, hatte der Honigmann geantwortet. Er roch nach Zigaretten. Wenn er sprach, sah man seine schlechten Zähne.

Homer quetschte ihn aus, obwohl Inga ihm Zeichen machte, mit dem Verhör aufzuhören, geführt mit der satten Neugier eines Mannes, der, damals noch, an ein 13. Monatsgehalt gewohnt war. Aber Homer war nicht zu bremsen. Bereitwillig erzählte der Mann. Nach zwanzig Jahren bei Opel in Athen hatte er seinen Job verloren und sich auf seine Wurzeln auf Korfu besonnen. Inga erzählte Alma auf dem Rückweg ins Hotel, dass alle Imker rauchten, weil es ihnen die Arbeit mit den Bienen erleichterte, und geriet darüber auf den endlosen Serpentinen, die zurück ins Tal führten, in einen hässlichen Streit mit Homer. Was für eine Mutter zerstörte ein solches Erlebnis, nur um dem Kind irgendwelche Informationen einzutrichtern? Aber das Kind muss doch verstehen, fand Inga, dass die Imker mit ihrem Rauch den Bienen die Gefahr eines Waldbrands vortäuschen, weil die Bienen sich dann aus Angst mit möglichst viel Honig als Proviant ausrüsten. Alma hatte die Seife entzweigebrochen, jeweils ein A eingeritzt und damit gespielt. Da waren sie noch Menschen gewesen, die Streitereien so schnell, wie sie entstanden, wieder vergessen konnten, weil sie zu dritt waren, eine kleine Familie, die meiste Zeit über warm und gemütlich wie ein Kartoffelauflauf.

Im Bett hielt Inga die Seife fest in der Hand und roch daran, bis sie einschlief.

TAG 5–11

In den folgenden Tagen wurde es still. Nur das Telefon klingelte. Jack rief an, Erna rief an, ihre Schwester Judith beklagte sich, Danielle hinterließ Nachrichten auf ihrer Mailbox, erst wütende, dann besorgte. Inga hörte die Mailbox ab. Einmal hörte sie auch Ernas Stimme. *Alle reden über dich. Es gibt eine regelrechte Debatte darüber, wie man mit dir umgehen soll. Ist dir klar, was du uns antust? Wie soll das weitergehen? Wann gedenkst du, dich zu melden?* Inga rief nicht zurück. Sie trug das Handy immerzu bei sich. Selbst wenn sie aufs Klo ging, legte sie es neben sich. Sie ging direkt nach dem ersten Klingeln ran. Wenn es wieder nicht die Stimme war, auf die sie wartete, kippte etwas in ihr.

Der Schmerz war nun permanent da, lag auf ihrem Herzen, das unter seinem Gewicht zusammenklumpte, eine kümmerliche kleine Kellerpumpe. Im Internet las sie über Indien, das Kastensystem und die vielen Götter. Besonders brutal waren die Säureattacken, denen junge Frauen zum Opfer fielen, flüssige Gewalt, die sie oft für ihr ganzes Leben entstellt zurückließ. Manchmal genügte ein abweisendes Kopfschütteln des Mädchens, und der Mann besorgte sich das Säuremittel und ruinierte vor johlendem Publikum das Leben der Frau. Warum war es so einfach, sich diese Säure zu besorgen? Das stand nirgends. Jedenfalls wollte sich die neue, junge Generation mit diesem Brauch nicht abfinden, vor allem die Frauen nicht. Aber da begann das Problem. Denn natürlich protestierte nur, wer Zugang zu Schule und Bildung hatte, und nichts von diesem Protest erreichte die ländlichen Gegenden.

Inga las und las. Sie ahnte, dass sie die Berichte von Vergewaltigungen, Säureattacken und Naturkatastrophen las – und andere Nachrichten gab es offenbar nicht aus diesem Land –, um ihrer Tochter nahe zu sein. Auch in Reiseforen stöberte sie ausgiebig herum. Man konnte den Eindruck gewinnen, als hätte Indien trotz dieser himmelschreienden Ungerechtigkeiten seine Anziehungskraft noch gesteigert. Noch immer konnte man dieselben Schlagworte vom »Mutterland« lesen, vom »heiligen Indien«, in das man fuhr, wenn einen der Westen mit seinem vulgären Materialismus enttäuscht hatte, vom Land, in das man »zurückkehrte«. Aus Göttingen.

Einen solchen Kitsch lieferte Indien denen, die bereit waren, nicht zu genau hinzusehen. Trotzdem, Inga gefiel die Unermüdlichkeit, mit der sich die Reisenden gegenseitig Ratschläge erteilten. Einige mahnten, dass der Westen seine koloniale Schuld nicht vergessen dürfe. Hatte Alma nicht mal ein Referat über so ein Thema halten müssen? Inga prüfte, was ein Flug nach Pune kostete. Über 2000 Euro, nur der Hinflug. Die CO_2-Abgaben allein lagen bei 1500 Euro. Das Geld hatte sie, aber nur cash. Um das Geld auf ihr Konto zu buchen, von dem aus sie dann den Flug buchen könnte, müsste sie seit der Bankentransparenzverordnung eine sogenannte Referenz nennen, den Namen eines Geschäftspartners, Kunden oder einer Firma, und die Referenz des Amrit durfte sie nicht benutzen, auf keinen Fall.

Sie dachte zurück an ihre eigene Indienreise, die sie vor mehr als zwanzig Jahren unternommen hatte. Die drängelnden Massen auf den Bahnhöfen, die vielen Bettler, die lehmigen Straßen, in jedem Tuk Tuk baumelte ein kleiner Plastikgott über dem Rückspiegel, der Frühnebel über den roten Feldern, die Gerüche nach Jasmin, Abgasen und Curry, all das war überwältigend gewesen. Als sie die Reise gebucht hatte, wusste sie nicht, dass sie schwanger war. Homer war dagegen gewesen, dass sie fuhr. Aber sie war der festen Überzeugung, fahren zu müssen, als würde sie sich mit dieser Reise von etwas verabschieden, das sonst zum Hindernis für ihr weiteres Leben werden würde. So war sie tatsächlich in jeder Hinsicht in anderen Umständen als die Touristen in den Hostels in Varanasi. Diese Typen sprachen, die nackten Füße vor sich ausgestreckt, über Utilitarismus und Egoismus – wenn man jung ist, dominieren die Substantive –, sprachen, während sie Chicken Curry aus Plastikschalen aßen, über disruptive Demokratie und kognitive Verhaltenspsychologie, aber vor allem waren sie sich einig, dass alles in Indien besser war. Als hätte nicht jeder sehen können, dass, wie in allen vom Westen tolerierten Militärstaaten, die von oben zackig durchgeführte Modernisierung die Landgebiete, und davon gab es viele, nicht erreichte. Außerdem blühte gerade in Indien, wie Inga, die damals noch Zeitung las, den Kiffern am liebsten erklärt hätte, das Kriegsgeschäft besonders üppig. Stattdessen übergab sie sich in den blauen Plastikeimer im Bad und reiste weiter nach Karnataka. Eine junge Frau mit einem neuen Bikini, der überall zwickte, die nachdenklich, ein Handtuch um den Bauch gewickelt, den Strand entlangschlenderte, während sich die Blicke der Bauern, die sonntags zum Picknick kamen, in ihre blasse Haut bohrten.

Aus Berlin schrieb Homer, dass er sie vermisse und dass er die Zeit ohne sie nutzen wolle, um seine Diplomarbeit fertig zu schreiben. Als hätte sie ihn, wäre sie in der Stadt, daran gehindert. Auch John schrieb ihr, und auch er vermisste sie.

Ihr Quartier, das billig sein musste, lag in einer Pension in einem zerzausten Palmenhain weit ab von der Straße. Langsam begann das Prinzip Herumlungern ihr einzuleuchten. Jedes Mal wenn Inga die Frankfurter und Berliner am Strand zurückließ und sah, wie die Töchter des Kioskbesitzers in dunkelblauen Schuluniformen mit weißen Blüschen ihre Hausaufgaben machten, spürte sie, wie anstrengend diese Ferien waren. Was würde aus den Kindern, wenn die ökonomische Existenz der Eltern von Touristen abhing, die immerzu Musik von ihren MacBooks abspielten, Drogen nahmen, laut Sex hatten und in ihren einzig nüchternen Momenten die Strandhändler herunterhandelten? Nein, für Inga war es eine Abschiedsreise. Irritiert stellte sie fest, wie sie sich mehr und mehr von ihren Landsleuten entfernte.

Auf dem Sofa liegend, ihren Mantel über sich gebreitet, versuchte sich Inga auszumalen, wie es Alma in Indien ging. Saß sie bei den Kiffern, saß sie in einer German Bakery, suchte sie nach Straßenhunden, um sie zu impfen? Inga war sauer. Wenn Alma etwas Gutes tun wollte, warum engagierte sie sich nicht hier in Berlin in einem der Quartiersmanagement-Stützpunkte? Wie gerne würde Inga ihr dabei helfen, Töpfe mit Suppe hinschleppen, Pullover stopfen, Haare schneiden, Märchen vorlesen.

Einen Gedanken aber ließ sie nur in den schwärzesten Momenten der Nacht zu, wenn sowieso keine Rettung in Sicht war. Was, wenn Alma nicht in einer Horde von Weltverbesserern herumzog, nicht mit ihrem, einem, wem auch immer, Freund auf einem Moped durch Thailand fuhr, sondern alleine war? Wenn sie nicht politisch war, dafür oder dagegen, sondern einfach nur einsam und keine Freunde hatte? Es machte doch einen Unterschied, ob man als junger Mensch alleine war oder erst im Alter?

Allein zum Flaschencontainer, allein entscheiden, ob man sich eine Dose Ravioli aufmachte, allein ins Kino gehen, allein warten, bis die Ergebnisse des Großen Blutbildes zurückkamen, und allein spazieren gehen – an all das konnte man sich gewöhnen, aber wenn man schon als junger Mensch alleine war, musste es besonders schlimm sein, denn dann hatte man nicht mal die Erinnerung daran, wie es war, zu teilen.

Eines Abends fand Inga ihre Nachbarin, Frau Deianeira, zusammengekrümmt im Regen vor der Haustür. Sie brachte sie in die Notaufnahme des Malteserkrankenhauses und wartete mit ihr, obwohl Frau Deianeira fand, sie könne ruhig nach Hause gehen. Aber Inga blieb und blätterte ein altes Nachrichtenmagazin durch. Als die Nachbarin an die Reihe kam, rief ihr Inga nach: »Ich warte.« Seit langer Zeit fühlte sie sich endlich einmal wieder gut aufgehoben. Sie holte sich einen Pappbecher mit Wasser. Anerkennend nickte sie, als sie las, dass die Becher recycelt werden würden. Dann nahm sie sich wieder ihre Zeitschrift vor und las einen Bericht über Impfungen. Sie wachte auf, als sich zwei junge Mädchen neben sie setzten und sich einen scheppernden Werbeclip auf dem Handy ansahen. Inga war fast gerührt von der Ernsthaftigkeit, mit der sie sich unterhielten.

»Das Eis von Björk?«

»Ja, das Island-Eis von Björk. Gibt's in drei Sorten. Checkpoint Cherry, Vanilla Baby und Coffee Cult.«

»Wenn ich das schon höre. Ich hasse Kaffee-Eis.«

»Wo bleibt dein Respekt, nur weil die Rock-Oma das Gewerbe gewechselt hat?«

»Ich finde es unwürdig, wenn alte Frauen sich so anziehen.«

»Stimmt, stell dir vor, deine Oma würde so rumlaufen, mit einem ›Ficken‹-T-Shirt, und an einem Eis lecken!«

»Gruselig.«

Inga hoffte, die beiden würden nicht weggehen. Sie trugen identische Pelzwesten und hatten die Schnürsenkel ihrer Turnschuhe um die Knöchel gewickelt.

Irgendwann ging Inga ins Schwesternzimmer und erkundigte sich nach der Nachbarin. Die Schwester war nett und gab bereitwillig Auskunft. Man wollte die alte Dame über Nacht im Krankenhaus behalten. Sie sei dehydriert gewesen. Ob Inga die Angehörigen kannte? Nein, kannte sie nicht.

Am nächsten Abend brachte sie Frau Deianeira eine Suppe vom Thai-Imbiss ins Nachbarhaus.

»Ist nur vom Imbiss, nicht selbst gemacht. Aber immerhin, was Warmes.«

Frau Deianeira lächelte höflich.

»Wo ist denn Ihre Amsel? Meine Tochter hat sie als Schülerin mal spazieren führen dürfen. Alma. Können Sie sich erinnern? Sie liebte Ihre Amsel.«

»Die ist verstorben.«

Frau Deianeira zeigte auf eine Couch in der Wohnküche und sagte: »Ich lege mich besser wieder hin.«

»Natürlich.«

Inga trat auf die Straße und sah staunend einem Liebespaar zu, das sich an den Händen hielt. Ein Windstoß löste einen Regenschauer aus. Sie hatte das Gefühl, eine Grenze überschritten zu haben, dabei hatte sie doch nur etwas zu essen gebracht.

Nachdem sie damals vor ihrer Indienreise den Schwangerschaftstest gekauft hatte in der Apotheke, sah sie verwundert zu, wie sich im ungeheizten Klo ihrer Wohngemeinschaft der zweite Strich bildete. Wie war es möglich, dass zwei winzige Striche wie ein Verkehrszeichen bei einer Modelleisenbahn die Weichen stellten für ihr Leben? Aber so war es gewesen. So fing Almas Geschichte an. Eine Geschichte, die eigentlich noch früher begonnen hatte, nämlich damit, dass sie Homer ein Bier über den Kopf kippte. Sie, 17 Jahre alt, zu unsicher, um das Klassenzimmer am Ende der Stunde vor den Augen aller zu durchqueren, sodass sie immer warten musste, bis die anderen gegangen waren. »Schade, dass Beton nicht brennt«, hatte sie eines Nachts auf die Wand des Gymnasiums in Köln-Marienburg gesprayt, angefeuert von einer Schulfreundin, Außenseiterin wie Inga selbst. Und Andreas, der bereits die Reifen der Chemielehrerin, einer kleinen, stämmigen Person mit schriller Stimme und schlimmer Hornbrille, Prä-Fielmann, aufgestochen hatte (weil sie eine Faschistin war, wie jeder in der Raucherecke wusste) und deshalb sowieso von der Schule fliegen würde, hatte es auf seine Kappe genommen. Später standen sie alle drei, Homer, Andreas und sie, zusammen auf einer Party, und Andreas sagte zu Inga, die sich gerne bedankt hätte, aber nicht wusste, wie: »Siehst du, alles gut gegangen! Jetzt kannst du beruhigt Au-pair-Mädchen werden!«

Inga wusste nicht, dass auch Homer ein schlechtes Gewissen hatte. Anstatt sich um seinen Freund zu kümmern, der das letzte halbe Jahr ab mittags in der Konditorei Wagner saß und soff, hatte er sich ins Abitur gestürzt und es sogar richtig genossen: Weimarer Republik, Kurt Schumacher, Hindenburg, die Folgen des Attentats auf Rathenau. Er würde studieren, so wie alle, bis auf Andreas, der immer der Anführer gewesen war.

Inga hatte verächtlich das Gesicht verzogen. Au-pair-Mädchen, niemals im Leben. Als Homer versuchte, etwas Fragwürdiges zu sagen, *Französisch für Anfänger*, kippte ihm Inga ein Bier über den Kopf. Mit nassem Hemd starrte Homer Inga an, fassungslos und so empört, dass sie alle anfingen zu lachen. An diesem Abend schliefen sie das erste Mal miteinander.

Nein, wirklich, Homer wurde ein guter Vater. Er wollte es besser machen als seine Eltern. Homers Eltern hatten sich getrennt, und Homer gab sich dafür die Schuld. Er hatte geträumt, dass sein Vater die Trennung wollte. Mit 87. Amüsiert hatte er seinen Eltern erzählt, wie der Vater im Traum von »Tabula rasa« gesprochen habe, und keine Ahnung gehabt, was er dadurch auslöste. Die Kränkungen, verkrustet und älter als alles, was die beiden besaßen, lagerten noch immer eine solche Wucht, dass sie, einmal ans Licht gezerrt, nicht mehr zurück in ihr Schrumpfformat zu bringen waren. Wenig später musste der Arbeiter-Samariter-Bund seine Mutter zum Scheidungstermin fahren.

»War Alma schwanger? Ist das der Grund, warum sie abgehauen ist?«

Bonita antwortete nicht. Sie standen im Treppenhaus des Hauptgebäudes der Humboldt-Universität, an der Bonita Theologie studierte. In Ordnung, hatte Bonita am Telefon gesagt, Treffen geht okay.

Schon vor einiger Zeit hatte Inga damit begonnen, Almas Kleider zu tragen. Als sie eines Morgens in der Joggingjacke ihrer Tochter auf die Straße trat und die feuchte, kalte Luft genoss, die sich ihr wie ein nasses Tuch auf die Haut legte, spürte sie etwas Scharfkantiges in der Tasche und fand die Hülle eines Schwangerschaftstests, aufgerissen, leer.

»Schwanger? Keine Ahnung«, sagte Bonita jetzt. Sie sah hübsch aus und hatte die Haare frisch gewaschen. Eine Gruppe Asiaten schob sich an ihnen vorbei die Treppe hinauf, um das Marx-Zitat zu fotografieren: »Die Philosophen haben die Welt nur verschieden interpretiert, es kommt aber darauf an, sie zu verändern.«

»Kennst du wenigstens den Jungen, mit dem sie in Indien ist?«, fragte Inga. »War das jemand von der Schule?«

»Nein, den hat sie so kennengelernt.«

»Wie, *so*?«

»Auf Bumble.«

Bonita erklärte. Das war eine dieser Apps, die junge Leute zusammenbrachte. Um Sex zu haben, nahm Inga an. Ob das gut war, konnte sie nicht beurteilen. Es klang, wenn man alle Bedenken beiseiteließ, eigentlich recht praktisch.

Durch die hohen Fenster waren die Kastanienbäume im Hof der Universität zu sehen. Sie trugen noch Blätter, und ihre Äste winkten freundschaftlich.

Inga zog eine Banane aus der Tasche und hielt sie Bonita hin.

»Möchtest du?«

»Nein, danke. Ich esse kein Flugobst.«

»Dann was anderes? Sollen wir in ein Café gehen? Ich könnte etwas vertragen.«

»Nein, das ist nett, aber ich habe gleich Seminar.«

»Okay, dann aber das nächste Mal. Es ist Herbst. Vielleicht die unvermeidliche Kürbissuppe?«

Bonita lachte. »Sie sind echt komisch drauf.«

»Ja, ich fürchte auch.«

Für einen Moment entstand ein geselliges Schweigen. Dann fragte Inga: »Glaubst du, sie hätte dir gesagt, wenn sie schwanger gewesen wäre? So einfach ist das schließlich nicht in eurem Alter.«

»Ich weiß nicht. Wir haben gestritten zuletzt. Das soll nicht heißen, dass es mir egal gewesen wäre. Es war nur, sie ist mir auf die Nerven gegangen und ich ihr vermutlich auch. Sie wollte lieber alleine wohnen. Nach allem, was war.«

Inga musste sich zusammenreißen, um sie nicht an ihren dürren Schultern zu rütteln.

»Hat sie Ihnen nichts davon erzählt? Dass sie die Aufnahmeprüfung für die Filmhochschule nicht geschafft hat?«

»Nicht so direkt, nicht im Einzelnen.« Gar nichts hatte sie erzählt.

»Ach, Gott. Jetzt sind Sie beleidigt. Es ist doch nichts Persönliches. Immer nehmen alle alles persönlich!«

»Stimmt, du hast recht«, sagte Inga mit geheuchelter Großmut. »Aber ich finde es gerade schwierig, die Dinge nicht persönlich zu nehmen. Ich würde mich freuen, wenn wir zusammen mittagessen gehen könnten. Schreib mir einfach, wann es passt.«

»Mach ich«, sagte Bonita artig, »auf Wiedersehen.«

Im Weggehen traf sie einen dicken jungen Mann, der die Nägel rot lackiert hatte, und fiel ihm um den Hals.

»Warum können Sie mir nicht sagen, was Sie vorhaben? Was ist denn jetzt herausgekommen bei der Anzeige?«

Mehr als eine Woche war vergangen seit ihrem letzten Besuch auf dem Revier, und die Frau mit den Tattoos war gar nicht mehr nett.

»Sie hätten gar nicht kommen müssen. Wir haben doch gesagt, wir rufen Sie an.«

»Ich weiß«, sagte Inga.

Was auch immer es war in ihrem Gesicht, die Frau wechselte den Ton.

»Wir haben die Bewegungen auf dem Konto Ihrer Tochter überprüft.«

Ein jäher Schock durchfuhr Inga.

»Es wird tatsächlich regelmäßig Geld abgehoben.«

Inga hatte das Gefühl, dass sich ihr Zwerchfell bis zu den Schlüsselbeinen hob. Sie war hellwach.

»Können Sie sehen, wo das Geld abgehoben wird?«

»Ja, aber Sie verstehen hoffentlich, dass das nichts heißen muss. Die Karte kann Ihrer Tochter entwendet worden sein.«

Nein, daran hatte sie nicht gedacht. Was war sie doch für eine Närrin.

»Wo wird das Geld abgehoben?«

»Hier in Berlin.«

»Wo in Berlin?«

Die Tattoofrau schüttelte den Kopf.

»Darf ich Ihnen nicht sagen.«

»Warum nicht?

»Weil das unsere Arbeit komplizierter macht und Ihnen nicht hilft.«

»Verstehe ich nicht. Das ergibt doch keinen Sinn!«

Ingas Bauch zog sich ruckartig zusammen, als müsste sie sich gleich übergeben.

»Könnte ich vielleicht einen Kaffee bekommen?«

»Sorry, wir dürfen das nicht. Im Gang ist ein Automat.«

Inga suchte in ihrer Handtasche nach Kleingeld und zog schließlich eine vertrocknete Dattel heraus.

»Ah, das Brot der Wüste«, sagte die Frau.

Inga ließ die Tasche sinken. Sie entdeckte einen satten Fettfleck auf ihrer Hose, und ein kleines Elendsgefühl befiel sie.

»Warten Sie …«, sagte die Frau.

Sie verschwand und kam mit einem Pappbecher Kaffee wieder.

»Verraten Sie mich nicht, okay?«

Inga trank den Kaffee voller Dankbarkeit. Die Frau nickte zufrieden.

»Ich habe Zucker hineingetan. Sie sehen aus, als könnten Sie es gebrauchen. Stimmt es, dass es in Ihrem Sport eine Totenhaltung gibt?«

»Gibt es, ja. Es gibt es auch eine Haltung, die Kurmasana heißt: Schildkröte. Das ist eine sitzende Vorbeuge und Hüftöffnung. Wenn Sie ein bisschen in der Haltung bleiben, können Sie sich leicht einbilden, einen dicken Panzer auf dem Rücken zu tragen. Aber deshalb denken wir noch lange nicht, wir wären eine Schildkröte.«

Im Briefkasten war ein Brief des Bürgerbüros. Almas Pass lag zum Abholen bereit. Wie hatte Inga das vergessen können? Dabei hatte Alma einen Riesenaufstand gemacht nach dem Abitur, als sie festgestellt hatten, dass ihr Ausweis abgelaufen war. Von wegen Indien. Bonita hatte gelogen. Diese falsche Schlange hatte sie angelogen. Inga verließ das Haus direkt wieder und fuhr zur Universität.

Studenten kamen einzeln und in kleinen Gruppen aus dem Gebäude der Geisteswissenschaften, die meisten von ihnen blass, brav, nicht gerade das Material, mit dem man den Planeten retten konnte. Eine linke Gesinnung mochte hoch im Kurs stehen, aber sonst? Was man damit anfing, wurde anscheinend nicht unterrichtet. Sobald diese Leute ihre Examen in der Tasche hatten, würde ihnen die Wirklichkeit zügig helfen, alles wieder zu vergessen.

Bonita war nirgends zu sehen. Es war fast vier Uhr, als der Strom der jungen Leute abriss. Etwas brachte Inga dazu, einer Gruppe von Mädchen zu folgen, die unterwegs zum Grimm-Zentrum waren, die Hosen zerfetzt, die Backen gerötet, ihre Mäntel offen, kein Schal. Sie würden sich erkälten. Munter balancierten sie mit ihren Doc Martens an den Pfützen vorbei und betraten die große Bibliothek wie einen Nachtclub. Inga folgte ihnen durch eine Halle bis zum anderen Ende. Und da, im Tiefgeschoss der Bibliothek, stand Bonita.

Sie war nicht allein. Ein Junge hatte seine Hände in ihre Hosentaschen gesteckt, sie standen reglos beieinander, das Ganze sah aus wie ein Waffenstillstand. Inga drehte sich rasch weg und versteckte sich in den Waschräumen. In der Ecke saßen Obdachlose auf dem Boden und wärmten sich auf. Eine alte Frau kämmte sich geduldig die langen weißen Haare.

Inga überlegte. Sie konnte mit Bonita genauso gut in Anwesenheit des Jungen sprechen. Sie ging hinaus auf den Flur. Draußen war niemand mehr. Sie wählte Bonitas Nummer. Die Mailbox sprang an.

»Bonita, Alma ist nicht in Indien. Sie hat gar keinen Ausweis. Bitte ruf mich an.«

Im Studio herrschte gedrückte Stimmung. Jamal saß in seinem Büro. Er war verärgert, dass Inga schon wieder ihr Passwort für die BodyMindOffice-Software vergessen hatte, und überhaupt, Danielles Abwesenheit tat dem Studio nicht gut. Es war wie in einem Restaurant. Steht der Wirt nicht jeden Abend hinter der Kasse, verschwinden erst das Wechselgeld und dann die Gäste.

Einige Lehrer nutzten Danielles Abwesenheit und unterrichteten nur mehr ihren eigenen Stil. Sie drehten die Musik laut auf, machten lange Schüttelmeditationen nach Osho, brachten ihre Kinder mit und Freunde, die nicht bezahlten. Die Putzfrau hatte sich verkrümelt. Ersatz war nicht aufzutreiben, und in den Ecken sammelten sich Staubflocken. Schüler beschwerten sich über die pampige Aushilfe am Front Desk. Dass jemand die Tür zum Küchenkabinett offen ließ und alle sehen konnten, dass die Sojamilch von Aldi kam, half auch nicht gerade dabei, den Eindruck zu vermeiden, dass es mit dem Amrit bergab ging.

»Du bist nie da!«, sagte Jamal streng, der die meiste Zeit über bei Danielles Steuerberater saß. »Und wenn du da bist, bist du mit den Gedanken woanders.«

Jamal war nicht glücklich. Er liebte es wie alle Yogis, wenn die Dinge ihren geregelten Gang nahmen. Er griff sich einen Schokokeks aus der Dose und aß ihn sorgsam.

Inga holte ihren Computer aus der Tasche. Es war ein altes, abgewirtschaftetes MacBook, ein Vintage-Modell, wie das jetzt hieß.

»Das ist mein Computer. Ich weiß schon, das ist jetzt kein guter Moment. Aber kannst du dir den noch mal anschauen? Rausfinden, ob sie den benutzt hat? Wonach sie gesucht hat? Angeblich ist das nicht so schwer.«

»Du hast vielleicht Nerven. In Ordnung, ich versuche es. Aber wir müssen reden, Inga, du und ich.«

Inga wusste exakt, was kommen würde. Nur nicht, wie sie darauf reagieren sollte.

»Danielle ist nicht glücklich. Sie versucht dich seit Tagen anzurufen, aber du gehst nie ran. Deshalb erfährst du es jetzt von mir. Du sollst ihre Schüler nicht länger unterrichten, weder privat noch hier im Studio, und du bist auch nicht länger ihre Vertretung. Du sollst erst mal deine persönlichen Angelegenheiten regeln, und dann sehen wir weiter.«

»Ich verliere alle meine Stunden?«

»Ja.«

Sie lächelte schwach. Obwohl sie froh war, dass sie sich nun ganz auf die Suche nach Alma konzentrieren konnte, war sie nicht dämlich. Arbeit war wichtig. Sie würde sich einen neuen Job suchen müssen.

Eine ganze Weile verstrich, in der niemand etwas sagte.

Dann klopfte Durga. Es hatte etwas Verwegenes an sich, wie sie da stand, mit ihrem dicken schwarzen Eyeliner und einem Piratenkopftuch, eine fünfzigjährige Frau, verkleidet als Keith Richards. Die Haut über ihren Ellenbogen hatte sich in Falten gelegt, der von Grapefruits und jahrelangem Hungern ausgezehrte Körper war alt, doch die Augen verrieten eine Seele, die sich wieder Hoffnungen machte.

»Es ist gerade schlecht«, sagte Jamal müde.

»Ich kündige«, sagte Durga.

»Das sagst du mir jetzt einfach so, eine halbe Stunde vor deiner Master Class?«

»Nein, ich war auf der Suche nach Kerzen. Vorne sind sie nicht und in der Küche auch nicht. Ich mache die Klasse noch, keine Sorge, und bleibe, bis du Ersatz hast.«

Inga schob Durga den einzigen Schemel hin, den das kleine Büro zu bieten hatte. Auch wenn Durga recht einfach gestrickt war, sobald sie vor ihre Yogaschüler trat, ging eine wundersame Verwandlung mit ihr vor. So schlicht es klang, wenn sie vom Universum sprach, welches für alles einen Plan hatte, irgendwie schaffte sie es, dass alle Menschen, die überarbeitet, gereizt und erschöpft in ihre Stunden kamen, das Universum, wenn sie wieder gingen, nicht länger als feindliche Umgebung empfanden, sondern eher so wie Starbucks.

Johns Tod hatte Durga verändert, das fiel Inga jetzt auf. Sie sprach deutlicher, lauter, ihr Blick war fast trotzig. Sie hatte John länger als Inga gekannt, noch aus ihrer Hamburger Zeit, als er noch Jonas, der Barkeeper, war. Ein Schönling mit einem niedlichen Schnurrbart, der bei allen Frauen zuverlässig Fürsorge wach rief. Durga hatte gleich gesehen, dass Jonas sehr wohl auf sich aufpassen konnte und selten ein Tag verging, an dem er nicht einen großen Burger aß, neben ihm eine Frau, die ihm beim Essen zusah und bereitwillig dafür bezahlte. Auch Durga war eine von ihnen gewesen. Und jetzt kündigte sie.

»Schade«, sagte Inga, weil sie es so meinte, aber auch, weil Jamal so verbissen schwieg.

»Mein Finanzberater rät mir dazu, mich selbstständig zu machen«, sagte Durga.

»Womit denn?«, fragte Jamal.

Ein Sonnenstrahl stahl sich durch das Fenster und erinnerte daran, dass draußen bald ein prachtvoller Herbsttag zu Ende gehen würde.

»Ein veganes Hotel. Das wollte ich schon immer. Ich hab schon einen Namen, ›Durga's Demons‹, so als Scherz, versteht ihr?«

In der indischen Mythologie war Durga diejenige, die den Kosmos gegen Dämonen verteidigte. Man opferte ihr auch, wenn ein Kind krank war, damit es wieder gesund wurde.

»Du könntest den Schuppen hier neben dem Studio mieten«, schlug Jamal vor.

Er witterte ein Geschäft. Aber Durga schüttelte den Kopf. Sie lächelte versonnen, und Inga spürte, wie sie sich von ihnen entfernte, als ob sich seismische Wellen entlang des Linoleums ausbreiteten.

»Nein, das wäre zu klein.«

Durga erzählte, was sie vorhatte mit ihrem Hotel. Einen

Pop-up-Store mit veganer Mode, eine Bäckerei, einen Raum für Lesungen, Geflüchtete als Servicepersonal. Sie hatte bereits mit jemandem von der Stadtverwaltung gesprochen.

»Da sind sie ja.«

Durga griff hinter Ingas breitem Rücken ins Regal und zog eine Tüte mit Teelichtern hervor. Sie setzte sich nicht wieder hin.

»John hat mir Geld hinterlassen. Genug für eine Kühlkammer und die ersten beiden Jahre. Ja, da staunt ihr. Ich fänd's übrigens schön, wenn Narayani meine Nachfolgerin werden könnte.«

Narayani war eines der zarten Pflänzchen, um die sich Durga kümmerte, Tochter des führenden Strafverteidigers Berlins, nach dem Ersten Staatsexamen mit Bulimie beim Yoga gelandet und gerade erst fertig mit der Ausbildung. Sie postete auf Instagram traurige Fotos von ihren Hüftknochen und grammatikalisch mutige Sprüche wie: »Was wäre, wenn Alle im Vertrauen sind?«

»Ich wusste gar nicht, dass John so viel Geld hatte. Hier ist er immer aufgetreten wie der letzte Penner«, sagte Jamal.

»Tja, das wusste keiner. Er war stinkreich, aber er hatte ja auch jede Menge Kinder und Frauen, für die er bezahlen musste. Naomi ist schwanger von ihm. Vielleicht sollte ich sie fragen, ob sie mitmachen möchte. Was meint ihr? Die Amis wollen doch alle nach Deutschland«, sagte Durga.

Mich fragt sie nicht, dachte Inga. Sie konnte immer noch nicht fassen, dass man sie rausgeworfen hatte.

»Nicht mehr«, sagte Jamal. »Sie hat die Schwangerschaft abgebrochen. Aber frag sie. Gute Idee.«

»Das werde ich tun«, sagte Durga würdevoll.

Als sie ging, fielen die beiden wieder in ihr Schweigen. Schließlich stand Inga auf.

»Danke, dass du dir den Computer anschaust«, sagte sie.

»Das solltest du fairerweise auch noch wissen«, sagte Jamal, »das Geld, das du für den Rescue-Fonds eingesammelt hast, geht an die Steuer. Danielle hat mit dem Finanzamt gesprochen. Sie haben einen Vergleich geschlossen. Und sie hatte noch Glück. Ihre Steuerschulden waren viel höher. Sie haben sich nur drauf eingelassen, weil sie unsere aktuellen Zahlen kennen und sehen, wie schlecht es läuft.«

»Kein Geld für die Klimaflüchtlinge?«

»Nein, auch kein Geld mehr für London. Sie ist jetzt in einer Klinik in Weißensee. Durga hat sie gestern besucht.«

»Du wusstest also schon, dass sie kündigen würde?«

»Ja.«

»Das heißt«, fragte sie Jamal, »ihr macht den Laden dicht hier?«

»Nein, das Ganze ist blöd für uns, aber nicht dramatisch. Ein Yogastudio, das schlecht läuft, ist im Moment Danielles Rettung. Um es ganz platt zu sagen, wir müssen diesen Eindruck beim Finanzamt so lange wie möglich aufrechterhalten.«

Das Leben war ein Witz. Leute, die das behaupteten, waren selten fröhlich, und auch Inga war nicht zum Lachen zumute. Sie hatte gar nicht gewusst, wie gern sie das Studio hatte, selbst das Kabuff hier war ihr auf einmal so lieb, diese paar Quadratmeter, wo die Matten der Lehrer, Großpackungen Tee und die eingeschweißten Yogabücher aufbewahrt wurden, eine Vorratskammer für Muskelkater und Schweiß und inneren Frieden.

Es war schön gewesen, die Leute hier im Studio zu unterrichten, schöner als zu Hause. Die Schwelle, die man als Yogalehrer nehmen musste, wenn man seine Schüler in ihrem Zuhause besuchte, überschritt Inga immer besonders forsch, als wäre nichts dabei, in das Leben fremder Menschen einzudringen. Denn alles war intim, nicht nur das Atmen, Schwitzen, Rekeln, Nachgeben der Muskeln gegen Ende der Stunde. Auch die Kommoden im Flur mit der Schale für die Visitenkarten, an deren Träger sich niemand mehr erinnerte, waren intim, im Badezimmer die Zahnseide und das bevorzugte Duschpeeling, die Hochzeitsfotos im Gästeklo, die Sakkos, die auf dem Balkon lüfteten. Habseligkeiten, die mit lauter Stimme riefen: »Ich, nicht du.« Egal wie freundlich die Schüler Inga begegneten, an manchen Tagen genügte der Anblick von Hausschuhen oder übrig gebliebenem Essen im Topf, um ein leichtes Ekelgefühl auszulösen. Aber wozu damit hadern? Es war zu nichts gut.

Jamal drückte ihr zum Abschied einen Zettel mit der Adresse der Klinik in Weißensee in die Hand.

»Zwischen fünf und sechs sitzt sie immer in dem Kebab-Laden neben der Klinik.«

Spontan umarmte sie Jamal, der die Berührung wie einen leichten Regenschauer gleichmütig hinnahm.

Während sie den langen Gang zum Front Desk entlanglief, rief er ihr hinterher: »Dein Mann hat angerufen. Dein TÜV ist fällig.«

Dass Inga auch einen Brief bekommen hatte, in dem stand, dass sie ihre Strom- und Wasserrechnung nicht bezahlt habe, einen Brief, den sie mehrmals lesen musste, ohne am Ende sicher zu sein, ob sie ihn verstanden hatte, wusste er nicht.

An einer Kreuzung in Weißensee stoppte sie. Ein paar vereinzelte Regentropfen klatschten auf die Windschutzscheibe. Über den unrenovierten, vom Ruß vergangener Jahrzehnte geschwärzten Fassaden zogen Schwärme von Zugvögeln ihre übermütigen Kreise, dehnten sich aus und konzentrierten sich wieder am rasch dunkel werdenden Firmament. Mühsam entzifferte sie die Namen auf den Straßenschildern. Es war schon halb sechs.

Danielle winkte Inga zu sich heran. Sie telefonierte und hatte nichts dagegen, dass Inga zuhörte. Bob Wilson, der gerade in der Stadt war, hatte anscheinend einen Tobsuchtsanfall bekommen bei einer Privatstunde im Amrit. Er hatte sich offenbar geweigert, während der Stunde sein Telefon auszuschalten und mitten in der Schulterstandsequenz einen Anruf entgegengenommen, bei dem es um Pferde in den Hamptons ging und den, der sie fütterte. Er hatte wohl nicht aufgehört zu telefonieren, woraufhin die Yogalehrerin schließlich den Raum verlassen hatte. Danielle gelang es irgendwann, das aufgeregte andere Ende zu beruhigen. »Exactly. Love and Light!«

Danielle trank Limonade. Sie machte keinen schlechten Eindruck. Schön war sie immer noch, aber jetzt war es eine ruhige, träge Schönheit. Ihre Wangen waren prall und rosig. Sie musste sich Kleider geliehen haben, um ihren neuen großen Busen und den stattlichen Hintern unterzubringen. Auf ihrem T-Shirt stand ein friedliches »LEAVE BRITNEY ALONE«, in ihrer Chanel-Kette hatten sich einzelne Haare verfangen. Niemand würde vermuten, dass sie Gelder in beachtlicher Höhe hin- und herschob und ein Mittelstandsunternehmen führte.

Sie beugte sich zu Inga herüber und drückte ihre Schultern herunter.

»Wie geht's dir?«

Was auch immer man über Danielles Charakterdefizit sagen konnte, sobald es um andere Menschen ging, besaß sie einen siebten Sinn. Mit einem Mal spürte Inga, wie verspannt und steif sie war. Sie hatte schon seit Tagen nicht mehr geübt. Die vielen Stunden nachts am Computer, ihr Kinn, das sie dabei vorreckte, um nichts zu übersehen, verursachten Schulter- und Nackenprobleme, und zum ersten Mal hatte Inga Rückenschmerzen. Der Körper war ein tiefgründiger Gesprächspartner, wenn man nur zuhörte, und in Ingas und

Danielles Alter hörte man besser zu. Mit Zuhören alleine war es allerdings nicht getan, ohne eine gewisse Zuwendung entglitt einem der Körper und machte komische Sachen.

Die meisten Frauen in Ingas Generation hatten ein feindseliges Verhältnis zu ihrem Körper. Sie wollten, dass er funktionierte, und hatten wenig Geduld, wenn er es nicht tat. Der Erfolg, den die Körperindustrie in den letzten Jahrzehnten gefeiert hatte, hatte weniger, als allgemein proklamiert, mit Gesundheit zu tun und war trotzdem ein Schritt in die richtige Richtung. Niedriglohnarbeiter gingen in die Muckibude und schufteten dort weiter, die Reichen, die nicht nur dünn, sondern auch entspannt sein wollten, leisteten sich Yoga. Das Problem war ein strukturelles, denn solange dieselben Niedriglohnarbeiter einen ganzen langen Tag für einen Bruchteil dessen arbeiteten, was Frauen an der Spitze der Gesellschaft für ihre Yogastunden ausgaben, blieb Yoga ein Eliteprodukt.

Danielle schob Inga ihre Limonade herüber.

»Du siehst ein bisschen scheiße aus.«

Inga trank einen großen Schluck. Es stimmte, sie brauchte Zucker.

»Ich bekomme noch Geld von dir, nicht vergessen«, sagte Danielle, »tut mir leid, dass du nichts geerbt hast und Durga schon. Sie war gestern hier. Seltsam, oder, wie jemand, der jahrelang ohne Geld auskommt, auf einmal aufblüht, sobald er in Geld schwimmt?«

Danielle war erstaunlich konzentriert für jemanden, der den ganzen Tag über in Gestalttherapie herumsaß.

»Warum sollte ich etwas erben? Sorry, ich habe alles ausgetrunken.«

»Geld macht ab einer bestimmten Menge immer Ärger. Kannst du mir glauben, ich weiß Bescheid.«

Danielle bestellte noch eine Limonade und Chips und stopfte sich gleich eine Handvoll in den Mund.

»Köstlich, Fett und Salz. Essen ist besser als Sex. Ich hatte gestern Sex. Glaub mir, das hier ist besser.«

Inga schloss die Augen. Danielle gehörte zu den Leuten, die immerzu zwanghaft über Sex reden mussten, entsetzlich.

Jetzt nahm sie Ingas Hand und begann sie zu streicheln, so wie man einen Hund bürstet.

»Also, wie geht's dir«, sagte sie, »raus damit.«

Als Inga nichts sagte, begann sie von ihrer Jugend in Berlin-Reinickendorf zu erzählen, vom Mofa-Fahren mit verbundenen Augen, von den Drogen und dem Netto-Wein, den sie schon in der neunten Klasse in der Schule tranken, von den Abonnementkarten ihrer Eltern für die Philharmonie, die sie aus dem Briefkasten fischte und verkaufte, um sich von dem Erlös in Kreuzberg wegzuballern.

Sie schwieg eine Weile und sagte dann: »Jeder Mensch hat einen Überlebensinstinkt. Jeder Mensch will leben. Wenn man jung ist, hat man so viel Kraft, dass man gar nicht weiß, wohin damit. Früher gab es Initiationsriten für junge Männer, damit sie allen zeigen konnten, dass sie keine Kinder mehr sind. Heute gibt es das nicht mehr. Sie müssen sich also selbst etwas ausdenken. Und Mädchen sind oft noch brutaler, weil sie beweisen müssen, dass es keinen Unterschied gibt zwischen ihnen und den Jungs. Warum sind damals im Syrienkrieg Mädchen freiwillig zum IS gegangen? Aber so ist das. Je ängstlicher eine Gesellschaft, desto wilder sind die jungen Menschen. Sie wollen sich lebendig fühlen und wissen nicht, wie. Die meisten überleben.«

Danielle zwinkerte ihr verschwörerisch zu. Inga wusste nie, wann sie Danielle ernst nehmen sollte und wann nicht. Sie hätte zum Beispiel schwören können, dass Danielle auf einem Internat im Schwarzwald gewesen war in ihrer Jugend und nicht in Berlin aufgewachsen war. Manchmal redete sie wirres Zeug, und im nächsten Moment haute sie eine Erkenntnis heraus, die vollkommen einleuchtend war. Sie sprach weiter.

»Mach nicht so ein Gesicht. Du wirst nichts daran ändern. Manche Dinge sind, wie sie sind. Du kannst die Jahreszeiten nicht umdrehen, egal, wie sehr du dich abstrampelst. Du kannst niemanden zwingen, dich zu lieben, und du kannst niemanden halten, wenn er gehen möchte. Deshalb zu leiden ist sinnlos.«

Draußen war es stockfinster. Vor dem Fenster jagte der Wind den Regen kreuz und quer über die Straße.

»Du weißt es doch selbst. Du hast es Hunderten von Menschen beigebracht. Du musst loslassen«, sagte Danielle schläfrig.

Dann kann ich ebenso gut tot sein, dachte Inga. Sie sah auf die klebrige Tischplatte.

»Das kann ich nicht.«

Und dachte, das überlebe ich nicht.

»Woher willst du das wissen?«, fragte Danielle.

»Weil …« Inga kam es vor, als stülpte sie ihr Innerstes nach außen. Sie musste tief Luft holen. »Weil ich diesen Deal geschlossen habe mit Gott. Alles, habe ich ihm gesagt, alles kann passieren, aber dem Kind darf nichts passieren, dem Kind darf kein Haar gekrümmt werden, eine Schramme, eine Beule, ein paar Kratzer, eine Allergie, ein gebrochenes Bein, in der Not könnten wir auch auf ein Bein verzichten, aber nichts mit Tod. Das überlebe ich nicht.«

Inga hatte »das Kind« gesagt, als spräche sie wie früher im Lehrerzimmer am Kaffeeautomaten über einen Schüler, während sie darauf wartete, dass sich das katzenstreuartige Nescafé-Pulver in ihrem Lehrerbecher auflöste. Sie schaffte es nicht, den Namen ihrer Tochter auszusprechen. Ihren Deal mit Gott verraten zu haben war schon schlimm genug gewesen. Zum Deal gehörte die Verpflichtung, ihn um jeden Preis geheim zu halten. Aber nun war es heraus, und Inga fühlte sich zu gleichen Teilen schuldig und erleichtert.

»Kein vernünftiger Gott würde diesen Deal unterschreiben. Er ist ja kein Gebrauchtwagenhändler«, sagte Danielle.

Eine Familie kam zur Tür herein. Vater, Mutter, drei kleine Jungs. Ihre neuen Schuhe quietschten auf den Fliesen.

»Ich kenn mich da nicht aus, aber du bist Mutter, richtig?«, fragte Danielle. Beide sahen zu, wie die Frau ihren Söhnen die Jacken auszog.

»Technisch gesehen, ja«, sagte Inga.

»Dann ist dein Job, deiner Tochter zu vertrauen. Sie kommt zurück. Du musst nur dran glauben.«

Zurück in ihrer Wohnung, zog Inga Almas Bett ab und stopfte die Bettwäsche in die Waschmaschine. Während das Gerät leise vor sich hin rumpelte, rauchte Inga eine Zigarette. Alles um sie herum geriet angenehm ins Schwanken. Dann ging sie ins Bett. Mehr als ein Monat war vergangen, seit Alma ihre Mail geschrieben hatte. Dem Stück Seife war kaum noch ein Duft zu entlocken.

TAG 12 BIS 15 ODER 16

Die nächsten Tage machte Inga etwas, was sie noch nie im Leben getan hatte. Sie blieb im Bett. Es gab keine Schüler, die auf sie warteten, keinen Mann, keine Kinder, keine Freunde. Einmal kam Jack mit aufwendigem Gerät, um die Tujahecke zu stutzen, und Inga stand auf, um ihm zuzusehen. Es tat gut, mit nackten Beinen in der Kälte im Vorgarten zu stehen. Die Hausverwaltung hatte allen Mietern per Aushang an den Briefkästen »Aktionen der Eigeninitiative« untersagt, aber das kümmerte niemanden, schon gar nicht Jack. Das Ergebnis seiner Arbeit, ein schief herabgewürdigtes und kaputt gefrästes Gestrüpp, ließ sie auflachen.

Jack legte die Säge vorsichtig auf die Erde und sagte wichtig: »Mein skulpturaler Kommentar zum deutschen Untertanengeist!«

Inga drehte sich um und ging zurück ins Haus. Es war schöner gewesen, als er nicht redete.

Jack rief irritiert: »Ich war zu nah dran.«

Er räumte Lebensmittel in ihren Kühlschrank, die ebenso ihr Verfallsdatum überschreiten würden wie die, die er jetzt in eine Mülltüte stopfte.

»Lass doch«, protestierte Inga, »das kann man alles noch essen.«

Sie glaubte nicht an Dinge wie ein Verfallsdatum. Außerdem machten diese teuren Sahnejoghurts sie kribbelig. Für solche Extravaganzen war sie immer zu geizig gewesen, aber wäre Alma hier, würde sie sich drauf stürzen.

Weil Jack wie alle Männer Schweigen schlecht ertrug, begann er zu erzählen, dass er eine erstklassige Kritik von Franzen für seine Ausstellung bekommen habe und eine Einladung nach Sapporo. Dass Japaner aber nicht von deutschen Galeristen kaufen wollten, sondern nur im eigenen Land. Wenn man ihm zuhörte, kam man unweigerlich zum selben Schluss wie er. Früher war alles besser.

Irgendwann begann Jack ihre Schultern zu massieren.

»Mensch, Mädchen.«

»Könntest du bitte aufhören?«

Inga spürte, wie sie zu schwitzen begann, und wünschte, sie hätte unter ihrem Bademantel statt dem brotfarbenen Oversized T-Shirt das schöne Nachthemd an, das ihr Sondre an Weihnachten geschenkt hatte. (»Wie vulgär. Stiehlt dir den Mann und schenkt dir dann ein Nachthemd«, hatte Erna geschimpft.)

»Ich sehe doch, wie du leidest«, sagte Jack.

»Alle leiden!«

»Was für eine tiefe Erkenntnis«, sagte Jack und begann zu grinsen.

Sie konnte ihn riechen, spürte durch seinen Wollpullover

die Wärme seines Körpers und registrierte mit Schrecken, dass sie heftig anfing zu zittern. Er machte einen Schritt auf sie zu und legte vorsichtig seine Hände um ihre Taille.

Als es vorbei war, hätte sie sich um ein Haar bedankt, verwundert darüber, dass ihr Körper tatsächlich noch über bestimmte Reflexe verfügte.

Zum Abschied zeigte Jack auf die zerrupfte Hecke und sagte: »Sieht doch super aus.«

Jeder Tag fing an, als hätte man ihn aus einem Verschlag ans Licht gezerrt. Inga hatte begonnen, alles, was sie an Informationen zusammengetragen hatte, aufzuschreiben, um sich im Labyrinth der Monate vor Almas Verschwinden zurechtzufinden. Aber nichts war so wenig vorhersehbar wie die Vergangenheit. Wer glaubte, sie sei abgeschlossen, war auf dem Holzweg. Je tiefer Inga eintauchte, desto weniger brachte sie zurück ans Tageslicht, desto mühsamer wurde der Rückweg. Wie alte Filme ließ sie bestimmte Szenen, an die sie sich erinnerte, vor ihrem geistigen Auge ablaufen, als hätten diese Momente immer noch Substanz. Gleichzeitig nahm ihre Sorge zu, an Amnesie zu erkranken und Erinnerungen für immer zu verlieren. Sie machte sich mehr Notizen. Alles, was gewesen war, war von größter Bedeutung, die Gegenwart dagegen schien vollkommen wertlos. Sie erzählte niemandem davon. Sie hatte niemanden, dem sie es erzählen wollte.

Und Inga, deren kräftiger Körper von Geburt an die Welt getäuscht hatte, die schon als Kind diejenige gewesen war in der Familie, welche die Koffer trug, den Christbaum das enge Treppenhaus nach oben in den fünften Stock wuchtete und die Bierkästen nach unten, wurde schmal. Schmal und leicht, als würde sie Gewicht abwerfen, als müsste sie federleicht sein, um nicht abzustürzen. Sobald sie im Bett lag, wartete sie, bis sich das Ziehen im Unterleib meldete, und schlief dann ein. Den Begleitton im Ohr nahm sie kaum noch wahr.

Auch wenn es objektiv wenig Liebenswertes mehr in dieser Zweizimmerwohnung gab, die zwei Menschen – und nicht einer mit einem Sack voll Sorgen – bewohnen sollten, war es doch die letzte Adresse, die Alma und sie gemeinsam bewohnt hatten, und damit ein Ort der Hoffnung. Ihn zu verlassen hieße, die Hoffnung zu begraben, dass Alma eines Tages vor der Tür stehen würde.

Irgendwann kochte sie sich die letzte Tomatensuppe, die noch da war. Von Tomatensuppe aus der Tüte hatte sie bereits als Studentin gelebt. Man konnte sie abwechselnd mit Reis und Nudeln andicken. Die Mischung aus künstlichem Aroma und Zucker schmeckte immer noch gut. Die Minuten, die man brauchte, um mit dem Quirl die hartnäckigen Brocken des Trockenpulvers aufzulösen, zogen sich in die Länge. Die Illusion, dass sich alle Klümpchen aufgelöst hatten, hielt nie an, denn egal, wie intensiv man rührte, beim Essen fanden sich jedes Mal einige feste Brocken, die sogar in ihrem Innern noch den gefriergetrockneten Status behielten. So auch jetzt, als sie die heiße Suppe langsam löffelte, den Blick auf den feinen rosa Staub gerichtet, der aus der Packung auf den Tisch gerieselt war. Ich drehe durch, dachte sie. Es war weniger schlimm als befürchtet.

Sie, die ihr Leben lang auf Routine geschworen hatte, wusste nun oft nicht, was als Nächstes anstand. Sie sah sich ihre Haarspitzen an, und einmal musste sie unter der Dusche weinen. Dann wieder entwickelte sie ungeahnten Tatendrang und schrubbte die Wohnung. Oder sie suchte in dem kleinen aufklappbaren Nähkästchen, das Erna Alma zum zehnten Geburtstag geschenkt hatte, geschmackvoll altmodisch, »damit sie weiß, was schön ist«, nach einem Faden, um einen Knopf anzunähen, und fand dort Tabak und Filter. Aha. Alma hatte also geraucht.

Dann rief Sondre an, und versehentlich ging Inga dran.

»Endlich erreicht man dich. Wie geht's dir? Warum meldest du dich nicht? Homer geht es nicht besonders. Er nimmt Tavor, ich habe die Packung bei seinen Sportsachen gefunden.«

»Mir geht's gut«, sagte Inga.

»Ich sag es jetzt einfach: Du und Homer solltet miteinander reden und herausfinden, was ihr falsch gemacht habt. So geht das nicht weiter.«

Da war sie endlich, die Anklage, die Schuldfrage. Inga war fast erleichtert, sie zu hören. Und willigte sogar ein, sich mit Sondre zu treffen. Aber nicht heute.

TAG X

Die Polizei schloss den Fall John Best. Die Ermittlungen wegen Verdachts auf ein Tötungsdelikt hatte man wegen mangelnder Beweislage eingestellt. Auch die DNA-Spuren im Hotelzimmer waren nicht eindeutig. Am Opfer waren keine Hinweise auf Gewalt zu erkennen, weder äußerlich noch innerlich. John Bests Leiche war bereits freigegeben und von irgendjemandem aus der Familie abgeholt worden.

»Wir müssen also von einem Unfall ausgehen«, sagte der Ermittler am Telefon, »oder einer Selbsttötung, so eine rituelle Sache, was mit Wiedergeburt. Das hatten wir schon mal.«

Dazu passte der Salbei, den das Opfer als Teil einer »sektenartigen« Reinigungszeremonie verbrannt hatte.

»Und jetzt noch eine gute Nachricht für Sie«, sagte der Ermittler. Inga dürfe wieder in die Sonne, wenn sie wolle.

»Wie bitte?«

»Sie dürfen wieder reisen.«

»Schön«, sagte Inga. Strandurlaub war nichts, was sie noch für sich in Betracht zog.

»Und nun die schlechte Nachricht. Die Kollegen haben angerufen. Die Suche nach Ihrer Tochter wurde eingestellt.«

Gleich am nächsten Tag begann Inga damit, lange Streifzüge durch die Stadt zu machen. Sie setzte sich in ihr Auto mit der abgelaufenen TÜV-Plakette, fuhr ein paar Kilometer in eine bestimmte Richtung, parkte und ging spazieren. Ohne ein bestimmtes Ziel loszufahren war schwerer, als es sich anhörte. Oft stand sie an einer Kreuzung, unsicher, welche Richtung sie einschlagen sollte, und verärgerte so ihren Hintermann. Oder sie glitt im Schritttempo über den Asphalt, spähte in die Seitenstraßen, immer auf der Hut, immer hoffend auf einen Impuls, der ihr befahl, anzuhalten. Auch diese Strategie war nicht befriedigend, denn eine Menge Energie ging dabei verloren, auf den entscheidenden Impuls zu warten, Energie, die fehlte, um die Umgebung zu scannen. Eine andere Methode war effektiver. Sie versuchte nicht länger, ihrer Intuition zu folgen, sondern heftete sich einfach dem Vordermann an die Fersen, egal wohin er fuhr, parkte nach einer halben Stunde und startete ihre Exkursionen. Sie ging an Post-Boutiquen vorbei, an Apotheken, an Back-Shops, an Bauzäunen, Spielplätzen, Tankstellen, an Universitätsgebäuden, Behörden, an Konzerthallen und Geschäften, in denen nur eine Orchidee im Schaufenster stand und ein junger Mensch vor seinem Computer döste. Die Stadt mit ihren Millionen Einwohnern wirkte in den Innenbezirken wie verlassen. Vor allem im Zentrum zwischen verspiegelten Bürotürmen und Regierungspalästen waren die Straßen wie ausgestorben.

Je weiter sich Inga vom Zentrum entfernte, desto belebter

wurden die Viertel. Sie ging große und kleine Straßen entlang, sie durchquerte Parks und Wohnanlagen. Nur Shoppingmalls ließ sie links liegen. Alma mochte keine Shoppingmalls.

Da sie kein Ziel hatte, konnte sie sich nicht verlaufen. Sobald sie die Zettel mit der Suchanzeige an Ampeln, Straßenlaternen und Bäume geklebt hatte, ging sie zurück zu ihrem Auto. Den Rückweg hatte sie anfangs immer unterschätzt und musste sich oftmals mit einem kleinen Schweißausbruch auf einer Bank zusammenkauern, bis es wieder ging.

»Du liebe Güte!«, sagte Erna, die es so lange hatte klingeln lassen, bis Inga eines Abends ausnahmsweise ans Telefon ging. »Das klingt ja entsetzlich. Warum gehst du nicht in die Kirche und zündest einfach mal eine Kerze an? Oder komm mit in den Chor. Wir singen jetzt alle im Chor. Das tut so gut.«

Erna hatte nach Gerald im Chor eine kostengünstigere Beschäftigung gefunden. Die Kirchen, die jahrzehntelang leer gestanden hatten, hatten neue Verwendung gefunden. Tüchtige Gemeindemitglieder vermieteten sie für Modenschauen, Yoga-Workshops, Auktionen von Antiquitäten und eben Sing- und Chorgruppen.

»Komm mit! Es ist so befreiend. Morgen treffen wir uns wieder. Ich hol dich ab.«

»Nein, danke.«

»Dann komm ich mit bei deinen Wanderungen!«, sagte Erna.

»Nein, ich gehe besser alleine.«

»Zusammen sehen wir mehr«, beharrte Erna.

Da irrte sich Erna. Zusammen würden sie weniger sehen. Die Erfahrung, die Inga während ihrer Gewaltmärsche machte, die Entdeckung neuer Perspektiven, Nahaufnahmen und Horizonte, die sich unerwartet auftaten, um ein paar Meter weiter wieder zu verschwinden, hier eine gigantische Baugrube, da eine Moschee neben einem Wettbüro, die Balkone, von denen sich erleuchtete Plastiknikoläuse abseilten, all das war etwas, in dessen Genuss Inga nur alleine kommen konnte. Diese Bilder, auch die Blicke – eigentlich gab es keinen Tag ohne wenigstens einen Blickwechsel mit einem Fremden – berührten Inga auf eine Weise, die sie für sich behalten wollte.

Insgeheim ahnte sie, worum es ging. Es ging nicht nur um die Zettel, die sie aufhängte. Es ging darum, selbst verloren zu gehen. Als könnte sie dadurch den Zufall hervorlocken. Einen Zufall, der ihr Alma in die Arme trieb. Doch während ein Teil der Magie darin lag, einfach weiterzumachen, ohne über die Natur ihrer Märsche nachzudenken, passierte zur selben Zeit etwas anderes, das im Entstehen war und sich unaufhaltsam in ihr ausbreitete. Es war der Beginn einer tiefen Traurigkeit, die ganz im Innersten wie die Verfärbung einer Teetasse etwas Endgültiges hatte, und diese Märsche waren eine letzte, stumme Widerstandsbewegung.

Ihren Haushalt in Schuss zu halten, hatte Inga immer etwas bedeutet. Jetzt trank sie seit Wochen aus derselben Tasse, und jeder Topf war angesengt. Sie ließ die Badewanne überlaufen, die Vorhänge geschlossen. Sie ging im Hallenbad auf die Männertoilette. Sie setzte sich ins Schwimmbad-Café und trank, ohne eine Miene zu verziehen, im warmen Chlorgeruch Kaffee und kontrollierte den Eingang.

War Alma nicht gerne schwimmen gegangen? Fieberhaft suchte sie Almas Kleiderkartons durch, bis sie den Badeanzug fand, woraufhin sie nicht mehr ins Schwimmbad ging. Als hätte sich Alma keinen neuen Badeanzug kaufen können.

WOCHE 6

Sie ging und ging und ging. Es gab Dinge, die sie hätte erledigen müssen. Das Auto zum TÜV bringen, Danielle ihr Geld geben, Geld verdienen, essen, aber nichts davon kam infrage. Sie war beschäftigt damit, Bilder zu sammeln im Kopf, manche löschte sie, manche blieben. Aus dem Fernseher kamen neue Bilder dazu, nicht alle erreichten sie, aber sie gab sich Mühe und ließ den Strom nie abreißen. Vor allem das frühabendliche Regionalprogramm sah sie mit großer Konzentration, als ob Alma jede Sekunde auf einem der Kürbis-Schnitzworkshops oder Streetfood-Festivals aus der Menge der jungen Leute mit Häkelmützen in afrikanischen Farben auftauchen könnte, um ihrer Mutter zuzuzwinkern.

Eines Abends musste sie dabei eingeschlafen sein, denn als sie aufwachte, lief die Wiederholung einer Talkshow. Das Thema lautete »Recht auf Liebe – Sex auf Krankenschein«. Sie schaltete das Gerät auf stumm.

Eine Zeit lang lag sie so da, friedlich, die Hände auf dem Bauch. Die nächtliche Stille, nun, da sie hellwach war, brachte ihr Alma näher. Als steckte sie in einer unheilvollen Affäre, fürchtete und ersehnte sie die Stunden, in denen sie regelmäßig ihren Atem durch verlängertes Ausatmen regulieren musste, um ihre Panikattacken in den Griff zu bekommen. Manchmal ertappte sie sich dabei, wie sie ins Nichts lauschte und dabei den Atem anhielt. Einmal knatterte ein Motorrad vorbei, ein Geräusch, das sie in die tiefste Vergangenheit ihrer Kindheit zurückführte. Kein anderes Geräusch vermittelte so perfekt eine Kindheit in der Provinz: Irgendwo existiert ein Leben, aber nicht für dich. So war es jetzt wieder: Irgendwo existierte Leben, aber nicht für sie. Doch im Unterschied zu damals wurde die Stille morgens nicht verdrängt vom Soundtrack aus Rasenmäher, Kirchengeläut und den Hare-Krishna-Sängern in der Fußgängerzone: Die Stille breitete sich aus, grub sich fest und umhüllte sie. Tage vergingen, in denen sie kein Wort sprach.

Die Stadt, die sie erforschte, hatte keine Ähnlichkeit mehr mit der Stadt, in die sie als junge Frau gezogen war. Dass die Polizei Alma nicht gefunden hatte, war nicht überraschend. Die Stadt war einfach zu groß geworden. Viele Menschen lebten in provisorischen Baracken an der Grenze. Wer sollte da den Überblick behalten?

»Voll fascho«, hatte Alma diese Baracken genannt, die von Stararchitekten gebaut worden waren. Eine Zeit lang sah man überall Plakate von schmucklosen Zweizimmerwohnungen, übereinandergeschachtelt. Sie wurden »Harzer Käse« genannt, in Anspielung auf ihre Bewohner, ein Milliardenprojekt der Stadt, um die Idee des Sozialen Wohnungsbau wiederzubeleben.

Es war wahrhaftig keine schöne Autofahrt gewesen damals hinaus aufs Land zu einem Seminar, das Inga geben musste. Schneidig angekündigt vom Leiter der dortigen Volkshochschule: »Anatomie der Lendenwirbelsäule: Kurskorrektur statt Kapitulation«. »Komm doch mit«, hatte Inga vorgeschlagen. Vergnügt hatten sie Brote geschmiert, mit Käse, Senf und frischem Schnittlauch. Doch dann gerieten sie in einen Stau, mussten im Schneckentempo an den Baracken vorbeikriechen, und Alma fing an mit ihrem »fascho dies«, »fascho das«. Irgendwann fragte Inga, ob Alma überhaupt wisse, was Faschismus sei, worauf Alma in ein feindseliges Schweigen fiel. Sie begann an ihren Haaren zu kauen, was Inga zusammen mit dem Stau, in dem sie feststeckten, ganz fuchsig machte. Sie hielt Alma einen Vortrag über den Nationalsozialismus und die Ignoranz junger Deutscher.

»Versteht du das? Hast du das verstanden?« Als spräche sie mit einer Zweijährigen. Und weil Alma sich darauf verlegt hatte, zu schweigen, herrschte Inga sie schließlich an: »Definier doch mal Faschismus!«

Was Alma schließlich herausstotterte, war so kümmerlich, dass Inga nicht anders konnte, als sie im schneidenden Ton zu belehren: »Wenn dich diese Themen derart überfordern, dann machst du vielleicht besser was Handwerkliches nach der Schule!«

Worauf Alma, empört über den Test und sein Ergebnis, ihre Mutter angeschrien hatte: »Ich hasse dich.«

Ein lautes Poltern im Garten riss Inga aus der Erinnerung. Sie ging ins Wohnzimmer und öffnete die Terrassentür. Sie hatte gerade genug Zeit, im Dunkeln die Umrisse der Hecke zu erkennen, als jemand auf sie zusprang, an ihr vorbei in die Wohnung drängte und sie mit sich riss. Das Gesicht des Mannes war ihr unbekannt, und sie hätte es auch niemandem beschreiben können. Warum sie im Nachhinein dachte, es sei ein Paketbote, war ihr nicht klar. Trug er eine Uniform? In derselben Minute schrillte ihr altes Festnetz. Der Mann rührte sich nicht. Keiner von beiden rührte sich. Sie sah in seinen vergrößerten Pupillen Aggression, Panik und die wirre Ahnung, am Ende wieder zu den Verlierern zu gehören. Der Anrufbeantworter sprang an und zauberte, während der Mann und Inga sich anstarrten, mit Ernas Stimme eine körperlose Person in den Raum. »Hey, Inga! Dein Handy ist ausgeschaltet. Wo bist du? Ruf mich an. Ich weiß, dass du zu Hause bist. Geh ran.«

Etwas in Ernas Stimme bemächtigte Inga zu einem krächzenden Befehl: »Raus. Sofort raus!«

Blitzschnell griff der Mann ihr an die Kehle, riss ihr, während sie aufschrie, die Kette vom Hals und stürmte hinaus in den Vorgarten. Inga folgte auf wackligen Beinen und schloss mit zitternden Händen die Fenstertür.

»Inga, geh ran«, hörte sie Ernas Stimme. Fieberhaft suchte sie im Halbdunkeln nach dem Telefon und stolperte über den Apparat, als es an der Tür klingelte. Kam der Mann etwa zurück? Inga ging zur Tür. Gleich würde er sie erschießen, kein Problem bei der dünnen Wohnungstür. Ihren ganzen Mut zusammennehmend, spähte sie durch den Spion, den Schirm angriffsbereit in der Hand.

Vor der Tür stand Bonita. Rasch öffnete Inga die Tür und zog sie in die Wohnung.

»Schnell, schnell!«

Inga umarmte das Mädchen, heilfroh, einen bekannten Menschen zu sehen. Sie überlegte keine Sekunde, was das Mädchen so spät in der Nacht vor ihrer Tür machte.

Bonita hielt still, ohne die Umarmung zu erwidern. Etwas war komisch an ihr. Sie grinste und wippte zustimmend mit dem Kopf, als steckte sie mitten in einem angeregten Gespräch.

Inga versuchte sie vergeblich in die Küche zu bugsieren und merkte erst gar nicht, wie sie sich dabei an das Mädchen klammerte.

Bonita blieb im Flur stehen und lehnte sich an die Wand.

»Ich bin so high.« Sie nickte zufrieden, bis ihr etwas Wichtiges einfiel: »Mein Vater heiratet. Eine Französin.«

Ihre Hände griffen in Zeitlupe in die Luft und segelten in Kurven nach unten. Dann verzog sich mit einem Mal ihr Gesicht und sie murmelte: »Mir geht's gar nicht so gut. Gar nicht so gut.«

Ihre Augen irrten herum.

»Da ist das Klo«, sagte Inga und fragte: »Soll ich mitkommen?«

Bonita verschwand. Minuten verstrichen. Kein Geräusch drang nach draußen, und dennoch war die Stille jetzt eine andere als vorher. Vermutlich sollte Inga die Polizei anrufen, um den Einbrecher zu melden, aber sie tat nichts dergleichen. Stattdessen sank sie im Flur auf den Boden. Sie kauerte zwischen Küchentür und Schuhregal, als hätte sie endlich ein passendes Plätzchen für sich gefunden. Aus dem Klo ertönte leises Kichern, dann wurde es wieder still. Eine ganze Weile verging so.

In der Gegenwart eines anderen Menschen, auch wenn eine mit Tierfotos beklebte Tür dazwischenlag, war die Tatsache besser zu ertragen, dass in den letzten Wochen etwas mit Inga passierte, dem sie nicht gewachsen war, in keiner Weise.

Irgendwann stahl sich ein Hauch von Nikotin in den Flur. Sollte das Mädchen nur rauchen im Klo. Hauptsache, sie ließ Inga auf ihrem neuen Plätzchen noch ein wenig Zeit zum Nachdenken. Angenommen, der Sinn von Zeit bestünde darin, dass sich Menschen in ihr bewegen konnten, was blieb dann übrig, wenn man sich nicht mehr bewegte? Wenn Gedanken zu nichts mehr führten? Wofür bräuchte man dann noch Zeit? Um seine Strafe abzusitzen?

Den Blick auf das splittrige Holz der Dielen gerichtet, die man schon längst hätte abschleifen und ölen müssen, wurde ein leise pochender Gedanke laut. War ihr Alma verloren gegangen, weil Inga sich abgewandt hatte, ihre Tochter sich selbst überlassen hatte bei ihrem Exmann und dessen neuer Frau, weil Inga sich zurückgezogen hatte, als müsste sie sich aufsparen? Hatte sie sich denn aufsparen wollen? Für wen? Für was?

Almas altes Zimmer stand leer. Sie würde Bonita bitten, einzuziehen.

Schon wieder klingelte es, dazu deutliches Klopfen. Mühsam stand Inga auf. Sie öffnete die Haustür: Es war die Polizei. In schöner Gleichzeitigkeit kam Bonita aus dem Klo. Inga verstand nicht gleich. Sie musste über das Telefon gestolpert sein und dabei unbewusst abgenommen haben. Erna hatte die Polizei alarmiert. Die zwei Frauen in Uniform vor ihr, die von Inga alles über den Überfall des Paketboten wissen wollten, waren mitfühlend. Was Erna ihnen wohl erzählt hatte? Sie ignorierten die Haschischwolke, die sich im Flur ausbreitete.

»Ihre Tochter?«, fragte eine der Polizistinnen und zeigte auf Bonita.

»Wirklich nicht«, sagte Bonita und zeigte ihrerseits auf Inga. »Das ist eine ganz böse Frau.«

»Spinnst du?«, fragte Inga.

Die Polizistinnen lächelten nicht mehr. Bonita schwenkte einen dünnen Arm durch die Luft, gefolgt von einem leichten Schweißgeruch, und erklärte den Frauen: »Sie hat mich bestohlen. Das ist eine Kriminelle, eine Dealerin. Die tut nur so …«

»Das ist die Freundin meiner Tochter …«, sagte Inga schwach. Was erlaubte sich dieses Ding eigentlich?

»Die ist böse!«, sagte Bonita vergnügt und ließ einen lauten Furz fahren.

Inga konnte sich nicht länger zurückhalten, riss an Bonitas Schultern und schüttelte sie heftiger als gewollt.

Eine der Beamtinnen ging dazwischen und wies Inga zurecht: »Können Sie sich mal zusammennehmen? Ist ja wohl nicht zu glauben.«

Bonita verkündete mit zäher Angriffslust: »Die ist Nordkorea in Person. Hat ihre Tochter auch immer gesagt, meine Mutter ist Nordkorea in Person. In personam.«

»Also«, sagte Inga, »ich habe offensichtlich keinen Schimmer, was mit diesen jungen Leuten los ist.«

»Die tut nur so«, quengelte Bonita weiter.

Schließlich waren die Beamtinnen mit dem Papierkram fertig und nahmen Bonita mit, um sie zu ihrer Mutter zu fahren. Ihre Wohnung im Wedding hatte sie verloren, weil ihr Vater aufgehört hatte, die Miete zu zahlen.

»Weil er in Kanada lebt«, erklärte Bonita.

Eine der Frauen fragte zurück: »Weil er in Kanada lebt?«

Als sie gingen, zischte Bonita Inga zum Abschied das Wort »Yogafotze!« zu. Am Handgelenk schwenkte sie jenen Beutel, der seit dem Vorfall im Supermarkt vergessen im Flur in der Ecke gelegen hatte. Inga wünschte sich, sie hätte ihn sich genauer angesehen.

Am nächsten Morgen stand ein riesiger Quarkkuchen vor ihrer Tür, sorgsam eingepackt wie für einen Geburtstag, mit einer Karte: »Selbst gebacken. B.«

Gerade als sie sich ein Stück in den Mund steckte – wie die meisten Magersüchtigen konnte Bonita gut backen –, bekam sie eine Textnachricht: »Are you free today? I need to destress badly. Any chance? Jennifer (Friend of Gustavo).«

Jennifer wohnte in einem der neuen Apartmenthäuser in Neukölln, die einen Doorman hatten und den obligaten Strauß Lilien im Foyer. Die Frau, die Inga die Tür öffnete, sah auf den ersten Blick aus wie früher die Models in einer Nivea-Reklame, aber bei näherem Hinschauen erkannte man, dass ihr Gesicht wie unter einer Klarsichtfolie gestrafft war, mit zwei schön geschwungenen Augenbrauen, die für die Ewigkeit in die Haut gestichelt waren. Sie kam aus Kalifornien und pendelte zwischen Berlin und San Francisco. Wie viele Leistungsethiker war sie nicht in der Lage, ohne fremde Hilfe zu entspannen.

Inga ließ sie erst mal ordentlich lange im Unterarmstütz schwitzen und verordnete ihr danach eine lange Runde Feueratem. Die Schärfe rund um die Augenregion blieb, aber Schultern und Nacken begannen sich zu entspannen. Die zweite lange Runde machte Inga mit, aktive Ausatmung, passive Einatmung. Sie hatte ganz vergessen, wie gut das tat. Es gab wenig, was nach einer kräftigen Aktivierung der Bauchmuskeln nicht wieder ins Lot geriet. Außer natürlich, man verlor seine Tochter, hahaha.

Nach der Stunde bestand die Amifrau darauf, dass Inga noch eine Tasse Tee mit ihr trank. Umständlich brühte sie einen strohigen Bergtee aus Kreta auf und überlegte laut, ob Kandis okay sei oder lieber Birkenzucker. Mit ihren kleinen Fingern, die sich nicht richtig strecken ließen, zählte sie schließlich winzige Kandisbrocken in die feinen chinesischen Schälchen, aus denen sie ihren Tee tranken.

Sie war wie viele Brustkrebspatientinnen durch die Chemotherapie dick geworden und redete von ihrem Körper wie von einer heruntergekommenen Immobilie, für die sich schwer ein Interessent finden ließ. Sie hieb auf die Feministinnen der zweiten Generation ein, die für die Leistungen der ersten Generation keinen Respekt übrig hätten oder so ähnlich. Inga sah in der Ferne den Fernsehturm seine Bilderbuchspitze in den schwarzblauen Novemberhimmel recken und sagte, auf den fernen Turm zeigend: »Dahinten, der Fernsehturm. Man vergisst manchmal, wie groß die Stadt ist.«

Bevor Inga gehen durfte, zwang die Amerikanerin sie, an ihrem Hals zu riechen. Ein neues Parfüm. »It's called ›Grau‹, very uplifting für eine Frau über 40, isn't it?«

Inga steckte die zwei Hunderter ein, die die Frau ihr hinhielt. Erst auf der Straße wurde ihr klar, dass die Frau Mitleid mit ihr hatte.

Ein kalter Wind zerriss die Luft. Krähen flogen im Simultanballett über die Dächer und machten einen Höllenlärm. Ab und zu kreischten sie empört auf, dann war es wieder still. Ein Ablenkungsmanöver, aber für was?

Als Inga zurück zur U-Bahn ging, wäre sie fast mit einem Radfahrer zusammengestoßen.

»Hey!«

Er sah in Seelenruhe von seinem Handy auf und sagte mit einem netten Lächeln: »Hey, was? Ich hab dich doch gesehen.«

NACHDEM INGA UND ERNA NUDELN MIT PFIFFERLINGEN GEGESSEN UND BONITAS SACHEN DURCHSUCHT HABEN

»Und jetzt wohnt sie bei dir?« Erna schaute sich in Ingas Küche um, als hätte die das Mädchen in einer Schublade einquartiert. Man sah ihr an, dass sie das für keine gute Idee hielt. Doch wie eine Angehörige, die einem Verwandten in einem hoffnungslosen Fall nicht die unkonventionelle Therapie ausreden wollte, behielt sie ihre Vorbehalte für sich.

Erna war an diesem Abend aus dem Nichts erschienen, »um deinen Geburtstag zu feiern«, ein Datum, das schon einige Zeit zurücklag. Bei ihrer Trennung hatte sich Inga für die Zukunft verordnet, den Tag in Zukunft immer feierlich zu begehen, indem sie in einem guten Restaurant zu Mittag aß und danach spazieren ging. In Wahrheit aber machte sie sich nichts aus Steinbeißerblabla, auch wenn es sich schön anfühlte, an einem hübsch gedeckten Tisch zu sitzen, ein Glas Wein zu trinken und ein ordentliches Trinkgeld dazulassen. Dieses Jahr war schon die Aussicht, eine Speisekarte in die Hand nehmen zu müssen, Grund genug, den Tag einfach zu ignorieren.

Erna jedenfalls stand unangemeldet mit einem großen Korb frischer Pfifferlinge in der Tür und machte sich gleich daran, sie zu putzen. Sie nahm Ingas Zahnbürste und begann die trockene Haut von den Pilzen zu schuppen.

Zwischendurch streckte sie Inga eine Hand entgegen: »Guck dir diese Falten zwischen den Fingerknöcheln an, wie der Jordangraben. Diese Falten, eigentlich ganz gemütlich, oder? So als läge man im Bett. Allerdings allein. Aber mit einem Buch. Und das Fenster ist natürlich auf. Und selbstverständlich regnet es ein wenig. Aber kein Sturm. Man hört die Heizung knacken. Man könnte ausgehen, aber das Buch ist zu gut …«

»Schon okay«, sagte Inga, »ich freu mich, dass du da bist.«

Sie zündete aus Gewohnheit Kerzen an, dabei ging das Licht aus unerfindlichen Gründen wieder, ließ Erna schwatzen und fragte sich, wie diese es schaffte, zwei gleichfarbige Strümpfe anzuziehen, ihre Post zu öffnen und Vitaminpräparate für ihre Haare im Internet zu bestellen.

Dann aber ließ Erna die Zahnbürste sinken. »Es gibt drei Fragen, die ihr euch stellen müsst. Warte, ich habe sie mir aufgeschrieben.«

Sie zog einen Zettel aus ihrer Handtasche.

»Erstens, welche Funktion musste Alma einnehmen, um sich eure Liebe zu sichern? Zweitens, wer von euch beiden war auf ein bestimmtes Verhalten von Alma angewiesen? Drittens, was ist passiert, dass Alma ihre Funktion durchschaut hat und nicht länger erfüllen wollte?«

Dann wiederholte Erna: »Also, noch mal. Diese drei Fragen müsst ihr euch stellen. Erstens, welche Funktion musste Alma einnehmen …«

»Ich hab's verstanden«, unterbrach Inga sie.

Es waren gute Fragen. Aber um sie beantworten zu können, brauchte man einen klaren Kopf, und ob sie den noch hatte, da war sich Inga nicht so sicher.

Sie setzte Nudelwasser auf. Als die Spaghetti weich waren, begannen sie zu essen. Inga hatte fast vergessen, wie es war, eine warme Mahlzeit zu sich zu nehmen. Sie aß schweigend, voller Dankbarkeit. So wenig Inga das Alleinsein ertrug, noch weniger ertrug sie andere Leute. Möglicherweise änderte sich das gerade.

Nachdem Bonita in der Nacht des Überfalls ihren Kuchen vor ihrer Tür deponiert hatte, trafen sie sich einige Tage später vor dem Grimm-Zentrum. Bonita stand neben dem Mann, der das *Marxistische Manifest* verkaufte. Ingas Angebot an sie, in Almas altes Zimmer zu ziehen, gefiel ihr. »Das wäre wirklich gut.« Noch am selben Abend war sie eingezogen. Inga hatte ihr einen Schlüssel gegeben und sie seitdem kaum gesehen.

»Was macht sie denn den ganzen Tag?«

»Studieren, nehme ich an. Sie geht morgens früh und kommt irgendwann in der Nacht. Ich sehe sie praktisch nie. Man hört sie auch nicht. Keine Ahnung, wo sie sich rumtreibt. Sie kocht sich auch nichts.«

»Zahlt sie dir Miete?«, fragte Erna.

Es gefiel Inga nicht, wie Erna über ihre neue Mitbewohnerin redete, als ob das Mädchen eine Kriminelle wäre. Dabei hatte Bonita gar nichts verbrochen, sah man mal von der Weinflasche im Drogeriemarkt ab und dem Beutel mit den Pillen, in dem ebenso gut Koffeintabletten, wie sie alle Studenten nahmen, gewesen sein mochten. Sie hatte auch nichts mit dem Überfall durch den Paketboten zu tun gehabt. Sie war eine Studentin, die ein bisschen Probleme mit ihrer Körperwahrnehmung hatte und keinen Alkohol vertrug. Je heftiger Inga sie verteidigte, desto klarer wurde ihr, dass sie in Wirklichkeit gar nichts wusste von ihr.

»Auch wenn diese Mädchen immer so tun mit ihrem Anti-dies, Anti-das, so anti kommt sie mir nicht vor. Gestern hat sie mir die Haare gefärbt«, sagte Inga und zeigte auf ihren Scheitel. Die Haare kräuselten sich nicht länger grau von ihm weg, sondern hingen glatt und haselnussbraun herunter wie eine Plastiktischdecke.

Erna war nicht zufrieden.

»Aber sie muss doch etwas wissen. Ich verstehe nicht, warum du sie nicht ordentlich löcherst. Hast du wenigstens mal ihre Sachen durchsucht?«, fragte sie.

»Nein.«

Erna stand auf. »Los, wir schauen jetzt nach!«

»Nein, nein, nein«, widersprach Inga. Wenn das herauskäme, verlöre sie womöglich die einzige Spur, die zu Alma führte. »Das dürfen wir nicht!«

»Doch. Das machen wir jetzt. Los!«

Erna drückte gegen die Zimmertür, die sich nicht öffnen ließ.

»Da liegt was.«

»Lass das«, sagte Inga und stemmte sich dann doch mit ihr zusammen dagegen. Erna bekam mit einer Hand etwas zu fassen, das die Tür blockierte. Sie rangierte so lange, bis sich die Tür öffnen ließ. Ein Koffer.

Die Kammer war so aufgeräumt und sauber, wie sie Inga noch nie gesehen hatte. Das Bett war ordentlich auf Kante gemacht.

»Krank«, flüsterte Erna, »wie beim Bund.«

Neben der Matratze stand ein Glas Wasser auf dem Boden, daneben ein Lip Balm der Marke Tinder Lips.

»Krank«, sagte Erna wieder und machte sich am Koffer zu schaffen.

»Lass das«, sagte Inga, »wenn sie jetzt nach Hause kommt …«

Als Erna den Koffer aufschnappen ließ, hielt Inga den Blick auf die regennasse Straße vor dem Haus gerichtet, die schwarz und leer wie ein Stück Lakritz dalag. »Und?«

»Nichts. Nur Arztkittel. Synthetikzeug, 30-Grad-Wäsche, und eine Taschenbuchausgabe von *Anna Karenina*.«

»Mach den Koffer zu! Du siehst doch, dass da nichts ist. Vielleicht ist das Zeug von einer Verkleidungsparty.«

»Oder im Krankenhaus gestohlen.«

Sie setzten sich zurück in die Küche. Inga war nicht mehr wütend auf Erna. Es war schön, eine Freundin zu haben, bei der man nicht jedes Wort auf seine Bedingungslose-Liebe-Haftigkeit hin abwägen musste. Es war schön, gut gesalzene Pilze zu essen und Wein zu trinken. Sie öffnete den Schrank und suchte nach einer Schachtel getrockneter Feigen zum Nachtisch.

Erna hatte, obwohl sie das *Weihnachtsoratorium* liebte, keine Lust mehr auf den Chor. »Sie wollen mich nur als Ersatzstimme.«

Inga hörte nur mit einem Ohr zu. Sie wickelte die Feigen vorsichtig aus. Einmal war ihr eine zu Tode erschrockene Motte aus der Packung entgegengetaumelt. Hoffentlich würde Bonita nicht bemerken, dass sie in ihrem Zimmer gewesen waren. Erna redete weiter.

»Andrerseits ist es auch nett im Chor. Die meisten sind wirklich okay. Aber neulich fragte mich eine Altstimme, der ich dummerweise von Gerald erzählt habe, warum ich noch verheiratet bin und warum ich nicht frei sein will und ob mein Mann mich auch emotional unterstützt. Ich kannte die gar nicht.«

Inga schnaufte zustimmend und kratzte die Pfanne aus, als es an der Tür klingelte. Es war Matt. Er wollte die Schlüssel zu Danielles Wohnung. Es schien ihm peinlich zu sein. Inga begleitete ihn auf die Straße. Matt erzählte, dass Danielle einen neuen Hund hatte, als hätte sich Inga jemals für das Tier interessiert.

Erst jetzt bemerkte Inga, dass Danielle im Auto saß und in ihr Handy tippte. Sie winkte Inga zu.

zaghafte Normalität, die Bonita in Ingas Leben erzeugt hatte. Inga entdeckte einen Plastikcontainer mit Salat, der im Flur auf der Kommode stand. Ein paar Cherrytomaten und Brocken von Ziegenkäse klebten darin. Der hölzerne Zahnstocher bezeugte, dass jemand schon am Käse gepickt und mit dem Rest noch Pläne für später gehabt hatte.

»Das ging allerdings in die Hose«, sagte Erna zögernd. Sie ließ sich von Inga am Mantelkragen auf die Straße schieben.

»Wiedersehen!«, sagte Inga.

Erna protestierte schwach.

»Glaubst du, nur weil du versuchst, dich bei ihr beliebt zu machen, wird sie dir etwas erzählen? Sie weiß doch, dass du Alma immer alles verboten hast! Du hast sie doch gesehen, die Kleine. Hat mir fast das Herz gebrochen, das Tierchen. Musst du doch gesehen haben, diese Ärmchen!«

Erna klang verzweifelt. Einfühlungsvermögen war ihr beileibe nicht in die Wiege gelegt, aber Inga hatte beobachten können, wie an seine Stelle ein Wissen getreten war, das sich ihre Freundin im Laden erworben hatte und das sie großzügig kundtat, wann immer dazu Gelegenheit war: Körperliche Makel wurden immer auch seelische. Das war so. Im Gegenzug konnte man Frauen durch das richtige Kleid heilen. Wabblige, schlabbrige, schiefe, x- oder krummbeinige Frauen liebten Erna, weil sie genau hinsehen konnte und Schwäche nicht als Charakterschwäche begriff. Wenn sie sich einer Kundin annahm, war das Ergebnis immer mehr als nur eine neue Hose oder ein Kleid. Wie jede Frau weiß, der schon einmal von einer anderen Frau mit beiden Händen ordentlich das Dekolleté zurechtgerüttelt wurde (»nicht anders, Inga, als wenn man einen Rucksack packt«), setzte eine solche Dienstleistung Nächstenliebe voraus. Jeder profitierte, sobald Erna zugriff. Doch gerade eben hatte sie danebengegriffen.

Inga, die nun schon zum zweiten Mal an diesem Abend auf der Straße stand, sagte: »Dahinten fährt der Bus.«

»Ich hab sie!«, sagte Erna bettelnd. »Die Kohle. Ich hab' die Kohle für den Finderlohn.«

»Behalte dein Geld mal schön. Willst du mich jetzt auch noch zum Sozialfall machen? Genügt es nicht, dass du seit Jahren an mir herumzupfst?«

Ernas Gesicht war rot angelaufen und sah im Nebel der Nacht wie ein nasser Papierlampion aus. Erna, ihre älteste Freundin. Was alles aus ihr hätte werden können, hatte Inga oft gedacht, wenn sie zusammen in Ernas Laden saßen und sie ihre Freundin dabei beobachtete, wie sie die Augen zusammenkniff, einen Stoff musterte und ihn glatt strich. Gerade riss etwas.

»Es ist doch genau umgekehrt. Du bestimmst immer, was richtig ist und was falsch. Kein Wunder, dass deine Tochter das nicht mehr ertragen hat.«

»Vorsicht«, rief Inga, als Erna fast eine Stromleitung streifte, die aus einem Stromkasten ins Nichts ragte.

»Ich hab's satt, alt zu sein«, sagte Erna und ging.

Homer band einen Weihnachtskranz. Er verkaufte Weihnachtsbäume in der Nähe der Gedächtniskirche. Man hatte einen hölzernen Unterstand gebaut, in der Mitte eine Feuerstelle, in der ein Feuerchen knackte, sogar ein Schaf musste herumstehen. Nein danke, Inga war nicht in Stimmung für Glühwein. Homer verteidigte Erna.

»Das mit dem Finderlohn war gut gemeint. Du hast ihr doch erzählt, dass du überall deine Suchanzeigen aufgehängt hast, und Erna fand, man müsse eine ordentliche Belohnung versprechen. Sondre und ich sind anderer Meinung. Sie soll sich freiwillig melden.«

»Wo wohnst du denn jetzt?«

»Im Hotel.«

Homer reichte Inga eine Thermoskanne mit Kaffee. Es war Ingas alte Kanne, mit einer albernen Kuh, der die Zunge aus dem Maul hing. Eine junge Asiatin kam in den Verschlag. Sie stellte ihren Rucksack ab und begann, Zweige zu schneiden. Inga trank ihren Kaffee und sah Homer zu, wie er geschickt mit den piksigen Ästen, Draht und künstlichen Beeren hantierte. Eine Ahnung nahm in ihr Gestalt an. Homer hatte eine Heidenangst, genau wie sie.

»Hast du dich um den TÜV gekümmert?«, fragte er.

»Nein, habe ich nicht«, antwortete Inga.

»Du weißt, dass dich die Krankenkasse rausgeworfen hat, weil du die Beiträge nicht bezahlt hast? Du musst was machen, Inga. Wir könnten zusammenlegen, der Mindestbeitrag für die gesetzliche ist nicht so hoch.«

Es war gemütlich am Feuer. Tannenzapfen knackten in den Flammen, es roch nach Harz. Inga nahm sich einen Zimtstern. Vor dem Unterstand spazierten Familien und Paare Arm in Arm zwischen den Tannen herum und sondierten das Angebot. Sollte sie Homer erzählen, dass sie manchmal das Gefühl hatte, den Verstand zu verlieren? Und dass es weniger schlimm war als befürchtet? Sie entschied sich dagegen.

»Inga, ich sag's dir jetzt einfach. Mit dir kann man nicht reden. Und in letzter Zeit, also in letzter Zeit, da sind wir uns alle einig: In letzter Zeit hast du den Eindruck gemacht, als könntest du Hilfe brauchen.«

»Du sprichst mit Erna über mich hinter meinem Rücken?«, fragte Inga ruhig.

»Ja, tun wir. Erna ist doch deine Freundin. Und wer, glaubst du eigentlich, zahlt deine Miete seit letztem Monat? Wer, denkst du, hat deine Stromrechnung bezahlt?«

Etwas zog sich in Ingas Bauch zusammen.

»Keiner hat euch darum gebeten. Warum lasst ihr mich nicht endlich in Ruhe?« Ihre Stimme wurde heiser und leise. »Lasst mich endlich in Ruhe! Verstehst du nicht, dass ich mich konzentrieren muss? Warum lässt mich deine Frau nicht in Ruhe? Hat sie ein schlechtes Gewissen? Habt ihr Probleme? Als ob mir das nicht komplett egal wäre, als ob …«

Mit einem Ruck stieß sie den Teller mit den Plätzchen um und stand auf. Die Leute von draußen starrten sie an. Dann sah sie, wie das Mädchen mit den Zweigen die Lippen zusammenbiss.

Sie drehte sich um und sagte so, dass nur das Mädchen es hören konnte: »Wir haben Ihnen Angst gemacht. Ich habe Ihnen Angst gemacht. Das tut mir leid. Unsere Tochter ist verschwunden. Wie Sie sehen, komme ich nicht gut zurecht damit.«

Langsam ging sie durch die geschmückten Straßen nach Hause.

Eines Abends, als Bonita noch bei ihr wohnte, war aus dem Badezimmer ein klirrendes lautes Rattern gedrungen. Inga ging ins Badezimmer, das trotz eines Heizstrahlers nie richtig warm wurde, und sah sich suchend um. Das Rattern kam aus einem Hello-Kitty-Waschbeutel, der Bonita gehören musste. Mit einem stumpfen Gefühl öffnete sie den Beutel und nahm eine elektrische Zahnbürste heraus, die wie von Sinnen rotierte. Umständlich versuchte sie, das Ding auszustellen, doch der dafür vorgesehene Druckknopf bewegte sich nicht. Rasch ging sie in die Küche und warf die Zahnbürste in den Mülleimer, wo sie, animiert durch die Aluminiumverkleidung, einen Mordsradau machte, sodass Inga sie wieder aus dem Müll fischte, in ein dickes Handtuch wickelte und im Garten unter die Hecke schob.

Dann ging sie zurück ins Badezimmer, um nachzusehen, ob sie sich geirrt hatte. Nein, tatsächlich, in das Stückchen Seife, das sie eben im Waschbeutel entdeckt hatte, war ganz deutlich ein A eingeritzt: Eine Hieroglyphe aus Nitroglycerin, die einen harzigen Honiggeruch freisetzte. Almas Seife!

Mit der Seife in der Hand ging Inga in Almas Zimmer, kniete sich neben das Mädchen und rüttelte es an der Schulter.

»Nur eins, sag mir nur eins, mehr will ich nicht wissen: Lebt Alma? Ist sie am Leben?«

Bonita bewegte sich unwillig, und Inga wiederholte ihre Frage. Sie ließ ihre Hand wie eine Drohung auf Bonitas Schulter liegen, spürte das Gelenk unter der Haut, eine zerbrechliche Konstruktion wie eines dieser gläsernen Rehe, die rosa Schnauzen hatten oder blaue. Sie griff die Schulter fester, bereit, nie mehr loszulassen – eine klare Grenzüberschreitung, die Bonita im Halbschlaf als etwas, das sie kannte, identifizierte und eindeutig nicht mochte. Ruckartig machte sie sich frei, rollte sich weg zur Wand und murmelte etwas. Was hatte sie gesagt? Was, verdammt noch mal, hatte sie da gemurmelt? Nein, Inga war sich sicher. Sie hatte richtig gehört. Überdeutlich nahm sie die Konturen des Zimmers wahr. »Ja, sie lebt«, hatte Bonita gesagt. »Natürlich lebt sie.«

In dieser Nacht in ihrem Bett, durch eine dünne Wand getrennt von einem Mädchen, das sich wie eine grüne Fledermaus kleidete und Krankenhausklamotten mit sich herumschleppte, schlief Inga tief.

Diesen Moment hütete Inga nun in der Furcht, ihn zu zerstören, wenn sie ihn mit jemand anderem teilte. Was Homer oder seine Frau, selbst was Erna von ihr dachte, war ihr egal. Sie brauchte ihre Anteilnahme nicht, ihre lauernden Fragen, ihr Geld. Inga hatte die Seife und die Hoffnung, dass alles gut enden würde, wenn sie nur daran glaubte. Darum ging es jetzt und um nichts anders. Die anderen lenkten sie nur ab. Es war der verdammte Glaube, den sie hüten musste, vor den Gedanken und Sätzen, diesem spitzen Gehege, an dem man hängen blieb.

Über Nacht war Schnee gefallen, eine zarte Decke, die festlich über der Tujahecke lag. Inga machte einen Schritt auf ihre Terrasse und sog die kalte Luft so tief ein, dass es in den Lungen schmerzte. Dann kochte sie sich Tee. Es war gut, nichts vorzuhaben, niemanden aufmuntern, belehren oder korrigieren zu müssen. Eine schwächliche Morgensonne, die den Schnee draußen auf der Straße bald schmelzen lassen würde, zeichnete ein Mosaik auf den Boden. Staubflocken stiegen zwischen den Holzdielen auf. Auf dem Tisch lag ein Zettel, den Bonita zusammen mit dem Schlüssel hingelegt hatte, bevor sie ging: »If it's not broken, you cannot fix it.« Inga nahm den Zettel, strich ihn sorgsam glatt und legte ihn in die Schublade mit den Plätzchenformen.

WOCHE 8

Es wurde wieder warm. Die Stürme waren heftiger, und es regnete auch anders als früher. Viel häufiger rückte die Feuerwehr aus, um in den Mietshäusern in Ingas Viertel die Keller leer zu pumpen. Auch Büros und Läden im Erdgeschoss waren betroffen. Oft sah man in den Tagen nach den Regenfällen Möbel zum Trocknen auf der Straße stehen.

WOCHE 9

Inga nahm ihre Spaziergänge wieder auf. Die Märsche hatten einen absurden Nebeneffekt. Die Durchblutung sorgte für eine frische Gesichtsfarbe. Mit Erstaunen beobachtete sie, wie sich ihr Körper durch die langen Märsche veränderte. Eine völlig andere Muskulatur war nötig als beim Yoga, ihre Gesäßmuskulatur wurde fest, wenn sie gelegentlich ihr Spiegelbild in einem Schaufenster sah, erkannte sie sich kaum wieder. In all ihrer Einsamkeit kam es ihr vor, als lernte sie jemanden kennen.

Als sie ein junges Mädchen gewesen war, erschien in ihrem Städtchen aus dem Nichts eine Amerikanerin und bot an der Volkshochschule Tanzstunden an. Modern Dance. Inga schrieb sich ein, obwohl niemand sonst sich dafür interessierte. Mit scheuem Blick studierte sie jede Bewegung der Lehrerin, deren transparentes weißes Trikot die Geschmeidigkeit ihrer Bewegungen zugleich sakral und sexuell machte. Die Entdeckung, als junges, unförmiges Mädchen, dem seine Freundinnen die Rolle des Kassenwarts zugeteilt hatten, ernst genommen zu werden, war eine Befreiung gewesen, selbst die Qual, seinen Körper zu John Coltrane auf dem zerkratzten Linoleumboden bewegen zu müssen, zum ersten Mal diesen Körper zu spüren, als stimmte man ein Instrument. Zum ersten Mal vor allem einen neugierigen, weniger weh tuenden Blick auf diesen Körper zu werfen: Kannst du das? Und das? Das etwa auch?

Diesmal nahm sie sich vor, Neukölln zu durchstreifen. Oft war sie bis nach Einbruch der Dämmerung unterwegs. Ein Teil der zu Beginn des Jahrhunderts in den Stadtteil gezogenen Leute lebte noch dort, aber ständig zogen neue nach. Neukölln galt als Experiment gelungener Integration, zumindest beschrieben es, sagte Homer, Soziologen aus Süddeutschland in ihrer Zeitung so.

Das Gegenteil war wahr. Die Parallelwelt schillerte vor ihren Augen. Sie lief durch Straßen mit Mietskasernen, von deren Balkonen Satellitenschüsseln wie Puppengeschirr, von Riesen befestigt, herunterhingen. Sie sah Mütter mit gemusterten Hijabs, die in ihren Mercedes stiegen. Junge Männer, die sich ein Baby umgeschnallt hatten. Sie sah Menschen, die ihren Porsche direkt ins Erdgeschoss ihres Neubaus fuhren. Hubschrauber, die trudelnd von Dachterrassen aus abhoben. Sie sah Leute, die wie Soldaten wirkten, um Häuserblocks patrouillieren und Anwohner, die sich mit einer Chipkarte Zugang zu Privatparks verschafften. Es gab Menschen, die mit Hunden befreundet waren. Menschen, die nicht wie Menschen aussahen und zielstrebig im Müll wühlten wie

Hunde. Es gab Menschen, die Händchen hielten, normale Dinge taten und Äpfel hochhielten, um an ihnen zu riechen. Hier, wo sich in den letzten zehn Jahren der Quadratmeterpreis einer Mietwohnung verdreifacht hatte, wo die zweite Generation der Türken wegwollte, um ihre Kinder vor den libanesischen Drogendealern und Kleinkriminellen in Sicherheit zu bringen, fühlte sie sich weniger verloren als in ihrem Viertel. Mehr noch, hier fühlte sie sich regelrecht aufgehoben. Es war mehr als nur der Tapetenwechsel, und hätte sie jemand danach gefragt, hätte sie sich gefreut, es zu beschreiben, aber niemand fragte, und so war es ihr auch recht.

Warum gab es auf diesen Straßen Kinder, von denen es bei ihr im Viertel kaum noch welche gab? Hier sah man sie überall. Sie spielten hinter verbogenen Gitterstäben in riesigen Innenhöfen zwischen Mülltonnen und Hochbeeten. Mit müdem Blick ihren Bewegungen folgend, unterhielten sich hellhäutige Mütter in ihren Vierzigern mit nicht nachgefärbten Zotteln. Überall war Bewegung. Jungs flogen auf Skateboards halsbrecherisch über die Mauern und zogen elegante Kurven um die Müllhaufen.

Niemand beachtete Inga. Niemanden kümmerte es, wenn eine mittelalte Frau ohne Schirm im Regen herumlief und zwischendurch ihre Hände auf den Unterleib presste, weil sich dort ein Messer drehte.

Mal lief sie kreuz und quer herum, dann wieder ging sie Straße für Straße ab, den Blick eisern auf den Gehweg gerichtet, wie von Geisterhand gezogen zur Seite weichend, sobald ihr ein Trupp lärmender Australier entgegenschlingerte.

Die Bombenanschläge in den amerikanischen Bars, die es in den Zehnerjahren hier gegeben hatte, waren vergessen, und die Jugendarbeitslosigkeit war besiegt. Die Leute, Einheimische wie Touristen, wollten einfach Spaß haben. Die meisten hatten genug Geld, um sich jeden Abend zu betrinken. Doch die stumpfe Sättigung der eigenen Grundbedürfnisse, die Deutschland – ebenso wie alle vergreisenden Industrienationen – erlebte, erreichte nicht alle. Häufig kamen ihr torkelnde junge Frauen entgegen, und auf dem Rückweg von einem ihrer Trips las sie eines Tages im Magazin der Verkehrsbetriebe, das in den Zügen herumlag, von Tilidin und Crystal Meth, Drogen, die billig zu haben waren.

Inga fuhr gerne U-Bahn. Einmal stiegen zwei Stripper ein und machten die Musik für ihre Show so laut, dass an Lesen nicht mehr zu denken war. Sie sah sich die beiden Männer und ihre kräftigen, rasierten Beine an. Gut, dass man Ingas Auto abgeschleppt hatte, nachdem der TÜV abgelaufen war. Hier war richtig was los.

Sogar ein Yogastudio fand sie in Neukölln, in dem sie niemand kannte, einen Ort, weit genug entfernt vom Amrit und der unguten Stimmung, die sich um das Studio wie ein zu enges Halsband gelegt hatte.

Die Schüler dort waren halb so alt wie sie. Die Lehrerin aus Seattle war ebenfalls jung, lehnte meist an der Wand und zog keine Show ab. Inga war froh, nichts von ihr zu wissen oder von den anderen, die neben ihr im Halben Liegestütz schwitzten. Was auch immer es war in diesem Studio, in dem es keinen Guru gab, keine kommerziellen Interessen, in dem man je nach Einkommen bezahlte, ohne einen Nachweis erbringen zu müssen: Es gab Inga etwas von dem zurück, was sie vor Jahren im Yoga gefunden und dann wieder verloren hatte. Inga übte wieder die »Erste Serie«, schwamm schweißüberströmt durch diese vor Jahrzehnten von Pattabhi Jois festgelegte und allen neuromotorischen Erkenntnissen zum Trotz unveränderte Sequenz. Es war ihr egal, dass der Provinzfürst aus der südindischen Kleinstadt Mysore und wie ein Halbgott verehrte Gründer des Ashtanga Yoga mit seinen dicken Goldketten post mortem das letzte prominente Zielobjekt der #MeToo-Kampagne in der Yogawelt geworden war. Hatte er den Frauen eben seinen Penis in den Rückbeugen auf ihr Geschlecht gedrückt, wenn er sie, über sie gebeugt, tiefer in die Haltung drückte. Das Einzige, was Inga interessierte, war, fünf Atemzüge lang, denn so lange hatte man in jeder Haltung auszuharren, in Ruhe gelassen zu werden. Nein, Inga blieb gerne bei der Sache. Die Monotonie, die es dem Atem erlaubte, über Körper und Geist zu triumphieren, war genau, was sie brauchte.

Manchmal allerdings hatte sie solche Schmerzen im Bauch, dass sie warten musste, bis sie nachließen. Dann beobachtete sie durch die fleckigen Fenster, was im Hinterhof des gegenüberliegenden Hauses vor sich ging. Ab und zu kam jemand zum Rauchen in den Hof und setzte sich, über sein Handy gebeugt, auf den Rand eines verlotterten Gemüsebeets. Und eines Tages saß dort ein Mädchen in einem kanariengelben Anorak: Bonita.

Inga sprang auf. Unter dem gleichmütigen Blick der Lehrerin verließ sie den Raum und rannte ohne Mantel auf die Straße, einmal um den Block herum. Als sie endlich ankam, rann ihr der Schweiß übers Gesicht. Es war nicht leicht gewesen, den richtigen Hof zu finden, da die Fassade des Hauses zur Straße hin, was Inga vom Yogastudio aus nicht hatte ahnen können, komplett renoviert war und keinerlei Hinweis auf den dahinterliegenden zweiten, heruntergekommenen Hinterhof gab.

Sie sah sich um. Da, wo gerade noch Bonita geraucht hatte, saß jetzt eine Taube, die an einer Tüte pickte und sich nicht aus der Ruhe bringen ließ. Irre. Egal. Irgendwo in diesem Haus musste Bonita sein. Nur, wo anfangen? Der Hof hatte vier Aufgänge. Sie begann mit Aufgang A und kontrollierte ein Stockwerk nach dem anderen. In den meisten Wohnungen waren Bürogemeinschaften oder Ateliers untergebracht. Tür für Tür öffnete sich, wie in einem Adventskalender. Bereitwillig hörten sich die Leute ihren Vortrag an, doch niemand kannte Bonita oder jemanden, auf den Ingas Beschreibung passte: »pale, brown hair, fragile, yellow jacket«.

Nur im obersten Geschoss unterm Dach war kein Schild an der Tür. Es gab keine Klingel, und auf Ingas Klopfen reagierte niemand. Als sie schon wieder gehen wollte, öffnete sich die Tür. Eine junge Frau in einem weißen Kittel sah durch den Spalt. Sie hatte einen dunklen Teint und fragte Inga: »Endlich. Haben Sie die Papiere?«

»Welche Papiere?«

»Ach, nichts«, sagte die Frau, »ich habe Sie verwechselt.«

Inga fragte die Frau, ob sie Bonita kannte.

»Nein«, sagte die Frau.

»Sicher nicht? Sie muss hier sein«, sagte Inga auf gut Glück und schob ihren breiten Rücken in die Tür.

Nein, sorry, die Frau kannte keine Bonita. Während sie antwortete, höflich, aber schon viel weniger freundlich, schob sie Inga zurück in den Hausflur. Minutenlang stand Inga vor der verschlossenen Tür und hielt ihre Nase in die Luft, als witterte sie etwas.

Erst später, als sie am Hermannplatz auf der Treppe zur U-Bahn an einer Gruppe Rettungssanitäter vorbeiging, die einen Obdachlosen wiederbelebten, wusste sie, wonach es da oben unterm Dach gerochen hatte. Nach diesem blauen Desinfektionszeugs aus dem Krankenhaus, dessen Geruch sie nie vergessen würde, weil er sie an Almas Geburt erinnerte. Von der ersten Sekunde an waren sie angehalten worden, immerzu ihre Hände zu desinfizieren: die Initiationshandlung neugeborener Mütter.

Gleich am nächsten Morgen machte sich Inga wieder auf den Weg nach Neukölln. Sie nahm eine Decke mit. Diesmal wollte sie im Hof Stellung beziehen.

Gerade als sie in »Bonitas Hof«, wie sie ihn nannte, angekommen war, rief Jamal an. Er hatte Screenshots gemacht von einem Unterhaltungsverlauf einer Facebook-Gruppe, die mittlerweile geschlossen war. Dafür habe er eine illegale Software benutzen müssen.

»Ich komme«, sagte Inga.

Aber nicht ins Amrit. Er habe einen neuen Job. »Du wirst dich wundern.«

Eine Stunde später saß Inga im Justizministerium. Sie war direkt aus Neukölln zum Gendarmenmarkt gefahren und hatte alles genau so gemacht, wie Jamal es ihr erklärt hatte. Als eine Gruppe Beamter vom Mittagessen zurückkam, schob sie sich einfach mitten hinein und passierte so die Sperre. Der Pförtner hatte nicht mal aufgeschaut. Drinnen setzte sie sich in die Kantine und schickte Jamal die verabredete SMS. »Bin unten.«

Sie sah sich um. An der Wand hing ein Bild von O. H. Hajek, *Torraum*. Sie stand auf, um die Karte an der Wand besser lesen zu können.

<u>Mal was anderes</u>
Eine Frühlingsrolle
Mit Huhn,
Dazu

FÜR ALLE, DIE UNS HELFEN WOLLEN.
DAS IST ALMA: 20 JAHRE ALT, BRAUNE HAARE, HELLE HAUT, LUSTIGE AUGEN, TRÄGT AM LIEBSTEN SCHWARZ UND OLLE TURNKLEIDUNG, ISST AM LIEBSTEN DÖNER UND CHINA-BOX, HÖRT AM LIEBSTEN HIP HOP (VON DER FIESEN SORTE), LIEST AM LIEBSTEN ASTERIX, HAT NIE GELD, HAT NIE PROBLEME MIT ANDEREN, HAT KEIN FAHRRAD, SCHLÄFT BEIM KIFFEN EIN. ZULETZT GESEHEN AUF KITTYS PARTY AM 30.9. ANYONE? GEHT NICHT ZUR POLIZEI, MELDET EUCH HIER. ALMA, MACH UNS KEINEN KUMMER. TAUSENDMAL LOVE B&T&R

Jamal redete weiter: »Es hat sich niemand gemeldet, keine einzige Reaktion, was komisch ist für diese Leute, also diese jungen Leute. Die Gruppe wurde recht bald geschlossen. Ich habe sie nur gefunden, weil jemand aus Almas abi.home-Arbeitskreis vergessen hat, die Gruppe zu verlassen.«

»Wer sind B und R und T?«

»Die haben verschlüsselte Adressen. Da komme ich nicht ran.«

»Warum haben sie die Gruppe geschlossen? Heißt das, dass sie Alma gefunden haben? Dass sich Alma gemeldet hat? Warum sollten sie sonst die Gruppe schließen?«

»Das weiß ich leider nicht. Ich werde gar nicht daraus

schlau, um die Wahrheit zu sagen.« Er habe lediglich gehört, dass die meisten jungen Leute Facebook ablehnten.

»Und wenn ich einen Finderlohn aussetze? 40 000 Euro für jeden Hinweis?«

»Das Geld hast du doch gar nicht. Vielleicht hetzt du ihr damit nur irgendwelche Stricher auf die Spur. Außerdem, wie gesagt, die Gruppe ist geschlossen. Wir kommen da gar nicht mehr rein. Ich muss jetzt wieder hoch.«

»Was machst du hier eigentlich?«, fragte sie ihn.

Sie wünschte sich, er würde bleiben.

»Haustechnik, aber eigentlich bin ich jetzt Koch. Ich bewerbe mich gerade für eine Lizenz. Mobil, indisch, glutenfrei. Ich habe einen Psychotest im Internet gemacht. Wusstest du, dass nur 16 Prozent der Menschen das Talent haben, altruistisch zu sein? Danielle wollte mir alle Geschäfte übertragen, aber ich habe abgelehnt. Die Schüler dort waren einfach zu unfreundlich.«

Er gab ihr einen Packen Visitenkarten und sah sie erwartungsvoll an.

Auf den Karten stand in Schnörkelschrift: »Feine Delikatessen & Konventioneller Waffenhandel«.

»Lustig«, sagte Inga freundlich.

An diesem Nachmittag hatte Inga endlich wieder Appetit. Sie bestellte sich im Pappenheimer in Moabit eine Pizza mit öligen Oliven und packte sie noch an der Bushaltestelle aus. Während sie ihre Pizza aß, beobachtete sie eine adipöse

Frau, die gegenüber im Park mit einem Riesenstaubsauger das Laub aufsog.

Die Frau trug eine Kniebundhose, unter der ihre nackten weißen Unterschenkel keilförmig hervorquollen. Komisch, dass sie nicht fror. Immer wieder blieb sie stehen, um sich mit dem Unterarm den Schweiß aus dem Gesicht zu wischen. Sie musste sehr stark sein, denn sie schob das Gerät mit einer Hand durch die Wiese. Hätte die Frau in ihrem orangefarbenen T-Shirt, das direkt bis zum Kinn reichte, denn einen Hals gab es nicht, herübergeschaut, wäre ihr vielleicht aufgefallen, dass Inga die Pizza nach wenigen Bissen sorgfältig eingepackt und zusammen mit einer Flasche Orangensaft in den Kasten neben der Bank gelegt hatte. Eine Einrichtung der Bezirksregierung, nachdem die Zahl der Obdachlosen die 100 000 überschritten hatte.

Die nächsten Tage saß Inga jeden Mittag, eingehüllt in die Decke, in »Bonitas Hof«. Eines Abends kam sie nach Hause und wollte sich gerade den Mantel ausziehen, als Jamal vor der Tür stand. Er hatte seine Handschuhe ausgezogen und hielt sie ordentlich in der Hand wie bei der Messe während der Kommunion.

»Komm rein«, sagte sie. Sie war müde.

»Ich wollte mal sehen, wie es dir geht«, sagte er und nahm einen Stapel Bücher vom Küchenstuhl, um sich zu setzen.

Er kämpfte mit einer Erkältung.

»Ich vertrage das Klima hier schlecht, der deutsche Herbst

ist einfach nix für mich … der *deutsche Herbst*, die RAF, Hanns Martin Schleyer, verstehst du?«

Inga nickte. Sie schaltete den Fernseher an. Eine Geigerin spielte *The First Noel*, ganz zart, und Inga und Jamal hörten zu. Dann kam ein Werbeblock, und Inga drehte die Lautstärke herunter. Um etwas Konstruktives zu tun, kochte sie ihnen beiden einen Salbeitee und setzte, weil Jamal hungrig aussah, auch gleich noch einen Topf Reis auf. Ob es nun am Dampf lag, der vom Herd aus alles in ein sanftes Licht hüllte, oder an der Weihnachtsmusik, Jamal schien sich wohlzufühlen. Er seufzte auf und streckte die Beine von sich weg.

»Hübsch hast du es hier.«

»Danke.«

»Hast du dieses Regal selbst gezimmert?«

»Gezimmert?« Inga fragte, als müsste sie überlegen, was das Wort bedeutete. »Nein, das war mein Mann. Es gibt übrigens nur Reis, ohne irgendwas. Eine Sauce müssen wir uns dazu denken. Doch, warte, ich habe Butter!«

Jamal rollte die Butter zu geriffelten Kugeln, die er in die Mitte ihrer beiden Reisberge legte.

»Ich habe übrigens die Lizenz nicht gekriegt. Der Typ auf der Behörde war Rassist. Ich musste sogar einen Drogentest machen.«

Nachdem sie gegessen hatten, zeigte er Inga auf seinem Telefon Fotos aus Pakistan, die Schwester, die Kinder der Schwester, den Onkel, den Hund. Vor allem den Hund, denn es gab viele wilde Hunde in seinem Dorf, da war es schon etwas Besonderes, wenn man einen eigenen hatte.

»Die Frage ist: Liebt man ein Wesen automatisch, wenn man es von klein auf trainiert, oder nicht?«

»Liebe vielleicht nicht, aber Zuneigung mit Sicherheit.«

Unvermittelt fragte er: »Durga hat gesagt, du und John, ihr wart früher mal ein Paar?«

»Das kann man nun wirklich nicht sagen. Ein Paar waren wir nun wirklich nicht.«

»Okay.« Er glaubte ihr nicht.

»Er hat mit allen geschlafen, aber nicht mit mir.«

Jamal lachte ärgerlich. »Schon wieder so eine Story. Man hätte erwartet, dass ihr Yogis euch ein bisschen zusammenreißt, stattdessen Sodom und Gomorrha, wohin man schaut.«

Zum ersten Mal verstand Inga, dass es für einen jungen, ernsthaften Mann wie Jamal eine Zumutung gewesen sein musste, für Danielle zu arbeiten.

»Soll ich den Müll mit rausnehmen?«, fragte er, als er ging, und griff nach der Tüte.

»Nein, das mache ich selbst«, sagte Inga widerwillig. Sie nahm ihm die Tüte aus der Hand und stopfte eifrig die ungeöffneten Briefe hinein, während Jamal seine Jacke anzog. Sie drängte ihm, weil es nach Regen aussah, einen alten Regenmantel von Homer auf, etwas zu breit vielleicht in den Schultern, aber noch gut erhalten.

Inga hatte an Homer immer belächelt, dass er an das Gute glaubte in den Menschen, und ihm unterstellt, nur zu faul zu sein, richtig hinzusehen.

»Ich glaube an den Weltgeist«, sagte Homer, »der passt auf uns auf.« Dass es letztendlich egal war, woran man glaubte, Hauptsache, man glaubte an irgendetwas, wusste er nicht.

Es war an Almas vierzehntem Geburtstag, als Inga begriff, dass sich zwischen ihr und Homer etwas geändert hatte. Beim Gedanken daran überkam sie bis heute eine nervöse Unruhe, wie wenn es unter einem Pflaster juckte.

Alma hatte sich, seit sie klein war, eine Ballonfahrt gewünscht. Als in der Familie die Zahl der guten Tage noch die der schlechten überwog, wurde dem Kind sein Wunsch jedes Jahr aufs Neue ausgeschlagen. Die Ablehnung diente als unausgesprochener Beleg dafür, dass sie eine intakte Familie waren. Lachend sagten die Eltern und lachten damit auch dem Schicksal ins Gesicht: »Eine Ballonfahrt? Wie süß, sie wünscht sich schon wieder eine Ballonfahrt …!«

Erst als der Ton im Haus erst schärfer wurde und schließlich in ein Schweigen umschlug, in dessen Zentrum das kleine Mädchen konzentriert Züge zerlegte, kam Almas Chance: Die Ballonfahrt sollte nun schleunigst stattfinden.

Dann war es tatsächlich so weit, und sie trieben in einem Heißluftballon Richtung Polen. Exakt fünf Minuten war es schön, bis sie merkten, dass sie viel zu dünn angezogen waren und Homer aufs Klo musste. Er weigerte sich, das Dixie-

Klo zu benutzen, und so segelten sie schweigend wie Zement durch die Luft.

Es war von Anfang an keine einfache Verbindung gewesen. Von der ersten Sekunde an hatte es Streit gegeben. Homer legte den Deckel der Kanne auf den Tisch, damit der Tee schneller abkühlte. Inga fand das hässlich. Homer kaufte sich, wenn seine Arbeitstasche voll war, eine neue und stopfte die alte unter sein Bett. Inga fand es nicht schön, dass er laut gähnte, rhythmisch und in absteigender Tonfolge. Sie fand es albern, dass er aus Angst vor Einbrechern sein Geld versteckte und nicht wiederfand, dass er mit Maggi kochte, dass er eine teure Skiausrüstung, ebenfalls unterm Bett, verstauben ließ und sich weigerte, mit Wechselduschen sein Bindegewebe zu stärken. Am Schluss war es eine Lappalie, die die Ehe zerbrechen ließ. Sie hatten eine Fahrradtour nach Potsdam gemacht, Homer vorneweg in einem eng anliegenden, atmungsaktiven Radsportoutfit, das er aus Italien importiert hatte, Inga hinterher mit Hollandrad und verkrampfter Nackenmuskulatur. Alma hatte sich zu diesem Zeitpunkt bereits ausgeklinkt und hing lieber bei ihrer Nachbarin herum, Frau Deianeira, der sie dabei helfen durfte, Pflanzen umzutopfen und die Vögel zu füttern. Irgendwann wurde die Nachbarin seltsam. Man sah sie mit einer Amsel spazieren gehen, die sie an einer langen Leine herumführte und mit ins Haus nahm.

Homer und Inga waren schon auf dem Rückweg und

kämpften sich im Park von Cecilienhof durch die Menge an Sonntagsausflüglern, die frische Luft innerhalb von Tarifbereich C suchten. Wie gemütlich diese Leute vor sich hin schlenderten, mit einem Eis in der Hand, eine Familie hatte sogar die Großmutter im Rollstuhl dabei und machte ausgelassene Scherze, die Augen stolz auf das kleinste Kind gerichtet, das torkelnd den Kurs bestimmte. Als hätten sie ein Ticket zu einer Veranstaltung, zu der Homer und Inga nicht zugelassen waren.

Vielleicht lag es nur daran, dass sie Hunger hatten, Homer aber nicht dazu zu bewegen war, die geräucherte Forelle, welche, an einem Verkaufstand auf dem Weg nach Potsdam erstanden, nun seit geraumer Zeit in einer Plastiktüte an seinem Fahrradlenker baumelte, ohne Gabel und Messer zu essen.

»Wo denn?«, fragte er mürrisch. »Hier vielleicht?«

Er zeigte auf die Parkauen, auf denen überall Leute im Gras saßen und picknickten, als wäre er nicht der Experte für Grünanlagen.

Inga, die mit Widerspruch gerechnet hatte, überholte ihn und strampelte wütend, bis sie auf eine Familie aus Almas Schule stieß und den Fehler machte, anzuhalten, hinter sich den verhungernden Homer. Prompt kam die Rede auf den Fisch, und als die Mutter anbot, sie könnten den Fisch bei ihnen auf der »Datscha« essen, nahm Homer, ohne auf Ingas Antwort zu warten, an. Die Frau, eine bildhübsche Portugiesin, die nur Englisch sprach, machte ein Gesicht, als bereute sie die Einladung. Der Mann dagegen öffnete freudig eine Flasche Wein, goss Inga und Homer ein und genehmigte sich ebenfalls einen großzügigen Schluck. Homer packte den Fisch aus. Inga und Homer aßen, während die Kinder um sie herumstanden und die Eindringlinge beobachteten. Die Familie war gerade dabei gewesen, ihr Häuschen Richtung Stadt zu verlassen. Die Verärgerung in den Augenwinkeln der Portugiesin blieb Inga nicht verborgen, als die Kinder mit Brettspielen ankamen, in der berechtigten Annahme, die Gäste würden sich nicht trauen, eine Partie Monopoly auszuschlagen.

Homer, zufrieden mit sich und der Welt und im Mund noch den köstlichen Geschmack der frisch geräucherten Forelle, teilte bereitwillig die Karten aus. Er hatte sein Trikot ausgezogen und eine Art Radler-Kombi offenbart, die mit den breiten Hosenträgern und dem hochgezogenen Bund ein wenig an eine Strampelhose erinnerte. Der Vater der Schulfreundin, Millionär geworden durch den Vertrieb eines Computerchips, der, an den Jacken kleiner Kinder angebracht, ein akustisches Warnsignal auslöste, sobald das Kind die Straße alleine betrat – jedes Kind in Almas Klasse hat einen als Geschenk erhalten –, sah Homer amüsiert an.

»Sie sind doch ein intelligenter Mann. Sie müssen doch wissen, was Sie mit diesem Sport für ein Verbrechen begehen. Egal, welchen Sitz Sie benutzen: Beim Radsport wird die Durchblutung des gesamten Unterleibs unterbrochen, teilweise für Stunden. Da können Sie die Sattel polstern, wie Sie wollen.«

Homer, milde gestimmt durch den spritzigen Sancerre, war anderer Meinung.

»Kein Problem, dafür gibt es ja diese speziellen Hosen.«

»Die helfen aber nicht, da der Druck auf den Unterleib bei konstanter Belastung die Blutgefäße absterben lässt«, beharrte der Mann, der sich auf diese Weise bereits für die abendlichen Vorwürfe wappnete, die ihm seine Frau mit Sicherheit machen würde, weil er ein Sportmuffel war.

Homer schüttelte den Kopf: »Kann ich nicht bestätigen.« Er begann die wattierten Einlagen seiner Hose zu demonstrieren. Die hübsche Mutter schlug ungläubig die Hände vors Gesicht, denn es fehlte, wie alle spürten, nur wenig, dass Homer sich, in die Enge getrieben, an den Hodensack gegriffen und die Funktionstüchtigkeit seiner Organe unter Beweis gestellt hätte.

Eine halbe Stunde später, die Mutter hatte sich mit Kopfweh zurückgezogen, war die Flasche Weißwein leer, und Homer sagte zu Inga, als er sich herzlich verabschiedet hatte und beide an ihren Fahrradschlössern hantierten: »Was für ein feiner Kerl, wirklich erfrischend.«

Inga spuckte ihre Antwort voller Verachtung aus.

»Es war eine englische Einladung, eine, die zwar ausgesprochen wird, aber keinesfalls angenommen werden darf.«

Als Inga an der S-Bahnstation Wannsee ihr schweres Rad die Treppen zum Bahnsteig hochhievte und Homer endlich befreit allein in die Pedale Richtung Grunewald treten konnte, ahnten beide, dass das Ende ihrer Ehe gekommen war. Dass sie den richtigen Moment für eine Aussprache verpasst hatten, dass der richtige Moment nicht nur aus Spaß so hieß, merkten sie erst, als es zu spät war.

SPÄTER, BABY

Die Sendung *Meinungen ohne Grenzen*, in der vier Stars aus der Kulturbranche mit einem Gast über »Platon, aber auch Pornografie. Lyrisches und Aktuelles aus dem Untergrund«, diskutierten, plätscherte vor sich hin, bis Sondre an die Reihe kam. Sie war Gast an diesem Abend, eine gute Gelegenheit, um zu zeigen, dass sie mehr konnte als Nachrichtenjournalismus. Von der ihr gegenübersitzenden Feministin, die ihre Handtasche gut sichtbar neben ihre durchtrainierten fünfzigjährigen Beine gestellt hatte, scharf beobachtet, legte Sondre den Kopf schief und machte gleich mal eine Pause. Eine Pause im Fernsehen zu machen war nur auf den ersten Blick leichtsinnig. Tatsächlich bedeutete sie Souveränität, denn in dieser Pause können die Zuschauer umschalten, verstehst du, Inga? Sie könnten eine Terroranschlag planen oder auf Twitter fluchen. Sie können aber auch die Falten der Fernsehgesichter studieren, sich zurücklehnen und nachdenken. Diese letzte Variante, bei der die Zuschauer eine intellektuelle Minierfahrung machten, führe dazu, dass ein Transfer stattfand und sie denjenigen, der ihnen die Erfahrung ermöglicht hatte, für klüger als sich selbst hielten und ihm sogar dankbar waren. An einer Pause erkenne man den Profi.

Demnächst würde ein Platz in der Runde frei werden, Sondre galt als Anwärterin, vom Sender unterstützt, der wusste, dass Moderatoren heute Charakter zeigen mussten, um das Publikum zu fesseln. Sondre wusste all das und begann nach endlosen zehn Sekunden, die Augen noch geschlossen, sachlich ihren Satz: »Der neue Michael-Moore-Film *Woman Punkt – Invest or Die!* ist super.«

Der Regisseur, ein alter Freund von ihr, unterbrach sie: »Nicht ›Punkt‹, Liebes. Da ist kein Punkt.«

Sondre setzte von Neuem an: »Der neue Michael-Moore-Film *Superwoman Invest …*« Sie unterbrach sich und winkte zwinkernd Richtung Regie. Dann machte sie rasch wieder ein ernstes Gesicht. Pause. Konzentration. Und …

»Der neue Michael-Fox … Der neue Michael-Moore-Film … äh.«

Sie kam partout nicht auf den Titel, es war etwas mit »M«, aber was?

»Sondre, sollen wir eine Pause machen?«

Die anderen Teilnehmer sahen sie interessiert an. Mit einem Mal spürte sie Neugier bei ihnen, die sich vor der Kamera stets gespreizt »Kollegen« nannten. Hinter den Kulissen sprachen die drei, zu denen außer der Feministin, der ehemaligen Chefredakteurin einer großen Frauenzeitschrift, ein *Tagesthemen*-Moderator, der Marathon lief, sowie ein junger Dramatiker, der mit einer syrischen Frau und ihren drei Kindern zusammenlebte und sich auf keinen Fall mit dem Establishment gemein machen wollte, gehörten, kaum miteinander.

Sondre schüttelte den Kopf und sagte: »Nein, ist ja lächerlich. Wir ziehen das jetzt durch, und ich gebe eine Runde Sekt aus hinterher!«

Der junge Kameramann gab ihr das Zeichen. Es war schon wieder ein neuer, den sie noch nicht kannte. Seit man die festangestellten Kameraleute alle in den Ruhestand verabschiedet hatte und stattdessen Freie für ein Drittel anheuerte, wechselte ständig das Team.

»Und … Kamera läuft.«

Sondre saß kerzengrade, sah ruhig in die Kamera, öffnete ihre sorgsam mit Grundierung, Lipliner und Gloss ausgemalten Lippen und sagte: »Der neue Supermichael …«

Als Sondre Inga dies alles erzählte, fragte sich Inga, warum erzählt sie mir das? Hat sie keine Freundinnen? Sondre hatte so lange Nachrichten auf Ingas Handy geschickt, bis diese nachgegeben hatte.

»Und dann?«, fragte Inga höflich.

»Dann habe ich angeblich den Tisch umgeworfen. Jetzt bin ich beurlaubt.«

Auf dem Platz, auf den Sondre spekuliert hatte, saß nun eine junge Regisseurin, die »am liebsten in Afghanistan« drehte.

Sondre und Inga hatten sich in einem Café in der Straße,

in der Inga Bonita im Hinterhof gesehen hatte, verabredet und tranken Kurkumatee. Sondre sah keinesfalls strahlend aus, als sie ins Café latschte, die Haare an die Stirn gepappt, das Gesicht blass und zugleich fleckig rot, als hätte sie zu hohen Blutdruck.

»Ich pfeife aus dem letzten Loch, wie du siehst«, sagte sie.

»Weil Homer ausgezogen ist?«, fragte Inga.

»Ach, nein. Oder doch. Seitdem ihn dieser Obdachlose gebissen hat, ist er verändert. Ich weiß, das klingt albern, aber er sieht darin ein Zeichen, als wäre er verflucht. Der Weltgeist ist weg. Ich hoffe so, er beruhigt sich wieder. Dass seine Tochter ihn nicht sehen will, das macht ihn so fertig, darüber kann er überhaupt nicht reden.«

Sondre fand gut, dass Homer jetzt Weihnachtsbäume verkaufte. Offensichtlich hatte Homer, seitdem er arbeitslos geworden war, seine Zeit damit verbracht, Petitionen zu schreiben, Vorschläge bei öffentlichen Ämtern einzureichen, zum Beispiel für die Verlängerung der Ampelphase Torstraße, Ecke Schönhauser: für alle diejenigen, die die Kreuzung auf der Ostseite Richtung Senefelder Platz überqueren wollten.

»Und wusstet du das mit den Flugblättern? Er hat sie vor Almas Schule verteilt. Papier! Im 21. Jahrhundert!«

In den ersten Tagen, nachdem er die Mail entdeckt hatte, habe er seine Flugblätter mit Almas hübschem Gesichtchen nicht nur vor ihrer alten Schule, sondern auch vor Clubs und Bars verteilt. Doch nicht nur seine Welt hatte sich geändert. Die meisten Leute waren Touristen, sie hörten ihm freundlich zu und vergaßen ihn in der nächsten Minute. Die Flugblätter hingen tagelang im Gebüsch, vom Regen aufgeweicht, und Homer habe schließlich aufgegeben. In dieser Zeit habe er einen enormen Energieverlust gespürt, und prompt verging ihm die Lust an seinen ehrenamtlichen Tätigkeiten.

Das war leider nicht alles. Denn während ihm das Leben eine Zwangspause verordnete, sei etwas außerordentlich Peinliches geschehen. Homer hatte einen Großteil seines Geldes (unseres Geldes, dachte Inga) an eine NGO in Tansania gespendet, die die ursprünglichen Wanderwege der Elefanten in der Nähe der Serengeti wiederherstellen wollte. Mit der Spende wollte er sich einen Job sichern, mitarbeiten, ganz konkret, aber auch auf Planungsebene. Das Paar, das die NGO gegründet hatte, ein Italiener und eine Schweizerin, steckte das Geld jedoch in den Rohbau einer Lodge, wie Homer auf Google Maps entdeckte, als sie seine Mails nicht beantworteten. Homers Traum – er hatte sich schon Zäune einreißen und mit den lokalen, korrupten Beamten Tacheles reden hören – zerbrach, noch bevor er auch nur einmal einen Fuß auf afrikanischen Sand gesetzt hatte. Er durfte nicht mal protestieren. Die Schwester des Italieners war mit dem Rundfunkintendanten des RBB verheiratet, eine gesellschaftliche Panne sei viel schlimmer als eine finanzielle.

»Das hat er Gott sei Dank kapiert«, sagte Sondre. »Er hat sich so geschämt, dabei sind wir doch ein Paar. Ich habe ihm nicht einmal Vorwürfe gemacht, auch wenn das Ganze so idiotisch und naiv war. Jetzt tut er so, als wäre er selbst ein

Lebewesen, das vom Aussterben bedroht ist. Identität ist aber, da wirst du mir zustimmen, etwas, woran man arbeiten kann. Transformation fällt einem nicht in den Schoß. Alles hängt doch von der Einstellung ab, oder etwa nicht?«

Inga zuckte mit den Achseln.

Identität? Kaum jemand stand so auf Esokram wie diese Medientypen. Es war vermutlich ihre Art, mit dem Druck fertigzuwerden, dem sie in ihrem Job ausgesetzt waren. Transformation bedeutete für sie, Hindernisse zu überwinden, Blockaden zu lösen, aber alles ausschließlich emotional. Wenn die Karriere stockte, verlagerte man seinen Ehrgeiz auf die Seele, fertig, aus.

Inga betrachtete Sondres eingerissene Fingernägel. Der Redeschwall dieser Frau rührte sie, dauerte aber schon ziemlich lange. Als Nächstes, darauf wettete Inga, würde sie noch über ihre Isolation im Job und die unterschwellige Feindseligkeit der Frauen untereinander reden wollen. Inga kannte die Sehnsucht vieler Frauen, ernsthafte Gespräche mit ihren Freundinnen zu führen, in denen sie über etwas anderes sprachen als über Männer. Klappte nie. Früher oder später sagten sie entsetzliche Dinge wie: »und dann haben wir uns die Möpse unters Kinn geschnallt und sind auf die Tanzfläche«.

Und tatsächlich.

»Ich bin dir so dankbar, dass du gekommen bist. Weißt du, meine Kolleginnen tun zwar so, als würden sie mich mögen, aber ich spüre es genau. Sie werden nicht damit fertig, dass ich erfolgreicher bin als sie. Aber deshalb bin ich trotzdem eine Frau, die Probleme hat mit ihrem Mann.«

Inga hatte nicht ewig Zeit. Sie wollte noch mal den Hinterhof kontrollieren und vor allem diese Wohnung unterm Dach, aus der es nach Desinfektionsmittel gerochen hatte.

»Warum treffen wir uns eigentlich hier? Hier ist die Kriminalität am höchsten«, sagte Sondre auf einmal und sah sich um.

»Jetzt beruhig dich mal«, sagte Inga, »der Tee ist gut.«

Sondre lächelte dünn: »Stimmt. Mir gefällt's eigentlich.«

Vor dem Café stritt sich ein junges Paar. Der Gesichtsausdruck des Mädchens wechselte von Verzweiflung in Wut. Der junge Mann hielt die Augen auf sein Handy gerichtet, den Kiefer nach vorne geschoben. Oh Gott, wie froh Inga war, nicht mehr jung zu sein. Sie beneidete diese Frauen, die immerzu recht haben wollten, kein bisschen. Als ob es im Leben darum ginge, recht zu haben.

»Gehen wir?«, fragte Inga.

Als sie ihr Geld auf den Tisch legten neben den alten Eierkocher, der als Vase diente, sagte Sondre unvermittelt: »Schau mich mal an. Fällt dir nichts auf?«

»Nein.«

»Nein? Wirklich nicht?«, fragte Sondre plötzlich mit leichtem Triumph. Sie zog an ihren schwarzen Samtleggings und ließ sie mit einem Schmatzen zurückschnalzen, klopfte sich auf den Bauch, der unter einer indischen Tunika steckte, kniff sich in die Wangen, fasste sich schließlich albern an beide Brüste und hob sie hoch. Schließlich platzte sie mit jenem diffusen Hochgefühl, das Frauen brauchen, um die Übelkeit der ersten Wochen zu meistern, heraus: »Ich bin schwanger!«

Deshalb wollte sie sich also treffen. Inga fühlte sich mit einem Mal tonnenschwer. Das war ja ein Ding.

»Du weißt es nicht, aber Homer und ich, wir hatten Probleme, schon lange«, sagte Sondre. »Weil ich nicht schwanger wurde. Das hat er mir vorgeworfen. Dass mir mein Job wichtiger sei. Dabei bin ich jede verdammte Woche zum Fuckyoga gelaufen. Entschuldige, ist nicht persönlich gemeint.«

»Dann müsste er sich doch jetzt freuen. Warum ist er dann ausgezogen?«

Der Neid, der sich in ihr zu regen begann, als Sondre »schwanger« gesagt hatte, zog sich zurück in seine mickrige Höhle. Es war ihr herzlich egal, was die beiden machten, sie würden es schon hinkriegen. Homer würde dieses Mal nachts aufstehen. Man konnte ihn zum Einkaufen schicken, er würde vorlesen und nett zu den Babysittern und Kindergärtnerinnen sein. Er wäre ein besserer Vater, geduldiger, ruhiger, liebevoller. Lauter tolle Aussichten, aber jetzt musste sie wirklich los.

»Weil …«, Sondres Gesicht wurde scharlachrot, »es nicht von ihm ist.«

Es war vom Regieassistenten, Sondre erfüllte ja auch sonst jedes Klischee. Ein Ausrutscher in der Maske und genetisch also evolutionstechnisch gesehen die bessere Wahl, weil der am Ausrutscher Beteiligte aus dem Libanon kam.

»Er weiß nichts davon, also der Regieassistent«, sagte Sondre und atmete hörbar aus. Sie setzte zu einem Vortrag über Polygamie an, über *The End of Men* von Hanna Rosin, jenen Bestseller der Nullerjahre, der das Ende des 200 000 Jahre dauernden Patriarchats verkündete (und jetzt einen Haufen flattrigen Seidenpapiers in Sondres Gästezimmer in Kleinmachnow beschwerte) und Naomi Wolfs Biografie *Vagina*. Sie redete und redete. Kein Wunder, sie schwamm in Zeit. Als Angestellte wurde sie, auch wenn man sie beurlaubt hatte, weiter bezahlt.

Ende des Patriarchats? Das würde noch ein paar Hundert Jahre dauern. Sondre saß in der Patsche, wie alle modernen Frauen. All die Geschlechterdebatten hatten doch nur falsche Erwartungen geweckt. Solange es Macht gab, würden Menschen sie missbrauchen, Männer wie Frauen. Auch Sondre würde es versauen.

Aus einem Impuls heraus rückte Inga ihren Stuhl näher heran, bis ihre dicken Knie Sondres Beine berührten, und sagte: »Ich helfe dir!«

Es war natürlich ausgeschlossen, dass sie beide jemals Freundinnen werden könnten, aber Familie, ja, das konnte sie sich vorstellen. Sie winkte den jungen Mann mit dem Dutt heran und bestellte Prosecco. Der Alkohol würde nicht schaden, so blass, wie Sondre war. Und tatsächlich, Sondre stürzte das Glas herunter. Ihr Gesicht nahm Farbe an, und sie schwieg eine Weile. Dann sah sie auf.

»Danke, dass du gekommen bist. Ich weiß, dass du mich

nicht magst, aber ich mag dich und würde mir so wünschen, du würdest mich auch mögen. Man kann gut mit dir reden, und ich brauche jemanden, mit dem ich reden kann. Besonders jetzt. Ich habe schon richtige Petit-Bateau-Visionen. Als Studentin habe ich bei einer Architektenfamilie geputzt, und im Bad hatten sie diese winzigen Noppen, die angenehm unter den Füßen kitzelten. Es war schon sauber, bevor ich angefangen habe, aber um diese Noppen musste man trotzdem herumschrubben. Den Müllbeutel habe ich immer, ohne hinzuschauen, aus dem Eimer genommen. Alles war weiß und hellblau in der Wohnung. Ich habe mir geschworen, dass ich niemals in einem solchen Wäscheschrank wohnen würde. Ich würde niemals ein Hängeregal aus Stoff haben für meine Schuhe. Ich hätte schwarze Stiefel und Liebhaber, schlecht rasiert und schlecht erzogen. Von was man als junges Mädchen eben so träumt, wenn man von nichts eine Ahnung hat. Die Frau hatte auch ein Kind, vielleicht war deswegen alles so sauber.«

»Wenn man andere verletzt, ohne dabei selbst Schaden zu nehmen, stimmt was nicht mit einem. Aber es tut dir ja leid, und Homer wird sich schon daran gewöhnen«, hörte sich Inga sagen, »du wirst sehen. Das Kind wird alles verändern, und es wird in jedem Fall anders, als du denkst.«

Dann stand sie auf. Der Prosecco hatte sie müde gemacht. Nur der leiernde Reggae-Sound war zu hören und die Stimmen der beiden spanischen Touristen, die neben ihnen am Fenster saßen. Für den Hinterhof war es zu spät.

Sie schlüpfte in ihren feuchten Mantel und sagte im Weggehen mit Blick auf Sondres Busen: »Kauf dir bald einen Stütz-BH, entlastet dein Rückgrat.«

Am nächsten Morgen stand Inga noch früher auf als sonst und fuhr in Bonitas Hof. Dieses Mal würde sie sich nicht abwimmeln lassen. Ihr Handy klingelte. Danielle. Sie ging nicht dran. Inga dachte an den Dackel und sehnte sich mit einem Mal nach dem Tier. Erna hatte Krishna als Therapiehund angemeldet, damit sie in Zukunft zwei Sitzplätze im Flugzeug bekommen konnte. Eine SMS trudelte ein. Danielle schrieb, sie habe sich von Matt getrennt. Inga wunderte sich. Warum erzählten ihr die Leute solche Sachen? Ausgerechnet ihr, einer Frau, der doch alle davonliefen. Die Tochter, der Mann, alle Männer. Jack hatte mit seiner letzten Klage um sein Check-out-Patent überraschend recht bekommen und war nach China geflogen, um sich neue Geschäftspartner zu suchen. Als er sie zuletzt von Tegel aus angerufen hatte, hatte sich seine Stimme auf der Mailbox fast wie früher angehört.

»Warte nur, bis ich zurück bin. Dann machen wir beide einen Tanzkurs.«

Das Treppenhaus war dunkel und roch nach Abfall, den man nicht hinausgebracht hatte. Mechanisch stieg sie Stockwerk für Stockwerk nach oben, eine Hand gegen den Bauch gepresst, um das gewohnte Stechen in Schach zu halten.

Aus einer Wohnung klangen tibetische Gesänge. *Om mani padme hum.* Die Hymne auf das Mitgefühl. Ein raunender Sound, der im Amrit als Endlosschleife lief. Die naive Vorstellung der Leute von absoluter Gegenwart, die Beschwörung einer neuen Lebensweise, die Glorifizierung einfacher Genüsse – all das klang, als wäre man im Inneren eines Sofakissens gefangen. Keiner der angehenden Lehrer fragte danach, was dieses Denken eigentlich bedeutete. Ein Leben im Augenblick ohne Verbitterung oder Hoffnung, vor allem ohne Hoffnung, war eine Illusion. Niemand konnte ohne Hoffnung leben.

Das Stechen wurde stärker. Inga blieb für einen Moment stehen.

Jeder Millimeter ihres Bewusstseins war belegt. Es war Alma, die darin herumgeisterte, eine Alma, die gleichzeitig vier Jahre alt war und siebzehn, eine Alma, die als kleines Mädchen in der Badewanne saß, Almachen, die minutenlang auf einen Wurm starren konnte, die brav mit Papier und Schere bastelte und blitzschnell zu einer jungen Frau wurde, die immerzu die Wohnungstür ins Schloss krachen ließ. Auch Homer tauchte auf, ein Spaghetti kochender Schatten seiner selbst, ein Rücken, der den Kofferraum ausräumte, ein kräftiger Arm, ein Mann, der weich wurde mit dem Alter und Inga dadurch zwang, härter zu sein, als sie es wollte.

Inga griff vergeblich nach dem Geländer.

Sie wachte auf, als ihr Bett gegen eine Wand stieß, registrierte die kühle Bettdecke und hielt sich an ihr fest, um nicht aus dem Bett zu fallen. Teller stießen gegeneinander, ohrenbetäubend, eine Deckenlampe kreiste über ihrem Kopf. Ich habe Fieber, dachte sie.

Im Dämmerzustand hörte sie eine glockenhelle Stimme, die sie aufforderte: »Komm mit zum Fluss!«

Dann wieder wurde es schwarz, und ihr war, als würde sie in eine gewaltige Höhle hinabsteigen. Sie war wohl sehr krank. Immer wieder musste sie sich regelrecht festklammern, um nicht aus dem Bett geschleudert zu werden.

Einmal bekam sie Besuch von Alma. Zurechtgemacht wie eine Gruftigretel mit dicken Zöpfen und kurzem Schottenrock, stand sie da und streckte ihrer Mutter die lieben, runden Kinderärmchen entgegen.

Irgendwann musste sie sich aufsetzen. Jemand stützte sie. Ihre Bettwäsche wurde gewechselt. Erschöpft sank sie zurück auf ihr Lager, vage den Geruch der frischen, verschossenen Laken wahrnehmend. Ihr Geist war nur mäßig interessiert, eine angenehme Benommenheit blieb.

Inga war nicht alleine im Zimmer, so viel war klar, aber mehr wusste sie nicht. Einmal löffelte jemand einen Kirschjoghurt in ihren Mund, mit starkem Aroma, ausgesprochen köstlich. Einmal zog eine Frau Ingas Arm unter der Decke hervor, quetschte ihn in eine Manschette und murmelte: »102 zu 59.« Die Frau hatte einen Pony, und in ihrem Gesicht klebten Pflaster. »Hallo und willkommen unter den Lebenden. Ich bin Schwester Ursula. Und Sie sind?« Inga sagte ihren Namen. »Wie bitte?« Schwester Ursula erklärte, dass sie schwerhörig sei, und neigte ihr Gesicht zu Inga herunter, um besser zu hören.

Nachdem die Schwester das Licht ausgemacht hatte und gegangen war, wurde im Dunkeln ein Röcheln und Gurgeln laut, das aus dem Bett gegenüber kam.

»Mann, ist die pampig«, sagte die Stimme.

Aus dem Dunkel schälten sich neben dem Bett gegenüber noch zwei weitere Betten, in denen wohl ebenfalls Menschen lagen.

Schwester Ursula kam zurück, drehte das Licht an und wandte sich diesmal dem Bett neben der Tür zu.

»Da ist ja Blut, das auch noch. Ich bin heute alleine auf der Station … aber keine Sorge, das kriegen wir hin …«

Die Frau mit dem Blut zog sich die Decke bis zum Hals. Die Schwester redete weiter.

»Moment mal, wie alt sind Sie denn? Haben wohl nicht mehr damit gerechnet …?«

»Nein«, antwortete die Frau leise.

Inga war froh, dass sich die Frau mit dem röchelnden Husten nicht einmischte, und schlief wieder ein.

Als sie aufwachte, stand die Sonne im Raum. Inga fühlte sich, als hätte sie ein Lastwagen überrollt, zerschlagen, zerfetzt und doch gerade noch davongekommen. Eine Frau, die Haare wie Elvis zu einer Tolle aufgetürmt, stand schwer atmend am Fußende ihres Bettes und sah Inga an. Wie auf Visite fragte sie mit dem vertrauten nassen Röcheln im Hals: »Und, was haben wir denn? Was Gastromäßiges, oder?«

Von der Frau ging körperlich etwas Schäbiges aus, das beruhigend auf Inga wirkte. Sie hieß Elvis und wartete auf eine Operation. Alle zwei Stunden zog sie sich umständlich mehrere Schichten aus Fließpullovern an und verschwand. Kam sie, eingehüllt in einen Mantel aus kaltem Rauch, zurück, machte sie an jedem Bett Station und ließ den Frauen ein gutes Wort angedeihen.

Und tatsächlich, es ging voran. Interessiert registrierte Inga, dass ihr Zeitgefühl zurückkam. Abends servierte ihr Ursula neuerdings einen wässrigen Vanillepudding, den sie im Liegen schlürfte, denn aufstehen durfte sie noch nicht.

Es war mitten in der Nacht, als schlimme Kopfschmerzen Inga nicht wieder einschlafen ließen. Eine Klingel gab es nicht, also beschloss sie, auf eigene Faust ein paar Schritte zu gehen, zum ersten Mal seit sie im Treppenhaus zusammengebrochen war.

Anscheinend hatte der Hausmeister sie gefunden, wenn auf Elvis' Bericht Verlass war, ein selbst ernannter Hausmeister, der im Hof in einem Verschlag neben dem Fahrradständer wohnte. Dass Ingas Kollaps dem Mann, wenn man so wollte, ebenfalls einen Dienst erwiesen hatte, erfuhr sie später durch die Schwestern. Von Antidepressiva dick und schläfrig geworden, drehte er unbezahlt seine Runden in den Höfen und Treppenhäusern, um nach dem Rechten zu sehen. Um die Frau, die zusammengesackt auf der Treppe im Aufgang A lag, zu retten, hatte er im sechsten Stock bei den »Kitteln« geklingelt, wie er die Mädels mit den müden Gesichtern, die sich nie in ein Gespräch verwickeln ließen, nannte. Mühelos hatten drei von ihnen die Frau hochgehoben und in die Wohnung gebracht. Ihn hatte man bei der Gelegenheit gefragt, ob er für ein kleines Entgelt Besorgungen erledigen könnte, und, als er zustimmte, sofort zur nächsten Food-Sharing-Adresse geschickt, um Lebensmittel abzuholen.

Den Rest erfuhr Inga von Ursula. Die Geschwulst in Ingas Bauch hatte man herausschneiden müssen. Doch die Wunde entzündete sich, daher das hohe Fieber. Die Frauen, die kamen, um Inga zu untersuchen, waren jung, Studentinnen, und stets in Eile. Sie waren freundlich, aber sachlich, und erst nach einer Weile fiel Inga auf, dass sie niemand nach ihrer Versicherungskarte gefragt hatte. Ob sie ihr Scoring kannten? Vage erinnerte sie sich. Bürgerrechtler hatten die bundesweite Datenerhebung des Gesundheits- und Heimatministeriums zwar gestoppt – und hatten sie nicht sogar Klage beim Bundesgerichtshof in Karlsruhe eingereicht? –, aber wie viele Gesundheitsdaten tatsächlich schon erhoben waren und wer darauf Zugriff hatte, wusste niemand. Auch sonst schienen die Ärztinnen kein Interesse an Inga als Bürgerin zu haben. Ingas Fragen, wo sie hier eigentlich gelandet war, beantworteten sie stets mit: »In Sicherheit.« Nur einmal fing Inga den Blick einer Ärztin auf, den sie nicht einordnen konnte. Sie hatte Inga nachdenklich angesehen, fast neugierig.

Sie wartete einen Moment, nachdem sie sich aufgesetzt hatte, und fischte dann nach ihren Strümpfen. Vorsichtig stand sie auf, wartete, bis ihr Kreislauf so weit war, und zog sich sorgsam das kurze Nachthemd über die Schenkel. Wie ein Frachter schob sie sich durch das Halbdunkel entlang der schimmernden Metallstangen der Krankenbetten zur Tür, wo sie ein heftiger Schweißausbruch überfiel.

Statt wie erwartet auf einen Krankenhausflur trat sie in ein winziges Zimmer, dessen Wände zugestellt waren mit Regalen voller medizinischem Zeugs, Fläschchen und Verbandsmull sowie Wäsche in Pappkartons. Hygienisch ist das nicht, dachte Inga und schob sich schnaufend über das Linoleum zur nächsten Tür, ihre Achselhöhlen glitschig vor Schweiß. Mit Mühe öffnete sie die Tür und stand in einem weiteren Zimmer, fast einer Halle, die anscheinend als Wartezimmer diente, denn überall standen Stühle. Der Raum war leer bis auf zwei Frauen, die in einer Ecke saßen. Sie sahen kurz auf und redeten dann weiter. Beide hatten Babys im Arm und trugen einen Hijab.

Inga spürte noch, dass ihr jeden Moment die Beine wegsacken würden. Als sie die schwerhörige Schwester auf sich zueilen sah, sagte sie, zwischen den Stühlen am Boden liegend: »Es tut mir leid. Ich wollte nur ein Aspirin. Ist nur der Kreislauf.«

Schwester Ursula ging ohne ein Wort weg und kam mit einem Rollstuhl zurück. Geschickt hievte sie Inga hinein, schob sie zu den Frauen ans Fenster und drückte ihr eine Tablette mit einem Pappbecher Wasser in die Hand. Sie war verärgert, keine Frage, und sagte: »Wir sind gerade mitten in einer Geburt. Bleiben Sie in Gottes Namen sitzen. Wehe, Sie rühren sich. Haben Sie mich verstanden? Ich hole Sie dann ab.«

Die Frauen unterhielten sich nur mehr flüsternd, seit Inga in ihrer Nähe saß. Ab und zu sah eine von ihnen zu Inga herüber und zog ihr Baby näher an sich heran. Es waren prächtige kleine Babys, fest eingewickelt in weiße Polyesterdecken, mit dichten schwarzen Wimpern wie Puppen. Inga starrte sie an, bis eine der Frauen begann, ihr Baby zu stillen. Da war es wieder, ein schwaches Echo, das Wissen, einmal etwas besessen zu haben, das sie im wahrsten Sinne des Wortes ausgefüllt hatte. Mühsam zwang sich Inga, wegzusehen. Das süße Ziehen im Unterleib, als sie für eine Sekunde die nackte Brust der Mutter gesehen hatte, brachte eine Wahrheit ans Licht, so banal wie vernichtend: Es war einfach, Mutter zu werden, aber jeder Schritt danach konnte ins Unheil führen. Jeder Meter war belastet von Sorge und Kummer, und beides wurde man nie wieder los.

Ruhig saß sie in ihrem Rollstuhl neben den beiden Frauen, die eine fremde Sprache sprachen, und fühlte, wie sich die Einsamkeit in ihr zu einer vertrauten Faust zusammenballte. An der Wand hing ein Plakat mit einem Spruch: »Geschichte ist die Summe der Lügen der Sieger. Aber auch die Summe der Selbsttäuschungen der Besiegten.« Sieger, Besiegte, all das war weit weg für Inga. Und überhaupt, zu viele Genitive für ihren Geschmack. Eine der Frauen bot ihr schließlich ein Glas süßen schwarzen Tee an. Inga bedankte sich und machte ihr ein paar unbeholfene Komplimente zu ihrem Kind.

Schließlich kam Schwester Ursula, brachte sie zurück zu ihrem Bett und sagte, während sie die Decke an den Seiten fest unter die Matratze klemmte: »Sie bringen hier alles durcheinander. Wir können nicht ewig um Sie herumwirtschaften. Sie bleiben jetzt liegen, sonst setzen wir Sie vor die Tür, verstanden?«

Inga fühlte sich durch die Drohung mickrig und gleichzeitig gut aufgehoben. Erst als die Schwester weg war, überlegte sie, was sie wohl damit gemeint hatte: Warum wirtschafteten alle um sie herum?

Eine Woche später durfte sie dann trotzdem plötzlich abends aufstehen und mit Elvis, die ihr aufmunternd den Arm um die Hüfte legte, in das Wartezimmer gehen, das ganz anders aussah, als es Inga in Erinnerung hatte. Überall brannten Teelichter, und die Stühle waren im Kreis aufgestellt.

»Komm, hier«, sagte Elvis und schob Inga in die zweite Reihe. Das große Zimmer war fast voll, etwa fünfzig Frauen und auch einige Männer saßen und standen herum. Niemand beachtete sie, und Inga, die von Elvis einen Camp-David-Pullover geliehen bekommen hatte, blickte sich ausgiebig um, verblüfft, so viele Menschen auf einem Haufen zu sehen.

Schließlich erschien eine junge Frau. Sie trug ein Sweatshirt, auf dem »Love Is Our Religion« stand, und eine lange Narbe quer über der Stirn. Sie begann ein langes, kompliziertes Gebet zu sprechen, in einer Sprache, die Inga nicht kannte. Vor Inga machte ein junger Typ mit Dreadlocks Übungen gegen Nackenverspannung. Jedes Mal wenn er seinen Kopf in ihre Richtung kreisen ließ, erreichte Inga ein durchdringender Modergeruch. Wahrscheinlich wohnte er im Keller. Inga saß zwischen Elvis und einer Frau mit Brille, die lange Zahlenkolonnen aufschrieb und offenbar Kopfrechnen übte.

»Ihr wisst ja«, fing die junge Frau nun auf Deutsch an zu sprechen, »dass wir hier kein Weihnachten feiern, aber weil einige von euch klargemacht haben, dass sie ein emotionales Defizit verspüren« – hier stieß Elvis Inga ihren fleischigen Ellenbogen in die Seite und warf ihr einen triumphierenden Blick zu –, »haben wir uns entschlossen, unsere Kredituhr vorzustellen.«

Inga verstand nicht. Was für eine Uhr?

»Deshalb bitte ich jetzt alle aufzustehen, die sich dafür angemeldet haben.«

Vereinzelt erhoben sich Frauen. Auch der Dreadlocktyp stand auf und versperrte Inga den Blick.

»Bitte denkt dran, dass wir mit Erdwärme heizen und sehr bald die Beleuchtung ins Off geht. Also haltet euch an die vorgegebene Frist von zwei Minuten pro Nase.«

Die erste Frau begann auf Arabisch zu sprechen, konzentriert und ruhig. Als sie schwieg, führten alle die Handflächen zusammen und zur Stirn. Ach so, dachte Inga, so eine Art Fürbitten. Dann hob die Nächste an, auch sie murmelte etwas auf Arabisch, und so ging es weiter. Nur die Frau neben Inga ließ sich bei ihren Rechenaufgaben nicht stören, hielt aber jedes Mal, wenn die anderen die Hände zusammenlegten, im Schreiben inne. Während der ganzen Veranstaltung herrschte eine konzentrierte Ruhe, die nur Elvis störte, wenn sie Inga laut Zusatzinformationen zuflüsterte wie: »die ist mit Zwillingen übers Meer«, »von den Kurden« oder »die haben sie aus der Spree gezogen«.

Schließlich kam der Dreadlocktyp an die Reihe und sagte: »Ich liebe die Pflanze. Ich tue alles für die Pflanze. Ich habe ihr alles gegeben. Gratitude, Man.«

Inga sah Elvis an. Die zischte »Das ist der Ayahuasca-Junkie. Sven. Unser Schamane.«

Dann ging, wie angekündigt, das Licht aus. Nur die Teelichter flackerten noch eine Weile. Schließlich dankte die Frau der Gruppe und verschwand.

»Ich find's 'ne schöne Sache«, schwatzte Elvis und half Inga beim Aufstehen.

»Was ist mit der Kredituhr?«, fragte Inga in die Dunkelheit hinein.

Ihre Nachbarin mit dem Zahlenblock, die eine Krücke trug, wandte sich zu ihr und erklärte: »Wir leben alle auf Kredit auf dieser Erde. Unsere Zeit läuft ab. Das gerade war unser Gratitude-Abend. Der nächste ist in zwei Wochen. Sie können gerne mitmachen. Man muss sich nur anmelden.«

Inga hätte einige Fragen gehabt, aber offenbar war ein längerer Aufenthalt nicht vorgesehen, denn Elvis schob und zog Inga sanft zurück zur Tür. Untergehakt schlurften sie gemeinsam durch die Wäschekammer zurück in ihr Zimmer.

Elvis zündete sich am Fenster eine Zigarette an. Inga trat neben sie. Zwischen den Gitterstäben konnte man nach unten in einen kahlen Hof sehen. Bis auf ein Summen war nichts zu hören. In den Vorhängen aus Efeu, die an der Brandmauer gegenüber herunterhingen, hatten sich kleine Vögel eingenistet. Jetzt, wo alles, was seit Wochen einbandagiert war, schmerzte und wehtat, pochte es auf einmal wieder in Ingas Herz. Oder klopfte tatsächlich jemand an die Tür? Inga drehte sich um, aber niemand war da.

»Willst du?«, fragte Elvis und hielt ihr die Zigarette hin.

»Ja«, sagte Inga, »warum nicht?«

Zarte Schneeflocken waren auf einmal überall, und eine übermächtige Stille begann alles zu schlucken.

Jack kam zu Besuch mit einem großen Strauß gelber Astern und verschwand gleich wieder, um eine Vase zu suchen.

Als er endlich zurückkam, war Visite, und er musste gehen. Inga war sich nicht sicher, aber es sah aus, als hätte er beim Hinausgehen Schwester Ursula etwas gefragt und ihr einen Geldschein hingehalten.

Auch Erna und Durga besuchten sie. Erna verschlang die mitgebrachte Schokolade selbst.

»Warum gehst du nicht in ein richtiges Krankenhaus«, fragte sie, »ist das überhaupt legal, was die hier machen? Obwohl, Hippokratischer Eid, oder?«

Inga zuckte mit den Schultern. Sie war doch in einem richtigen Krankenhaus. Erna suchte vergeblich einen Papierkorb und steckte das Schokoladenpapier schließlich in ihre Handtasche.

»Hätte ich mir selbst nie gekauft, so eine teure Schokolade.«

Durga erzählte von ihrer Baustelle. Die Arbeiten ruhten, weil jemand die Mobilzäune geklaut hatte und die Schallschutzvorschriften nicht eingehalten worden waren.

»Was ich nicht verstehe«, fragte Durga schließlich, »wer hat mir eigentlich diese SMS geschickt, dass ich dich hier besuchen kann?«

Auch darauf wusste Inga keine Antwort. So wird es jetzt immer sein, dachte sie nicht unzufrieden, nichts Besonderes wird mehr passieren in meinem Leben, und Antworten gibt's auch keine mehr. Dann war das Zeitfenster für einen Apfel, den Durga lieber an der frischen Luft essen wollte, und sie ging.

Eines Morgens war der Schnee weg, nur ein paar schwarze Eisklumpen glitzerten noch in der Sonne. Ingas Arme und Beine waren dünn geworden. Ihren Kittel konnte sie jetzt problemlos zusammenbinden. Den Rollstuhl brauchte sie nicht mehr. Sie durfte halbtags in der Küche mitarbeiten und schnitt geduldig große Kohlköpfe klein. Nur ihr Appetit kam nicht zurück. Abends las sie Bücher über Expeditionen im 18. Jahrhundert, die sie im Vorzimmer in einer Tüte von Saturn gefunden hatte. Eine Bücherspende.

Elvis war entlassen worden. In ihrem Bett lag jetzt eine Frau aus der Ukraine, die immerzu telefonierte und kein Interesse an Inga hatte. Inga vermisste Elvis. Ihr hätte sie erzählen können, dass sie nun endlich die Figur hatte, die sie immer haben wollte, jetzt, wo es ihr egal war. Sie wurde immer schmaler und ernährte sich von Zwieback, während sie darauf wartete, dass die Vögel in den Hof zurückkamen.

Irgendwann, das Sonnenlicht fiel schräg auf die Dielen, ging die Tür auf, und Alma kam herein. Eine erwachsene, junge Frau mit roten Wangen, die einen Schwung kalter Luft mit sich brachte. Sie kam auf ihre Mutter zu, ihre Augen warm, die Arme offen. Sie lächelte und sagte: »Hier bist du also! Wir haben dich überall gesucht.«

MIX
Papier aus verantwortungsvollen Quellen
FSC® C083411
www.fsc.org

ISBN 978-3-351-05072-6

Blumenbar ist eine Marke der Aufbau Verlag GmbH & Co. KG

1. Auflage 2019

Einbandgestaltung zero-media.net, München
Gesetzt aus der Minion Pro von Greiner & Reichel, Köln
Druck und Binden CPI books GmbH, Leck, Germany
Printed in Germany

www.aufbau-verlag.de
www.blumenbar.de

SHARLENE TEO
SCHÖNE MONSTER
ROMAN
Blumenbar

Fragments
de cauchemar américain

interzone

Retrouvez plus d'informations sur l'auteur à l'adresse
www.inventaire-invention.com

ISBN 978-2-914412-44-5

KARIM MADANI

Fragments de cauchemar américain

et autres textes

Inventaire/Invention

Fragments de cauchemar américain

New York, the city never sleeps. Propulsée des entrailles de l'aéroport JFK jusqu'aux limbes d'Atlantic Avenue, Brooklyn, ma caméra mentale opère d'improbables travellings. Avenues mythiques et arrière-rues aux forts relents de tiers-monde, trottoirs luisants et impasses ubuesques. La Grosse Pomme pourrie par les vers de la corruption et du crime. Dans la rue, je croise ces vers obèses abominablement repus. Le cauchemar climatisé aère les canalisations de mon intellect. Five boroughs : Manhattan, la vaine illusion électronique ; le Bronx, l'abcès béant ; Brooklyn, La Mecque du hip-hop ; le Queens, labyrinthe dantesque et Staten Island, la ville des moines Shaolin et des trente-six chambres de la perception.

Il faut encore filer le long du Van Wyck Expressway pour rejoindre Manhattan. En arrivant sur le pont, les bâtiments désincarnés de la cité Queensbridge me font un sourire macabre. Le Queens est la reine du crépuscule. Les buildings de Manhattan cachent des océans de misère. Jamais l'expression *concrete jungle*, pourtant largement galvaudée, n'aura été aussi véridique. Les clodos de NYC n'auront pas tous été neutralisés par l'honorable maire Giuliani. Près de Port Authority, la gare routière, les parias et autres exclus du rêve s'agglutinent. La ville toxique, speedée, sous crack, m'hypnotise. Je sens le rythme des pulsations cardiaques de la mégalopole. Les nuisances organiques sonores sont amplifiées par les tempos magnétiques qui s'arrachent des enceintes des bagnoles. La ville relève du sampling, du collage. Les sirènes de police enveloppent un million de dialectes, les lumières deviennent paranos. Je vois des Latinos dans le *block*, énorme jésus en or autour du cou. Un kilo facile. Un bijou porté par les grosses pointures du ghetto. Quelques séquences plus tard, je suis dans la Grande Bibliothèque de NYC, là où des rappeurs faméliques et frigorifiés trouvent refuge, se nourrissant de Shakespeare et de Bertrand Russell. Je consulte de vieux manuscrits byzantins. Dans le Bronx, je contemple des graffitis maintenant immémoriaux. Le South Bronx, descendez à Hunt's Point : des spectres phosphorescents de substance chimique vous offriront peut-être la danse du *crackhead*. Le métro. Un flic derrière chaque tourniquet. La mairie appelle ça Tolérance zéro. Là où il y a de l'argent et des touristes. Dans les beaux quartiers. Ma caméra filme le bouillonnement des cuisines de l'enfer, le quartier s'appelle Hell's Kitchen. Les flics ont depuis longtemps fui les miasmes émanant des énormes marmites. Le quartier du Bowery est un long gargouillis dans la bouche crasseuse d'un vieux pochard. Mon angle de vision englobe aussi Canal Street où des Chinois revendeurs de souvenirs sont menottés par les flics du NYPD (New York Police Department). D'autres Chinois, avec des carrioles, disparaissent dans les profondeurs de la ville en quelques secondes. Gros plan sur une voiture de police avec trois inscriptions sur la carrosserie : *Courtesy*, *Respect*, *Professionalism*.

Atlantic Avenue à Brooklyn. Des immigrants arabes tentent de survivre. Salaires misérables et dollars poisseux. Le billet vert pour lequel des types flinguent d'autres types. La scène suivante me propulse au sud de Brooklyn, Brighton Beach. L'océan Atlantique où de vieux juifs trempent leurs pieds malades. À l'ombre de Coney Island en fleurs, aux pétales d'acier rouillé. On me refuse l'accès d'un disquaire parce que je ne suis pas russe. Ici on est à Little Odessa et c'est la mafia ukrainienne qui dicte ses lois. Je bouscule un type dans la rue, il s'arrête, il réfléchit : « Est-ce que je vais buter ce petit con perdu dans notre territoire ? » Ma caméra mentale fonctionne normalement. L'air du large chasse la puanteur urbaine de mes circonvolutions cérébrales.

Le Queens. South Side pour être plus précis. Rebaptisé South Suicide Queens. Les gangs de LA, les fameux Crips et Bloods, ont émigré à New York. Les couleurs criardes déchirent la nuit. Des bagnoles ivres prennent d'étranges trajectoires. Mon pote rappeur Jay me raconte qu'un de ses meilleurs amis s'est fait effacer juste devant sa maison. Les tireurs voulaient tuer son cousin. Les passagers des avions qui quittent JFK n'imaginent même pas la profonde dépression de ce quartier, situé à quelques encablures de l'aéroport.

Manhattan, de la 42e à la 49e Rue, West s'il vous plaît. Les vendeurs de *weed* (l'herbe locale) m'apostrophent religieusement à tous les coins de rue. J'ai la fièvre. Pas assez d'argent pour aller à l'hôpital. Il n'y a pas de Sécu. Faut raquer à la caisse avant de recevoir des soins. Dans la rue, les gens n'ont plus de dents, ils sont à moitié aveugles, diabétiques, cancéreux. Une nation de malades. Noirs, Latinos et quelques Blancs malchanceux crevant la dalle.

Les tréfonds du métro. Les audacieux resquilleurs risquent un sérieux passage à tabac assorti d'un séjour au pénitencier. La carte du réseau bombarde mon intellect de messages subliminaux : un entrelacs de veines colorées irriguant le monstre, de minuscules vaisseaux sanguins explosant en impacts assourdissants. Les stations défilent : Bushwick, Flatbush, Wilson Street. Nous survolons le ghetto de Brownsville, East New York. Spots de came gangrenant toutes les artères, *liquor stores* et églises décrépites. Les gosses braqueurs, que l'on appelle des *stick-up kids*, braillent à tue-tête que le monde entier est un ghetto. Un autre quartier, Bedford Stuveysant, surnommé *Do or Die* (marche ou crève). Mike Tyson est un enfant du quartier. Des tribuns clament que c'est la CIA qui a rapporté la coke dans les ghettos. D'autres orateurs se succèdent : « Où sont les laboratoires qui fabriquent la came, dans le ghetto ou dans la jungle amazonienne ? Où sont les fabriques d'armes automatiques ? Dans le ghetto ? »

Harlem, 125e Rue. Des membres de « la nation des 5 % » tiennent un meeting (5 % d'hommes noirs, les rares élus, possédant la suprême vérité, déterminés à délivrer l'Humanité de la suprématie d'Occidentaux multinationalisés...). J'ai voulu en savoir plus sur ces hommes et ces femmes. Les hommes s'appellent *gods* (les dieux) entre eux. Ils appellent les femmes *earth* (la terre). Une de leur expression favorite est *word is bond* (la parole est le lien indéfectible). Les jeunes filles sont appelées *wisdom* (sagesse). Leur vocabulaire mystique a été repris par la communauté hip-hop.

Toujours dans Harlem, Malcom X Boulevard. Les leaders assassinés peuplent Harlem. Martin Luther King Boulevard. Un boulevard de balles et de douilles. Et puis je dérape dans Spanish

Harlem. Immigrants fraîchement débarqués, gangsters homologués, hommes d'Église prêchant dans le désert glacé des rues.

Traversant ce quartier appelé Alphabet City, grouillant de pauvres hères analphabètes, j'observe l'étrange symétrie des avenues A, B, C. L'économie schizophrène de la ville tourne autour de la coke. Les dealers contrôlent leur spot comme un panoptique de Foucault. Le singe qui squatte le dos des camés n'a jamais été aussi vorace. Je vois des toxicos courbant l'échine sous le poids de la Guenon. Soudain le monde m'apparaît froid, terriblement froid.

Ma fièvre n'est plus qu'un mauvais souvenir. Au loin, on peut discerner les hauteurs de Riker's Island, le grand pénitencier qui se trouve à quelques encablures de Times Square. Le grand terminus de la criminalité. Une zone criminogène. Déversant des effluves cancérigènes dans l'organisme malade de la ville. Chaque petite tumeur a grossi dans les rues, puis a été impitoyablement phagocytée par des anticorps fascistoïdes.

La ville, c'est vrai, ne dort jamais. Elle clignote dans ma tête. Les néons sales agonisent. Sans fin. J'aime et je déteste cette ville comme une fille qui m'aurait brisé le cœur. Mon propre rythme cardiaque s'accélère quand je brûle les rues de New York. *Five boroughs*. Cinq fragments de cauchemar.

Une nation cannibale

Dans l'avion qui m'emmène à Los Angeles, je feuillette les journaux américains et européens. Partout, des gros titres aux entrefilets, il n'est question que de guerre, d'anthrax, de destruction atomique et bactériologique. Les hôtesses de l'air, les passagers semblent étrangement calmes et détendus. Pourtant, à peine un mois auparavant, des appareils de ligne s'écrasaient contre les tours jumelles du World Trade Center, vision de cauchemar pour n'importe quel scénariste catastrophe hollywoodien... Deux passagers évoquent des programmes américains d'écoutes téléphoniques : si, par exemple, vous prononcez le mot Afghanistan, taliban ou Ben Laden, vous déclenchez immédiatement un complexe mécanisme ayant coûté à peu près les trois quarts du PNB d'un pays comme le Bangladesh.

Ces mots-là sont des mots codes, déclencheurs ou interrupteurs… J'ai l'impression nette et certaine d'évoluer dans les coulisses d'une mauvaise série B, époque guerre froide… Je scrute les visages de certains passagers, y cherchant des traces de peur, de consternation, d'horreur. Je ne vois rien. Les écrans de télévision s'allument et une insipide comédie nous est offerte. Les amateurs de film d'action musclée, à base d'explosions et de prises d'otages, vont devoir attendre de longues années pour voir leurs films favoris dans un avion.

J'arrive à LAX, l'aéroport international de la Cité Des Anges Déchus.

Légèrement assommé par un sommeil artificiel allongé d'une bonne dose de décalage horaire, je ne me rends pas compte de l'activité policière régnant à l'intérieur du terminal. Des gardes nationaux, des flics en civil, en uniforme, des militaires, des vigiles sont postés à peu près partout. Arrivé au comptoir de L'INS (Immigration and Naturalization Service), une légère inquiétude me saisit. À Paris, des proches m'ont prévenu : « Tu verras, avec ton nom, les agents de l'immigration vont te poser un million de questions. » J'ai lu quelque part que des politiques américains essayaient de faire passer une loi permettant de placer en détention administrative tout individu suspecté d'activité terroriste. Inutile d'apporter des preuves, une simple suspicion de la part d'un agent fédéral suffirait. Je suis persuadé que la plupart des gens sont paranos. Rien de pathologique cependant. Une légère paranoïa...

Mais l'agent de l'immigration me demande si je suis DJ, me sourit et me souhaite un agréable séjour à LA.

Felipe, un photographe de Compton, m'attend à l'aéroport. Les militaires quadrillent toujours le secteur. Alors que nous pénétrons dans la ville, dans une grosse Ford grise, j'ai l'impression de glisser dans une autre dimension. Je repense à ce film de William Friedkin, *To Live and Die in LA* (Vivre et mourir à LA). Cette ville est tellement grande que ses résidents ont du mal à s'en extirper. Dans West Holywood, une voiture sur deux arbore une bannière étoilée. Du patriotisme à l'état pur. Felipe m'explique : « La plupart des Américains moyens ont été bercés par une idéologie de la consommation : consommez et taisez-vous.

Regarde le nombre de supermarchés qu'on a déjà dépassés. Tu peux passer toute ta foutue vie dans l'un de ces supermarchés ! La plupart de mes concitoyens ont été infantilisés par l'école, le cinéma, le gouvernement. Alors que les gros budgets sont alloués à la Défense et aux prisons, notre système éducatif public est à peine plus efficace que celui d'un pays comme le Mexique. Les médias se font le relais de la propagande. Peu d'Américains savent, par exemple, que Ben Laden travaillait pour la CIA. Et s'ils l'apprenaient, je crois bien qu'ils en chialeraient. Pourquoi notre belle nation a-t-elle travaillé avec des méchants ? C'est le genre de question qu'ils se poseraient. D'une candeur effrayante. »

J'observe un pauvre bougre posté à un carrefour. Il tente désespérément de vendre des drapeaux à la sortie d'une station-service. Le problème, c'est que tout le monde roule en voiture et qu'il n'y a aucun piéton dans ce périmètre. Le vendeur de drapeaux, sale, hagard, maladif, agite son bout de tissu bariolé. Tout cela me semble d'une ironie déconcertante.

Le soleil californien est étrange. Presque mortifère. Un soleil gris. Une épaisse nappe de pollution plane sur la ville… Je tente une petite expérience. Marcher. C'est dingue, marcher est chose incongrue à LA. Je marche le long d'une dizaine de *blocks* sans croiser âme qui vive. J'ai vu des flics contrôler un piéton. Ici, par piéton, comprenez un pauvre, et les flics arrêtent les piétons pour vagabondage. En observant bien (mais de loin) les pratiques des flics du tristement célèbre LAPD (Los Angeles Police Department), c'est le spectre de James Ellroy qui vient s'écraser sur votre rétroviseur. Une affaire célèbre a éclaté ici, il y a quelques années. L'affaire Rampart, qui mettait en cause des officiers du LAPD dans des affaires de corruption, de meurtres, de trafics de drogue. Felipe, d'origine mexicaine, ne porte pas vraiment ces flics dans son cœur. « Un jour, ils m'ont sorti de mon véhicule (*to pull over*, expression signifiant qu'on a été contrôlé un peu brutalement, ndla), m'ont plaqué un flingue sur la tempe et m'ont demandé pour quel gang je roulais. Je leur ai répondu que j'étais journaliste et que je n'appartenais plus à aucun gang depuis mon adolescence. Ils m'ont demandé si j'avais de la drogue ou de l'argent, j'ai répondu par la négative et ils sont partis.

Ces *vatos* (connard en argot mexicain, ndla) peuvent te flinguer à tout moment, surtout si tu es latino, chicano ou black. Je les poursuis actuellement devant les tribunaux de la ville. Mais l'instruction est longue. » Les flics du LAPD, je l'ai appris par la suite, adoptent des comportements de miliciens ou de ce qu'on appelle communément aux États-Unis des *Vigilantes*. Un flic peut même cumuler plusieurs emplois, comme agent de sécurité, videur pour un club, garde du corps, plombier, et même bibliothécaire. La police de LA s'apparente plus à une police privée n'obéissant strictement qu'aux seules consignes du maire.

La *Westcoast* possède son propre style de vie. Alors que New York est plutôt hypocondriaque, hallucinée, presque cardiaque, LA s'impose par sa gargantuesque indolence. Une indolence de surface. Car l'observateur averti a vite compris qu'une violence extraordinaire se tapit dans l'ombre des palmiers asthmatiques. Nous passons souvent, par exemple, devant ce que Felipe appelle « un spot de *Vets* » : il s'agit d'un carrefour où s'agglutinent des dizaines d'anciens combattants du Vietnam, prostrés dans leurs chaises roulantes, barbus et chevelus, crades, affamés, désespérés. Les oubliés de la guerre du Vietnam. « Une fois qu'ils ont fini le sale boulot que le gouvernement leur a demandé d'exécuter gentiment, ils sont rentrés aux USA dans l'espoir d'obtenir de solides avantages financiers et médicaux. Le gouvernement, conspué par l'opinion publique de plus en plus hostile à la guerre, les a laissés tomber. Beaucoup étaient complètement toxicos, psychopathes, handicapés, blessés, amputés. Le gouvernement en a fait des sans-abri. Ceux qui prétendaient que la CIA avait testé des produits " spéciaux " sur eux croupissent aujourd'hui dans des bunkers psychiatriques. » Les vétérans du « Nam », comme on appelle cette guerre ici, ont pratiquement tous l'œil mort. Un regard vide. Indicateur d'une désespérance cosmique.

Hier, j'ai erré pendant des heures dans un gigantesque supermarché des faubourgs de LA. J'ai vu quelques zombies pousser des Caddie, le regard mort, perdu dans la contemplation d'une bouteille de nettoyant ménager. J'ai vu une vieille femme noire chercher désespérément quelques piécettes pour s'offrir un énorme gâteau phosphorescent. J'ai vu une jeune

Chicana hurler près des caisses, maudissant son bon d'alimentation du gouvernement qui n'était plus valable depuis deux jours. Et ce soleil qui nous écrasait, un soleil implacable. Je me retrouvais parfois devant un énorme magasin de robinetterie et de miroirs, au milieu du Grand Nulle Part. D'un côté, la beauté (à couper le souffle) des jeunes Mexicaines et de l'autre, la laideur des interminables tunnels tagués reliant le *barrio* au reste de la ville. Je retrouve l'ombre d'Ellroy à peu près partout. Est-ce la bande-son de mon imaginaire qui déraille ? Probablement. J'aime me repasser ce cauchemar angelino en boucle. C'est presque instructif. Divertissant.

À LA, vous trouvez à peu près n'importe quel spot. Par spot, il faut comprendre un endroit, un lieu, spécialisé dans une activité précise. En traversant l'agglomération d'ouest en est (des heures de voiture), on tombe sur des spots de *chronic*, du nom de cette fameuse herbe californienne dont les mérites ont été tant vantés par les gangsta rappeurs. On peut aussi trouver des spots de crack dans des zones ultra-criminogènes comme le quartier d'Imperial Courts, à Watts. Le genre de quartier où brûler les feux rouges vous est fortement conseillé par la police. Felipe décide de m'emmener sur un spot de *low-riding*, sur Compton Boulevard, en plein cœur du ghetto chicano. Le *low-riding* est un loisir qui remonte à l'époque des zoot-suits, dans les années quarante (des Mexicains portant des costumes totalement extravagants, bien avant l'apparition des « sapeurs » congolais). Ces jeunes Chicanos partageaient un mode de vie fait de frime, de petits trafics, de femmes, d'alcool et de grosses voitures. Ce style de vie se voulait en rupture avec celui des parents immigrés, dociles et écrasés par l'Amérique *wasp*. La police tua une centaine de ces jeunes sapeurs, alors qu'ils manifestaient pour le respect de leur droits civiques. En 2001, les jeunes Chicanos de Compton Boulevard se sont aussi organisés en gangs ; ils vouent un amour immodéré à leurs voitures. Le *low-riding*, c'est la version américaine du tuning hexagonal. Il consiste le plus souvent à bricoler et à conduire de grosses bagnoles délirantes et ronflantes, provoquant par la même occasion la colère policière. Les *low-riders* se considèrent comme des rebelles dans une Amérique de plus en plus répressive.

Ils cultivent un certain art du clinquant, narguent les flics, fument la *weed*, chatouillent les flingues. « Mon père était *low-rider*, je suis *low-rider* et mon fils sera probablement *low-rider*, affirme Low-Dog, un gars du quartier, c'est une culture de la résistance contre les flics. Le *low-riding*, c'est un élément de la culture des gangs, mais ça dépasse aussi le concept de gang. Le *low-riding*, c'est une façon d'exister pleinement dans un système qui veut te broyer. »

On transforme des Chevrolet réglementaires en *muscle cars*, c'est-à-dire en monstres d'acier et d'aluminium. Fait notable, pratiquement tous les pavillons (sur la côte ouest, la notion de *housing project*, cité HLM largement répandue dans l'Est, est à peu près inexistante) sont dans un état avancé de délabrement. Ces maisons pourries contrastent brutalement avec ces engins rutilants et bruyants dont les seules suspensions ont dû coûter une année complète d'aide sociale. Les jeunes gangsters saluent Felipe, un ancien du *hood*, le quartier. Felipe appartenait lui-même à un puissant gang de Compton Boulevard, avant de décider de laisser tomber cette vie-là. « J'ai participé à quelques *drive by shooting* (le fait de tirer à partir d'une voiture) quand j'avais seize ou dix-sept ans, j'en ai aujourd'hui trente-trois. Que dire ? L'Amérique dévore sa jeunesse comme une nation cannibale. Elle offre des flingues à des enfants pour qu'ils puissent tuer d'autres enfants. C'est un style de vie complètement suicidaire : je tue ton *homie* (de *homeboy*, littéralement des amis du quartier ndla), alors tu viens me buter, et mon frère ira te buter ! Ces choses ne s'arrêtent jamais. Les émeutes de 1992 n'ont rien changé, on parlait d'une trêve entre gangs rivaux, mais j'ai l'impression que c'était une opération de propagande gouvernementale. J'ai une statistique : depuis 1979, 20 000 mômes ont été tués par arme à feu dans ce pays. » Les jeunes gangsters arborent les couleurs de ce qu'on appelle ici la *familia*. « Ton père s'est barré quand t'avais deux ans et ta mère fume du crack... Normal que tu veuilles entrer dans une vraie famille, un gang qui veille sur toi, qui te protège, qui te file à manger et à boire, des fringues de marque, de l'argent » lâche un ex-membre de gang appelé Tony. Je discute avec les *gangbangers* (membres de gang) du quartier. Quelques-uns s'étonnent qu'un Parisien vienne visiter le « trou du cul du monde » pour reprendre une de leurs expressions. Ici, une chose m'intrigue. Je ne vois pas de drapeaux. Skoob, un gangster repenti, balance : « Je peux me choper une balle en traversant ma propre rue et " ils " pensent que je vais devenir un putain de patriote ! J'ai pas le temps de penser à l'Afgha... *Fuck* comment on dit déjà ? Afghanistan (péniblement articulé, ndla). Je pense à ma propre survie dans la rue. Comment nourrir mes gosses sans dealer, comment les soigner, comment les scolariser sans qu'ils risquent de prendre une balle dans la cour de récré ? Quand j'aurai résolu tous ces problèmes, je pourrai effectivement aller acheter un drapeau chez le Coréen du coin. » D'autres Chicanos tiennent le même discours. Apparemment, les pauvres, Noirs ou Chicanos de surcroît, n'ont pas peur de mourir carbonisés par des terroristes. Ils pensent avant tout à leur propre survie au sein d'une Amérique industrialisée et prospère. Compton Boulevard me fait penser à une excroissance tiers-mondiste. Les voitures des *low-riders* n'en finissent pas de rebondir sur leurs amortisseurs de luxe. Un ex-gang chicano, reconverti dans le cinéma (ils sont conseillers artistiques pour Hollywood, surtout pour les films tournés dans le ghetto, comme *Training Day* ou *The Fast and The Furious*, où leur connaissance intime du quartier et des habitants demeure indispensable au bon déroulement d'un tournage de film), me raconte des dizaines d'anecdotes sur la vie dans le *hood*. L'un des ex-gangsters les plus respectés du quartier, Magdaleno « Guic One DRP » Robles (tout le monde l'appelle Guic), arrive au volant d'un simple 4x4. Guic et moi, nous nous saluons. Le Chicano m'entraîne dans un coin, regarde les bungalows délabrés : « On peut dire que j'étais le pire cauchemar de l'Amérique et qu'aujourd'hui je goûte enfin ma part de rêve américain. » Guic constitue une énigme pour les statistiques : avec une probabilité de 90 %, comment diable se fait-il qu'il ne soit ni mort, ni drogué, ni en prison ? « Il y a deux ans à peine, je faisais mon temps dans un pénitencier d'État. J'ai adhéré à un gang à l'âge de cinq ans. Je participais à peu près à toutes ses activités, c'est-à-dire aux bagarres de rue, graffitis, vandalisme, vols à l'étalage. Je crois qu'on peut considérer ça comme de la petite délinquance ordinaire, rien de bien méchant.

Mais à l'âge de douze ans, les ennuis commencèrent à devenir un peu plus sérieux. Je traînais avec des gars qui portaient des couteaux et des flingues sur eux, qui se faisaient tatouer les symboles du gang sur la peau. Un jour, il y a eu une... escalade ? Oui, c'est ça, une escalade, un de mes potes a tiré sur son prof à l'école. Ma mère, elle s'appelle Joséphine. Elle a voulu m'éloigner de mon école en m'inscrivant dans une école de l'autre côté de la ville, et tu connais l'immensité de LA. On passait quatre heures par jour dans la voiture. Je crois que ma mère avait honte de moi et me détestait. Le problème, c'est que cette école était infestée de gangs, juste comme la précédente. J'ai recommencé à dépouiller des passants, à cambrioler des baraques. Autour de moi beaucoup d'amis se faisaient assassiner, incarcérer ou devenaient accros au crack. La seule chose qui m'ait empêché de basculer totalement, c'est le hip-hop, la musique. Mec, quelle époque ! Les gangs de LA, c'était des histoires de drogue, de territoires, de vengeance, de respect. On vivait tous dans la peur, mais personne ne l'admettait, de crainte de passer pour une gonzesse. Tu pouvais mourir pour rien, juste en bousculant quelqu'un sans avoir présenté d'excuses. J'avais des *homies* dont le seul job était d'infliger de la souffrance et de la douleur autour d'eux. Il n'y a rien de glorieux dans le fait d'appartenir à un gang, tu traînes dans la rue en volant ceux qui ont plus de fric que toi. La pauvreté appelle la colère, et les gangs se nourrissent de ça. La plupart n'ont jamais connu mieux ou autre chose. Les écoles publiques sont pathétiques. Elles ne t'enseignent pas à devenir un entrepreneur, juste à te faire exploiter par le patronat et à rester pauvre. La plupart des *gangbangers* de la première génération, comme leurs parents, ne parlaient pas anglais et se contentaient de boulots pénibles et mal payés. Ils n'étaient pas dans une configuration où ils auraient pu s'attendre à quelque chose de meilleur. Ma mère a trimé toute sa vie, elle m'a toujours répeté que je valais mieux que ça. Et moi, je continuais à traîner avec des gangsters ! Je crois qu'à un moment ma vie a vraiment changé : j'ai commencé à vendre de la cocaïne et du crack, je trimballais un calibre et j'en étais arrivé au point où j'allais devoir tuer ou

être tué. J'ai alors été condamné à quatre ans de prison pour vente de stupéfiants et possession d'armes prohibées. Au même moment, j'avais trouvé un boulot de stagiaire dans un label de hip-hop. Ma mère a chopé une maladie incurable, un problème de foie et de reins. Le juge a annulé la sentence et m'a donné une dernière chance de me réhabiliter. Il fallait absolument que je trouve une porte de sortie, légale celle-là. Par chance, j'ai rencontré cet acteur latino, Danny de La Paz, qui m'a invité sur le tournage d'un film. J'ai réussi à placer des musiques de mon cru dans plusieurs de ses films. Je me suis fait de nouveaux amis et j'ai accumulé les tournages. Mec, je crois bien que le Chicano désespéré et foutu venait de ferrer ce sacro-saint Hollywood ! »
Guic profite alors de l'engouement des producteurs hollywoodiens pour la culture des gangs. Il réalise des musiques et devient consultant à plein temps pour des films comme *The Fast and The Furious*, une fiction sur les rodéos clandestins à Los Angeles. D'autres films suivront, et Guic réussit enfin à s'extirper du merdier angelino dans lequel il s'enlisait depuis l'âge de cinq ans. Il en a trente aujour-

d'hui. « Oh ! Merde, un gangster doit aimer l'Amérique, ironise Guic. J'ai joué dans un film où je devais porter des lunettes de ski (accessoire très prisé par les braqueurs des ghettos américains, ndla), un automatique et un gilet pare-balles (il n'est pas rare de croiser, sur les lieux de revente de drogue des pires ghettos américains, des dealers aux vêtements gonflés par un gilet pare-balles, en vente libre dans certains surplus, ndla), autant dire que j'étais comme chez moi ! Tu sais, Hollywood développe beaucoup d'idées reçues sur la culture des gangs. Les concepts hollywoodiens sur les gangs sont pratiquement tous erronés. C'est là où j'interviens. Les détails, dans un film sur les gangs, sont déterminants : les lettrages des graffitis, les fringues, l'argot... » L'homme qui, deux ans auparavant, ne payait pas d'impôts et n'avait même pas de compte en banque boit aujourd'hui des cocktails avec Sean Penn ou Bruce Willis au cours de sauteries mondaines. « Certains *gangbangers* m'accusent d'être un pseudo-gangster, un vendu, mais mes vrais amis sont contents pour moi. Quand tu es dans un gang, il n'y a que le gang qui compte. Tu es persuadé que le gang est la chose la plus merveilleuse qui te soit arrivée. Mais quand tu adoptes un point de vue extérieur, tu te rends compte que tout ça est affreux, absurde ». La sainte Trinité du *barrio* : prison, mort et addiction. Plus loin, Roberto, un *ex-banger*, rappelle à tous que l'apartheid américain et la violence qu'il génère continuent de frapper quotidiennement la majorité des habitants du *barrio* ; Roberto relève sa chemise de foot et me montre un tatouage. « C'est les dates de naissance et de mort de ma petite sœur, elle s'est pris une balle dans la tête à l'âge de quinze ans, alors qu'elle était sur le chemin de l'école. Qu'elle repose en paix ! » Les anecdotes me donnent le tournis. C'est vertigineux. Et chacun des gangsters de relever son bas de pantalon pour exhiber des cicatrices, souvenirs de blessures par balles. Épaules, tibias, avant-bras, cuisses, cous, chevilles, aisselles, doigts, coudes, hanches, toute l'anatomie du ghetto défile devant mes yeux ébahis : blessures innombrables, cicatrices brunes et protéiformes, neuf millimètre, calibre 45, pistolet-mitrailleur Tech-9, AK-47, flingue autrichien Glock, fusil d'assaut M-16 ou Mac-10, petit Beretta baptisé Saturday Night Special !

Tous les jeunes à deux kilomètres à la ronde se sont fait tirer dessus au moins une fois au cours de leur vie. « J'ai pris une bastos dans le dos alors que je sortais de l'épicerie » lâche Riqué, comme s'il avait dit : « Hier matin, j'ai mangé de la tarte au petit déjeuner. » Sans aucune trace d'émotion dans la voix. Le monde entier craint la guerre, mais qui se soucie de la guerre quotidienne qui a lieu dans ce quartier ? « Les autorités font croire aux gens qu'elles ont définitivement réglé le problème des gangs, mais c'est faux. Les gangs de LA sont toujours en activité. Les Bloods, les Crips, les White Fence, ainsi que les sous-groupes comme les Rollin'Sixties ou les Hoovers. Je pense que l'Amérique est atteinte d'une tumeur, et tant qu'elle ne soignera pas sa jeunesse défavorisée, eh bien, la tumeur grossira de plus en plus » commente Felipe. Le professeur de sociologie urbaine Mike Davis, dans un excellent ouvrage intitulé *City of Quartz*, avait mis en garde les autorités compétentes. « Dans une société de plus en plus réactionnaire et barricadée, où la solidarité est strictement rationnée par le déficit budgétaire et la révolte fiscale des classes moyennes, où un démagogue populiste comme William Bennett assouvit son délire sécuritaire dans une pseudo-guerre contre la drogue, comment s'étonner que les jeunes des quartiers pauvres nourrissent leurs propres fantasmes de pouvoir les armes à la main ? Les signes d'un désastre imminent sont omniprésents : partout dans les ghettos, et même dans les banlieues reculées où végètent de petits Blancs défoncés aux amphétamines, les gangs se multiplient, les flics deviennent toujours plus violents et arrogants, et toute une génération est entraînée vers une probable apocalypse. »

Thou Shalt Not Steal

Voilà un précepte qui n'a pas beaucoup marqué Thirstin Howl III, une légende de la culture *Lo Life*. C'est dans les rues de Brooklyn que cet ex-tireur se sent le plus à l'aise, et plus particulièrement dans son *hood*. L'homme, un imposant Portoricain au visage débonnaire (contrastant avec sa voix toute en basse et lourde de menace), arpente le complexe HLM Marcus Garvey Village, situé dans un secteur très dur de Brooklyn : Brownsville.

Peu de gens en France (et en Europe, probablement) ont entendu parler de la culture du *boostin'*, de la culture *Lo Life* et encore moins de Thirstin Howl. La culture *Lo Life* est née à Brooklyn, à la fin des années 80 (probablement en 88). L'expression *Lo Life* a vu le jour d'une manière totalement fortuite et abrupte.

Big Vic Lo, un pionnier, essuyait une rafale d'insultes, tirée à bout portant par une petite amie d'une jalousie maladive. La jeune femme lui aurait dit : « Tu es un *Low Life.* » Ce qui pourrait se traduire par « tu es un minable ». *Low* signifiant « bas ». Big Vic Lo pratiquait le *boostin'* comme un sport local depuis quelques mois déjà, avec des amis de son quartier ; le *boostin'* consiste à opérer une razzia dans un magasin, en bande (de cinquante à soixante-dix membres) et très vite. Dans le *dress code* (code vestimentaire) de ces chapardeurs, la marque Polo Ralph prit une importance à première vue grotesque mais cruciale pour qui veut réellement comprendre la mentalité de ces « tireurs ». La marque Polo se voit amputée de sa première syllabe et s'imbrique parfaitement dans le néologisme *Lo Life*, jeu de mots entre luxe (la prestigieuse marque) et vie de rue.

Victor De Jesus, le *government name* de Thirstin Howl (appelé ainsi pour son insatiable soif... de vol d'alcool), a arrêté le *boostin'* depuis pas mal d'années déjà. Aujourd'hui, il a monté un petit label indépendant, Skillionaire Entreprises, et gère sa carrière de rappeur. Il a même signé sur un gros label, Landspeed, ce qui lui a assuré une bonne distribution en Europe (vous pouvez trouver son disque *Skilligan's Island* chez pas mal de disquaires parisiens). De Jesus a quitté la partie quand le programme de Tolérance zéro a été lancé. Pour qui connaît un peu le New York d'aujourd'hui (et surtout Manhattan), entendre parler de *boostin'* peut sembler stupéfiant. On imagine mal les prestigieuses enseignes de l'île (Macy's, Bloomingdale, Saks Fifth Avenue) prises d'assaut par une centaine de jeunes Noirs et Latinos, tous vêtus de Polo Ralph Lauren ! C'est ubuesque, sauf pour De Jesus : « On avait pris l'habitude de terroriser la 42e Rue les vendredis et samedis soir. On était si nombreux qu'on payait jamais pour aller au ciné. Fallait vraiment être stupide pour essayer de nous en empêcher. Le vol faisait tellement partie de notre mode de vie qu'on chourait même notre cargaison de bière maltée dans la boutique adjacente au cinéma ! On rentrait dans la boutique, on prenait des bouteilles de Old English 800, devant le vendeur, sans les planquer et on sortait tranquillement, comme si on avait payé (rires). Je crois qu'on était responsables de 75 % des actions répréhensibles commises dans le secteur. » Si les gosses de riches volent, c'est souvent par ennui, rébellion, désœuvrement. Rarement par nécessité. Mais dans la zone East NY Brownsville, une mère de famille touchant les allocs possède à peine de quoi payer un paquet de Pampers. Thirstin Howl a grandi dans une cité infestée par le crime et la drogue, ironiquement appelée Marcus Garvey Village. La culture du *boostin'* s'est vite implantée sur un terrain social déjà miné par l'échec et la haine de soi. Les *lo lifers* veulent absolument exister, dans un New York plombé par une ségrégation vicieuse et une pauvreté endémique. Il suffit de descendre à la station de métro Broadway East NY à Brooklyn pour prendre la température du ghetto. Paysage d'asphalte désincarné où des gosses sans espoir jouent avec des pneus usagés dans une gigantesque casse automobile. Partout les mêmes *playgrounds* tristes, avec leurs paniers défoncés et leurs murs graffités. Pour décrire ce monde glacial (avec une rare ironie), Thirstin a écrit cette rime *I'm a citizen of a cold world/i'm the alaskan fisherman* (je suis le citoyen d'un monde froid/je suis le pêcheur d'Alaska). Les premiers gosses à revendiquer l'étiquette *Lo*

Life viennent de deux sections différentes de BK (Brooklyn) : Crown Heights et Brownsville. Ces gosses s'organisent en *posses*, en bandes. Le terme *posse* renvoie à l'époque de la Frontière, où des hordes de cow-boys se formaient dans le but de contrôler les villes nouvelles. Ces *posses* (dont les scénaristes de western furent avides) employaient exclusivement le langage de la poudre et contribuèrent à forger une iconographie violente de la ville. Le *posse* de Crown Heights prit le nom de Ralphie Kids (toujours cette référence à Ralph Lauren). C'est un *lo lifer* appelé G-George, vivant entre St John Street et Utica Avenue, qui est à l'origine de l'appellation... contrôlée. Le *posse* de Brownsville (des gosses des cités Marcus Garvey et Van Dyke pour la plupart) se baptisa Polo USA (USA pour United Shoplifters Association, l'association des voleurs à l'étalage unis !). Thirstin se rappelle cette époque où les *posses* cohabitaient en harmonie : « C'est marrant, mais avant qu'on devienne des *lo lifer*, on se croisait tous dans le train et on avait même élaboré des plans pour dépouiller d'autres *posses*, parce qu'ils portaient la marque Ralph Lo, comme nous, mais ça n'a jamais été jusque-là. Je me souviens que c'est au Deuce, situé à l'angle de la 42e Rue et de Broadway, qu'on a formé la première coalition des *posses* de tireurs. Ce secteur, le Deuce, était bourré de galeries, de billards, de salles de ciné et plein de filles craquantes ! Une des attractions majeures, c'était le stand de photographes, tu pouvais te faire tirer le portrait avec plein de décors différents en arrière-plan. Un samedi soir, on a vu débarquer un contingent de Ralphie Kids, avec des fringues Polo magnifiques sur le dos, et ils avaient choisi un énorme panneau publicitaire Polo pour la photo de groupe ! Nous, les membres de Polo USA, on était tous habillés avec les dernières sapes Ralph Lo, on brillait, mec, et un des gars du *posse* Ralphie a dit : " Prenons cette photo ensemble ! " C'était dingue, on avait ça en commun, ce goût prononcé pour la sape Ralph Lo, tu trouves ça nulle part ailleurs au monde ! » Les deux *posses* fusionnent, et le reste appartient à l'histoire des rues de Brooklyn. Une authentique légende urbaine était née.

Cette attirance pour les produits Ralph Lauren a son explication brutale : les gosses pauvres des *inner cities* trouvent une identité dans la consommation ostentatoire de marques prestigieuses. La famille a échoué, l'école a échoué, l'État a échoué : les gamins prendront leur revanche. La rue n'échoue pas. Pas besoin d'aller dans des universités hors de prix pour acquérir une chemise Ralph Lauren. Il suffit de prendre le métro jusqu'à Manhattan. En France, les jeunes banlieusards ont adopté la marque Lacoste, mais n'ont jamais pratiqué le *boostin'* pour s'en procurer. « Le fait de voler à l'étalage (*shoplifting*) est devenu un crime sérieux à cause de nous. Passible de prison. Avant le petit chapardeur opérait en solo, et s'il se faisait piquer, il s'en sortait au pire avec un coup de pied au cul. Avec nous, le *shoplifting*, c'est devenu de la criminalité de haut vol ; des fois, on volait tellement qu'on allait en soirée chacun avec cinq chemises Polo sur le dos, tu te rends compte ? Je me rappelle qu'on avait l'habitude de jeter des chemises sur la foule des danseurs. Plus tu jetais de chemises, plus tu gagnais des *props*, du respect, dans notre argot. La générosité, ça signifiait vraiment quelque chose dans le temps... Et la solidarité aussi... »

C'était avant que la vague du *Black on Black Crime* (crime commis entre Noirs) ne déferle sur les rues de New York. Les *posses* dépouillaient les grandes enseignes et non leurs propres frères. La culture du *boostin'* était avant tout une culture de survie. Le fétichisme autour du vêtement griffé s'inscrivait plus dans un processus de ritualisation des pratiques de survie, de la débrouillardise. Les *Lo Life* ne se sont jamais considérés comme des pilleurs. Plutôt des artistes du vol à l'arraché. Les « tireurs » de Crown Heights et de Brownsville affichaient un respect mutuel. Leurs cibles se trouvaient toujours aux mêmes endroits : les centres commerciaux du nord de l'État de NY et les *stores* de Manhattan. « On dépouillait même des Mc Do, on volait tout depuis les déodorants jusqu'à nos céréales pour le petit déjeuner. On était pourtant loin d'être kleptomanes. On aidait Maman à payer le loyer. Notre mentalité a été forgée autour du *boostin'*. C'est un style de vie. » *Illegal American Way of Life*. Thirstin en connaît un bout sur l'économie parallèle. Sur la pochette de son album, il exhibe une photo anthropométrique de sa mère, Milagros De Jesus, prise dans un commissariat du Queens. *From the cradle to the precinct* : du berceau au stepo (poste de police nda), voilà une formule que De Jesus emploie régulièrement. Ce rappeur n'est pas en quête de *street credibility*, son dossier criminel plaide pour lui. Contrairement à beaucoup de rappeurs mythomanes comme Jay-Z. ou Nas, Thirstin Howl a réellement vécu les événements qu'il relate dans ses textes. Des textes crus, sardoniques, teintés d'un humour dérangeant et décapant. À propos d'une célèbre marque de sportswear, il n'hésite pas à lancer : « Moi porter la marque FUBU ! C'est comme si le cow-boy des pubs Marlboro fumait une Winston. » Cette rime est extraite de l'un de ses morceaux les plus connus, *The Polorican*. Jeu de mots intraduisible entre *Polo Ralph* et *Puerto Rican* : Un Portoricain qui aime tellement la marque Polo qu'il acquiert la double nationalité ! « Le *boostin'* est devenu une véritable culture, qu'on a même exportée dans d'autres villes comme Philadelphie. Je ne parle même pas de NY où des *posses Lo Life* ont vu le jour à Harlem et dans le Bronx. Ces *posses* du Bronx dépouillaient si vite qu'on devait presque battre des records de sprint pour trouver les victimes » L'un des épisodes les plus mémorables de la culture *Lo Life* fut celui de la patinoire *The Empire*. Les

« tireurs » s'y retrouvaient tous les dimanches. Ils arboraient fièrement les dernières collections Ralph Lauren, et la patinoire se transformait en défilé de mode. Elle avait des horaires drastiques et fermait à cinq heures de l'après-midi. Les tireurs dévalisaient les boutiques de Manhattan, pour aller ensuite parader à la patinoire. D'autres tireurs avaient pris l'habitude de suivre les « pionniers » à la trace, dépouillant les mêmes boutiques. Pour être dans le coup, il fallait être *Lo Life*. « C'était vraiment chaotique, se souvient Thirstin. Tous les dimanches, le même scénario se répétait. Un jour, on décide de dépouiller les boutiques de Manhattan juste avant que la patinoire n'ouvre ses portes. On est descendus sur Manhattan et on a fondu sur les enseignes Lord & Taylor, spécialisées dans les peignoirs Polo. C'était le rush, tout le monde arrachait les peignoirs à une vitesse ! On était au moins cinquante tireurs. Ensuite, on est allés à la patinoire, et il fallait voir le spectacle. Grandiose. Il devait être midi, et tu pouvais voir cinquante tireurs patiner en robes de chambre ! » Pour Thirstin, voler était à la fois un sport et une source de revenus. Les tireurs partageaient même une sorte d'insouciance mêlée de candeur juvénile. Mais le système a eu vite fait de récupérer cette culture de la rue. Cela a commencé par la chaîne ABC qui voulait produire une série sur les *Lo Life* ; Thirstin et sa clique d'authentiques *boosters* ont été invités à une réunion mais les rappeurs et autres *boosters* recrutés par la chaîne de TV étaient de parfaits imposteurs. Thirstin et la coalition *Lo Life* ne les avaient jamais vus à l'œuvre dans les *stores* de Manhattan. Rapidement, l'industrie du rap aussi voit dans la culture *Lo Life* un filon commercial à exploiter. « Un jour, explique Thirstin, j'ai vu une pub dans le magazine *The Source*. Une pub pour des fringues qui s'appelaient *Lo Life* ! Aucun d'entre nous n'avait entendu parler de ces fringues, de cette marque et de ses propriétaires. L'appellation *Lo Life*, chaque membre originel vit et parfois meurt pour elle, elle nous appartient de droit. » Problème de droits d'auteur.

Il apparaît pourtant que les vrais *Lo Life* sont les Ralphie Kids et les Polo USA, originaires de BK ; la renommée de ces tireurs est telle qu'on a localisé des *boosters* jusqu'au Japon ! La vie de tireur a évidemment des conséquences indésirables. Le renforcement policier à NY a eu des effets immédiats : beaucoup de *Lo Life* sont aujourd'hui incarcérés, souvent pour de très longues peines ; certains finissent à la morgue, abattus par des flics ou des vigiles.

Pourtant, à l'intérieur même du monde carcéral, la culture *Lo Life* pose ses marques. « Les *Lo Life* officiels portaient autant de fringues Ralph Lo en prison que dans la rue », constate Thirstin. La culture *Lo Life* a partout imposé ses propres codes, vestimentaires, linguistiques, musicaux.

Il est vraiment nécessaire d'écouter certaines chansons de Thirstin pour comprendre que l'environnement de ces gamins était propice à l'apparition d'une pareille culture. Des *posses* prenant le train direction Manhattan pour dépouiller des enseignes qui les narguent à longueur de journée. L'exhibition des trophées sur la promenade de Coney Island. Les *boosters* en robes de chambre sur la glace de la patinoire de l'*Empire Skating Rink*. Cette culture a créé des icônes, des façons de penser et de vivre la ville, de la fantasmer.

Les dirigeants de Polo Ralph Lauren n'ont évidemment pas apprécié toute cette publicité négative faite autour de leurs produits. Les pontes de la société ne voyaient pas d'un bon œil ces jeunes voyous arborer des chemises destinées à des avocats, des golfeurs, des courtiers en assurance. Pourtant ces jeunes *kids* ont dû donner deux ou trois idées à Tommy Hilfiger. Le *street marketing* était né. Mais pour les authentiques *Lo Life*, le *boostin'* demeure un sport à jamais... Un sport de contact.

Realness

Je me souviens de la première fois où je suis allé à Queensbridge Houses, la plus grande cité des États-Unis. J'étais descendu à la station Queens Plaza, située à quelques encablures de cette gigantesque langue métallique qu'est le Queensboro Bridge. Je me souviens aussi de ce vieil homme hispanique avec qui j'avais échangé quelques mots. Il était étonné qu'un « touriste » venu de Paris, « la ville la plus romantique du monde », vienne visiter Queensbridge. Lui habitait le quartier depuis trente ans et n'y avait jamais mis les pieds. « Trop dangereux. » Il était bien sympathique, ce vieil homme, mais j'ai continué ma route.

Je marchais le long des rues adjacentes, dans un décor postindustriel assez morne. Et là, je suis tombé sur la 21e Rue, autant dire la porte d'entrée de la cité HLM. Un panneau bleu ciel, bariolé d'orange, indique « NYCHA. WELCOME TO QUEENSBRIDGE HOUSES. » Le NYCHA (New York City Housing Authority) est l'équivalent américain de notre OPAC, étrangement opaque d'ailleurs. Ainsi donc, ce panneau souhaite la bienvenue au visiteur que je suis. Comment décrire QB (nom affectueusement donné au « quartier » par ses habitants) à des personnes qui n'y ont jamais mis les pieds. Les tours de QB rappellent parfois les bâtiments marron de la cité des Courtilières, quand on sort du métro Fort d'Aubervilliers. Je n'ai pas mené d'investigations, mais je suis persuadé que l'architecte français s'est inspiré de ce genre de construction, briques brunes, gazon, fortement prisé outre-Atlantique en matière de logement social. Bref, je suis à Queensbridge, construite en 1939, située à Long Island City, dans le Queens. Du toit d'une des tours, on se prend l'opulence de Manhattan en pleine gueule. Queensbridge est pauvre. C'est un *project*, l'équivalent d'un HLM. À 70 % peuplée de Noirs, QB a la réputation d'être une des cités les plus dures du Queens. À quelques minutes de là, Astoria Houses semble déjà moins déshéritée. À vingt minutes, on peut rentrer dans Lefrak City (du nom du milliardaire Samuel Lefrak), belliqueusement surnommée Irak par ses habitants. Parce que les détonations d'armes à feu y sont courantes.

C'est à Queensbridge que réside Ray Normandeau, parfait « Caucasien » de quarante-cinq ans, marié à une Noire, Rita Frazier. J'avais entendu parler de Normandeau en traînant dans la *branch* (bibliothèque) de QB. J'y avais trouvé un exemplaire (oh ! juste deux pages format A4) du journal *Queensbridge Enquirer*. J'avais immédiatement été frappé par l'exergue leitmotiv « *Queensbridge* est le seul journal de quartier des États-Unis. Photocopiez-le pour que vos enfants puissent le vendre. Ensuite ils pourront garder l'argent collecté. Il faut absolument battre la vente de confiseries. » Dehors, je contemplais l'immensité de la cité. Quatre-vingt-seize tours de briques brunes, s'étalant sur Vernon Boulevard et la 41e Rue. Divisée en deux sections : Queensbridge Nord et Sud. J'aperçois une *crackhead*, zombifiée à l'extrême, à la recherche d'une substantifique dose de caillou. Trois cents dealers officiellement recensés à Queensbridge. QB, frappé de plein fouet par les coupes budgétaires, le reaganisme et l'avalanche CRACK. La crackée mendie des cents, tandis que de l'autre côté une jeune institutrice regagne son domicile. Queensbridge : l'alternance du chaud et du froid, les gamins sur les bicyclettes, insouciants, débordant de joie de vivre et les jeunes gangsters calibrés, les dealers, les toxicos.

Ray Normandeau connaît bien la cité, et pour cause, il y habite par choix depuis une dizaine d'années. Pour lui pas question de déménager, car il a son combat à mener à QB. Ou plutôt sa croix à porter, lui qui est devenu l'homme à abattre.

Engagé dans une rageuse bataille contre le NYCHA, Normandeau parcourt la cité dans tous les sens. Le NYCHA a mis sa tête à prix. C'est que le puissant office HLM new-yorkais pratique la Tolérance zéro en matière d'investigation. Et les investigations, Normandeau en raffole. Pas une semaine sans qu'un communiqué cinglant paru dans le *QB Enquirer* vienne refiler des cauchemars aux représentants du NYCHA. L'ennemi juré de Normandeau s'appelle Malicakal, le manager Malicakal, responsable de Queensbridge, sous l'autorité du NYCHA. Pannes d'ascenseur, éviers bouchés, pannes d'air conditionné, mauvais fonctionnement des dispositifs anti-incendies : voilà le lot quotidien (et souvent empoisonné) de Normandeau. L'homme ne dort jamais, comme New York. Il faut lire ses éditos brûlants, brûlots responsables de la colère (et de quelques ulcères) des dirigeants du NYCHA. L'homme pratique le harcèlement textuel. Spécialité du Queens.

Normandeau possède un visage lunaire, barré de grosses lunettes. Jamais, en parlant de QB, il ne prononce le mot ghetto. Hypocrisie ? Non. Pudeur. Normandeau a conscience que l'endroit dans lequel il vit n'a rien d'un Beverly Hills. « QB est une cité dangereuse, c'est indéniable. Les fenêtres des appartements où vivent les dealers ont été graffitées : quand les flics de l'unité narcotique vont débarquer, ils sauront quelles portes défoncer ! Un enfant a été violé par un gang dans le secteur contrôlé par le manager Malicakal. Entre les dangers générés par un matériel vétuste et les criminels de carrière, QB reste une zone à risques. Un appartement a été cambriolé et ses occupants menacés par des individus armés. On a aussi retrouvé un cadavre dans un autre appartement. On a tiré sur un homme, les balles ont atteint les deux jambes. Vous appelez ça du bon travail, Monsieur Malicakal ? » L'ironie est toujours présente, chez Normandeau.

Toujours à courir entre les tours, pour assister aux réunions du TA, Tenants Association, l'association des locataires. Normandeau informe les locataires sur la situation de QB. La dernière fois, Normandeau avait violemment mené le débat en attaquant une fameuse marque de soda. « En fait, explique Normandeau, il s'agissait d'une affaire à laquelle le NYCHA était étroitement lié. Le NYCHA avait conclu un marché avec la firme, afin que toutes les machines distributrices dans les écoles des zones HLM puissent avoir l'exclusivité de la marque. Le prix de la bouteille a ainsi décollé de quarante cents à un dollar. Pour les gamins des cités, c'est énorme, beaucoup vivent de l'assistance sociale. Mais le plus grave, c'est que sept mille neuf cent quatre-vingt-quinze bouteilles de *light* contenaient en fait le breuvage classique extrêmement sucré que tout le monde connaît. Vous avez des amis diabétiques ? » Toujours drôle, Normandeau.

Dans une cité comme QB, gangrenée par la came, le crime et l'échec scolaire, l'obésité d'un gosse noir ou latino, c'est des trombes d'eau dans le moulin du désespoir et de la désolation. Normandeau le sait, et c'est pourquoi il passe beaucoup de temps à analyser les étiquettes des marchandises vendues dans les supérettes de QB et des alentours. Taux de sucre, de graisse, de farines animales et végétales, lipides, glucides, protides. Incarnation suprême de l'échec alimentaire américain, cette gamine fellinienne qui marche en titubant dans ma direction. Respiration chaotique.

Je suis dans la *bodega* (genre d'épicerie) qui jouxte la station de métro 21 St. Queensbridge. Autant dire dans le ventre de l'Amérique pauvre et urbaine. La plupart des marchandises sont payées avec des chèques alimentaires, les fameux *food stamps*, comme en France pendant la Seconde Guerre mondiale. Les allocations du gouvernement, les gens, ici, appellent ça *Government Cheese*, allez savoir pourquoi.

Je comprends l'amour que Normandeau nourrit pour QB. On s'attache facilement à QB. Surtout quand le soleil rougeoyant dégouline sur les briques. C'est magnifique. Les gosses parcourent la cité, chevauchant leurs vélos bi-cross. Les seniors sont agglutinés sur les bancs, jouant aux cartes ou prenant des bains de soleil. Difficile d'imaginer qu'une semaine auparavant, dans l'une des tours flamboyantes, une *crackhead* avait tenté de dévorer son bébé encore vivant. Une autre *crackhead* avait jeté le sien dans le vide-ordures. Miraculeusement, le bébé avait été sauvé. Scènes de la vie ordinaire dans un grand ensemble HLM, Queens, USA.

Pendant ce temps, Normandeau continue de fréquenter les AG de l'association des locataires de QB. Sujet du jour : les coups de feu. « Les locataires connaissent ce bruit qui leur est maintenant familier, ironise Normandeau. Le dimanche 1er août, des locataires ont été réveillés par une fusillade. Quelqu'un a composé le 911 (l'équivalent de police secours), et l'appel a été pris en charge par un opérateur. Une ambulance a été dépêchée sur les lieux, et deux blessés par balle ont été évacués vers l'hôpital le plus proche, l'un d'eux était une passante, percutée par une balle perdue. Et les notables du NYCHA, bien à l'abri dans leurs beaux immeubles du centre-ville, nous demandent de ne pas nous alarmer du bruit des détonations d'armes à feu ! ! ! L'un des responsables locaux nous a dit que la plupart des coups de feu étaient, selon lui, des tests de fiabilité sur le toit d'une des tours, après la vente d'un flingue ! » Les armes circulent, à QB, comme dans n'importe quel autre ghetto américain. Mais Normandeau n'accepte pas cette fatalité. D'ailleurs, des jeunes réussissent à s'en sortir. Et à sortir de QB. Le quartier peut s'enorgueillir de compter, parmi ses ex-résidents, une brochette de stars (basketteurs, boxeurs, rappeurs) reconnues nationalement, voire internationalement.

Selon Normandeau, le NYCHA menace d'expulsion les familles dont l'un des membres serait soupçonné d'avoir participé à un trafic de substances contrôlées. Il estime le NYCHA obsédé par la moralité de ses locataires, mais les locataires sont aussi très intéressés par celle des notables du NYCHA. Ainsi les lecteurs du *Queensbridge Enquirer* ont-ils appris que la mafia italo-américaine avait fait main basse sur le secteur du logement social. Dans l'un de ses articles, Normandeau dénonce : « Le fils du célèbre parrain de la mafia John Gotti, John Gotti Junior, a été envoyé dans une prison fédérale près de Lake Placid. John Gotti est connu du NYCHA comme étant l'intermédiaire pour toutes les nouvelles installations de salles de bains sur Vernon Boulevard (boulevard englobant une partie de QB, nda). Avez-vous remarqué comment les travaux se sont déroulés, cet été, dans vos appartements ? Le service de presse du NYCHA a déclaré que les travaux étaient particulièrement réussis. Le service juridique du NYCHA a démenti les assertions du service de presse. Étrange business ! Nous tenterons, tout au long du mois à venir, de prévenir la presse nationale des dangers de la fraude et de la corruption à l'intérieur de la municipalité. »

Parfois, les habitants des cités du Queens sont insouciants et rêveurs comme des Vitelloni. « Dans la cité Ravenswood, les jeunes gens rigolaient en voyant galoper un taureau au beau milieu des tours. Les flics ont abattu le *bull*. Le plus drôle, c'est que Bull est aussi le surnom d'un *capo* de la mafia, Sammy Gravano. Gravano purge actuellement une peine de cinq années d'emprisonnement pour avoir été impliqué dans dix-neuf meurtres. Il était sous-lieutenant de John Gotti, qui avait décroché un « marché public », en l'occurrence les réparations de plomberie dans Queensbridge

Houses. Troublante coïncidence. »

Évidemment, les accusations à répétition de M. Normandeau ont suscité colère et embarras dans les hautes sphères de la municipalité new-yorkaise. Depuis, le manager Eapen Malicakal s'intéresse fortement au dossier de Ray Normandeau, ainsi qu'à celui de sa compagne Rita Frazier. Malicakal aimerait faire taire Normandeau, alors il recherche d'éventuels loyers impayés, peut-être même quelques infractions à la législation sur les substances contrôlées. Dommage pour le manager, Normandeau n'a pas ce qu'on appelle aux États-Unis le *jail-type*, autrement dit le profil d'un individu susceptible de finir derrière les barreaux. Malicakal poursuit cependant ses méthodes inquisitoriales : brimades, humiliations, vexations. Pour Normandeau, ce sont là les méthodes habituelles du NYCHA. Lui continue d'enquêter et de mener sa croisade contre la corruption.

Nous sommes en plein mois d'août, et il faut se trouver à New York en cette saison pour vraiment mesurer le degré de chaleur. La Grosse Pomme bouillie. QB devient alors une espèce de mouroir étouffant. Normandeau essaie de trouver des financements municipaux pour que les enfants de la cité puissent aller à l'Océan. Une majorité d'enfants des ghettos new-yorkais n'a jamais vu la mer, pourtant accessible par le métro. On peut aller à Coney Island ou Jones Beach pour le prix d'un jeton, c'est-à-dire un dollar et cinquante cents.

Ce sont d'abord les seniors qui sont les premières victimes de la fournaise. On en retrouve un certain nombre morts dans des appartements caniculaires. Le NYCHA entend bien faire des économies et demande aux locataires de contrôler leur consommation d'air conditionné. L'eau est même rationnée, souvent. Les problèmes sanitaires à QB sont parfois matière à réflexion sociale : « Les plombiers arrivent dans les appartements pour installer de nouveaux WC. Ils empilent leur matériel contre la porte du réfrigérateur. On est vendredi soir, la société ne reviendra que lundi matin. Si vous êtes une personne âgée affaiblie physiquement, vous ne pourrez pas manger de tout le week-end, c'est bien dommage, grince Normandeau. J'ai aussi remarqué que les ouvriers noirs ne faisaient pour ainsi dire que de la manutention, tandis que les ouvriers blancs assuraient le côté strictement technique de l'installation des WC. Peut-être est-ce juste une coïncidence ? On entend souvent des histoires de flics blancs ayant tué des flics noirs par accident, mais il n'y a pas beaucoup de flics noirs ayant flingué des flics blancs par accident. »

La cité est un parfait décor de film noir. On ne compte plus les agents du DEA (Drug Enforcement Administration), les stups américains, observant les dealers depuis une camionnette banalisée, généralement un van couleur sombre. Trois cents dealers officiellement recensés, parmi lesquels des criminels endurcis ; c'est à Queensbridge qu'on a vu un rappeur du terroir, connu sous l'alias de Capone, tirer sur des flics. Des hélicoptères du SWAT (Special Weapons and Tactics, genre de RAID ou GIGN) ont atterri sur le toit du building de Capone et l'ont arrêté. Un autre rappeur de QB affirme que la cité « a vu pas mal de mecs saigner ». On n'a pas de statistiques précises en matière d'homicides. Il suffit de prêter une oreille attentive aux conversations dans la rue pour réaliser que Queensbridge Houses est un endroit dur, et où la survie du plus apte (*survival of the fittest*) est un concept tout ce qu'il y a de plus sérieux. Les habitants du quartier, pour définir ce monde de violence, de corruption, de pauvreté, de faim utilisent parfois le mot *realness*. Un rappeur du quartier, Cormega, maintes fois arrêté pour trafic de drogue, a fait de cette notion le titre de son album. *The Realness*. Le plein de réel. Ce qui est réel est écrasant. Vivre dans un ghetto est une expérience réellement traumatisante. Beaucoup de regards vides dans le ghetto. Beaucoup de douleur aussi. Une douleur abyssale. Cormaga a vu mourir sa mère devant lui, quand il était encore gamin. Un autre rappeur, du groupe Screwball, a reçu une balle en pleine tête, tirée à bout portant par un flic. Le rappeur s'en est sorti, et, même avec la mâchoire défoncée, il continue de larguer ses rimes. Normandeau sait que les infos contenues dans le *Queensbridge Enquirer* font aussi partie de ce concept de *realness*. Contrairement à Screwball ou Mobb Deep, Ray Normandeau ne verse jamais dans le nihilisme. Il répète à qui veut l'entendre qu'il vit à QB par choix. Dans un pays où les mariages « inter-raciaux » (pour reprendre la terminologie de l'administration américaine) sont encore largement tabous, Normandeau le Caucasien et Rita Frazier la Noire américaine tiennent fermement le gouvernail du navire de la contestation. Dans un QB parcouru de lames de fond.

Inventaire/Invention éditions

Philippe Adam *Chirurgie* (Coll. *Textes*)
Philippe Adam *France audioguide* (Coll. *Textes*)
Philippe Adam *Le syndrome de Paris* (Coll. *Jet Stream*)
Emmanuel Adely *J'achète* (Coll. *Textes*)
Emmanuel Adely *Édition limitée* (Coll. *Textes*)
Pierre Alferi *Intime* (Coll. *Panoptic*)
Corinne Atlan *Entre deux mondes* (Coll. *Jet Stream*)
Édith Azam *Tiphasme est phasme* (Coll. *Textes*)
Thierry Beinstingel *Vers Aubervilliers* (Coll. *Textes*)
Julien Blaine *Cuba-Cola* (Coll. *Textes*)
François Bon *La ville est ce cri* (Coll. *Textes*)
François Bon *Souci* (Coll. *Textes*)
Patrick Bouvet *Ciel à l'envers* (Coll. *Textes*)
Patrick Bouvet *Client zéro* (Coll. *Textes*)
Patrick Bouvet *Expérience* (Coll. *Textes*)
Patrick Bouvet *Flashes* (Coll. *Textes*)
Patrick Cahuzac *Résistance, 61 messages personnels présentés par* (Coll. *Documents*)
Nicole Caligaris *Medium is mess* (Coll. *Textes*)
Arno Calleja *criture* (Coll. *Textes*)
Jean-Philippe Cazier *Écrires* (Coll. *Panoptic*)
Rémi Checchetto *Là où l'âme se déchire un peu mais pas toute* (Coll. *Textes*)
Sonia Chiambretto *CHTO interdit aux moins de 15 ans* (Coll. *Textes*)
Sonia Chiambretto *12 Sœurs slovaques* (Coll. *Textes*)
Sonia Chiambretto *Mon Képi Blanc* (Coll. *Textes*)
Gérard David *L'enjeu démocratique des NTIC* (Coll. *La place*)

Suzanne Doppelt *La 4e des plaies vole* (Coll. *Panoptic*)
Suzanne Doppelt *Le monde est beau, il est rond* (Coll. *Textes*)
Antoine Emaz *K.-O.* (Coll. *Panoptic*)
Jean-Michel Espitallier *En guerre* (Coll. *Panoptic*)
Colette Fellous *Ada, tu t'en souviens, n'est-ce pas ?* (Coll. *Lectures*)
Christophe Fiat *Qui veut la peau de Harry ?* (Coll. *Panoptic*)
Jérôme Game *écrire à même les choses, ou* (Coll. *Panoptic*)
Marie Gauthier *Petit traité topographique du Pantin d'une collégienne* (Coll. *Rencontre*)
Albane Gellé *Quelques* (Coll. *Panoptic*)
Albane Gellé *Un bruit de verre en elle* (Coll. *Textes*)
Liliane Giraudon *Les talibans n'aiment pas la fiction* (Coll. *Textes*)
Liliane Giraudon / Christophe Chemin *Mes bien-aimé(e)s* (Coll. *Textes*)
Sibylle Grimbert *Mort de Claudia* (Coll. *Textes*)
Philippe Guéguen *I love New York* (Coll. *En passant*)
Philippe Guéguen *Les enfants précoces ne vont pas au paradis* (Coll. *En passant*)
P.N.A. Handschin *La Musique* (Coll. *Textes*)
Ludovic Janvier *bon d'accord allez je reste* (Coll. *Textes*)
Jean-Yves Jouannais *Prolégomènes à tout château d'eau* (Coll. *Textes*)
Leslie Kaplan *L'enfer est vert* (Coll. *Textes*)
Georgy Katzarov *L'invention du* rêveur (Coll. *Ellipses*)
Joris Lacoste *Ce qui s'appelle crier* (Coll. *Textes*)
Joris Lacoste *Comment faire un bloc* (Coll. *Textes*)
Louise L. Lambrichs *Chemin faisant* (Coll. *Textes*)
Louise L. Lambrichs *Le cas Handke* (Coll. *La place*)

Louise L. Lambrichs *L'effet papillon* (Coll. *La place*)
Luc Lang *Notes pour une poétique du roman* (Coll. *Textes*)
Catherine Lépront *Amparo* (Coll. *Textes*)
Catherine Lépront *Lou* (Coll. *Textes*)
Karim Madani *Fragments de cauchemar américain* (Coll. *Interzone*)
Laurent Mauvignier *Plus sale* (Coll. *Textes*)
Murakami Ryû *Topaze* (Coll. *Jet Stream*)
Florence Pazzottu *s'il tranche,* (Coll. *Textes*)
Jean-Claude Pirotte *dame et dentiste* (Coll. *Textes*)
Nathalie Quintane *L'Année de l'Algérie* (Coll. *Panoptic*)
Béatrice Ratebœuf *Heisei* (Coll. *Jet Stream*)
Alina Reyes *Autopsie* (Coll. *Textes*)
Olivia Rosenthal *Les lois de l'hospitalité* (Coll. *Textes*)
Jacques Roubaud *Tokyo infra-ordinaire* Nouvelle édition augmentée (Coll. *Jet Stream*)
Pol Savina *L'attache mongole de la paupière* (Coll. *Jet Stream*)
Jacques Séréna *Elles en premier toujours* (Coll. *Textes*)
Dominique Sigaud *La confusion du sourire* (Coll. *Textes*)
Tanguy Viel *Maladie* (Coll. *Textes*)
Tanguy Viel *Tout s'explique* (Coll. *Lectures*)

Georges Aperghis, Jean-Christophe Bailly, Frédéric Boyer, Emmanuelle Bayamack-Tam, Suzanne Doppelt, Aïcha Liviana Messina, François Matton, Avital Ronell, Cole Swensen *Peint en rouge* (Coll. *Textes*)

Pierre Desjonquères / Sylvain Marcelli *Tout doit disparaître* (Coll. *L'établi*)

Cédérom collectif *Panoptic, un panorama de la poésie contemporaine*

Imprimé en France. - JOUVE, 11, bd de Sébastopol, 75001 PARIS
http://www.jouve.fr
N° 465791Z - Dépôt légal : Septembre 2008
ISBN 978-2-914412-44-5